Infinite Dendrogram

인피니트 덴드로그램

8.남겨진 희망

카이도 사콘 지음

타이키 일러스트

천선필 옮김

"그가 '언브레이커블' 레이 스탈링 맞지?
말도 안 되는 트러블도 많이 겪지 않았어?
……얼마 전에 있었던 기데온 사건도 포함해서."
"그 말은 부정할 수 없겠구나."

내가 부화한 뒤에는 대사건이라 할 만한 것이 여러 개 일어났다.
그전에도 여러 가지 일들이 있었을 것이다.

"성격이 그러니…… 걱정이 되기도 하지."
"그래……."

나는 레이의 〈엠브리오〉이자 파트너다.
전투를 벌일 때는 가장 가까운 존재라 자부하고 있지만,
마음을 제대로 살펴봐주고 있는지는 알 수가 없다.
내가 레이의 몸과 마음을 더 받쳐줄 수 있다면 좋겠는데……

Character

레이
레이 스탈링 / 무쿠도리 레이지

초보 플레이어로서 〈Infinite Dendrogram〉에 발을 내딛던 청년.
기본적으로는 순하지만 양보할 수 없는 것을 위해서는
몇 번이든 맞서는 강한 의지를 지니고 있다.

네메시스
네메시스

레이의 엠브리오로 나타난 소녀.
대검이나 도끼창으로 변화하는 능력과 입은 대미지를
두 배로 돌려주는 《복수는 나의 것》이라는 특수능력을 지니고 있다.

루크
루크 홈즈

레이와 파티를 짜고 있는 절세 미소년.
직업은 [포주]이며 테임 몬스터와 함께 싸운다.
엠브리오는 TYPE : 가드너인 [타락천마 바빌론].

마리
마리 애들러

〈DIN〉이라는 정보상 집단에 소속된 [기자]로서
여러 가지 정보를 다루고 있는 플레이어.
사건에 자주 휘말리곤 하는 레이에게 흥미를 품고 접근했다.

슈우
슈우 스탈링 / 무쿠도리 슈이치

레이를 게임으로 끌어들인 장본인이며 레이의 실제 형.
인형 옷을 입고 있는 이유는
현실 얼굴 그대로 캐릭터를 작성해버렸기 때문.

인피니트 덴드로그램

8.남겨진 희망

카이도 사콘 지음 **타이키** 일러스트

천선필 옮김

커버 그림, 본문 일러스트 | **타이키**

Contents

□■———

희망을 품는 것은 항상 깊은 절망의 벼랑 끝에 선 자다.

떨어져 버리면 무언가를 바랄 수도 없는 나락.

그 직전까지 몰린 사람은 그 누구보다도 간절히 바란다.

◇ ◆

호박색 용이 하늘을 날고 있다.

보석과 비슷한 빛을 내뿜는 장갑을 두르고 천공을 비상하는 거대한 존재.

하지만 그 눈에 생명의 빛은 없었고, 눈에 해당되는 부위 안쪽에는 사람이 있었다.

용의 머리—— 콕핏에 앉아 있는 사람들은 조종간과 계기를 조작하며 호박색 용——용을 본떠 만든 거대한 병기를 조종하고 있었다.

츠바이어 황국 제1특수기갑단, [앰버 어비스(호박지심연)] 부대.

그것이 그들의 이름이었고, 그들이 조종하는 병기의 이름이었다.

콕핏에는 네 사람이 있었고, 거대한 인공룡 조작을 나누어 맡고 있었다.

"기장님, 본 기체의 속도로는 20분 뒤에 전투 에리어로 돌입합니다."

레이더 담당 대원이 지휘관인 장년 남자에게 보고했다.

"그래…… 드디어 말이지."

"플래그맨 선생님께서 개발하신 황옥룡의 첫 실전 투입이네요!"

기장의 목소리는 묵직했지만, 조종간을 쥐고 있던 젊은 대원의 목소리는 밝았다.

"그래. 우리 [앰버 어비스]뿐만이 아니라 다른 나라에서도 플래그맨 스승님께서 직접 손을 보신 황옥인이나 황옥마를 전선에 투입한다는군."

"대단하네요!"

천진난만하게 기뻐하는 대원을 보고 기장은 쓴웃음을 지으며 '국가의 울타리를 없애고 협력해야 할 정도로 궁지에 몰려 있었던 거지'라고 마음속으로 중얼거렸다.

실제로 그들이 소속되어 있는 츠바이어 황국뿐만이 아니라 이 대륙의 모든 국가는 멸망할 위기에 처해 있었다.

어떤 **적**의 존재로 인해.

"그건 그렇고 선발대인 비상 용기사단의 응답은 아직 없나?"

"네. 아무래도 강력한 마력 장애가 발생한 모양이라…… 통신 마법이 전파되지 않습니다."

"……그래. 계속 호출하도록."

응답이 없다. 기장은 그 상황으로 인해 기분 나쁜 식은땀이 등에 흘러내리는 것을 느꼈다.

불안함으로 인해 다시 무거운 한숨을 내쉬고 다른 대원들을 보았다.

그러자 조종간을 쥐고 있던 대원이 사진을 들고 미소를 짓고 있는 것이 보였다.

사진에는 갓난아이를 안고 있는 젊은 여자가 나와 있었다. 나이는 사진을 들고 있는 대원과 비슷한 정도였다.

"소위, 그 사진은?"

"아, 기장님! 헤헤헤, 이건 말이죠! 아침에 피난처에서 온 사진입니다! 제 아이가 태어났거든요! 남자애라고요!"

"뭐? 그럼 왜 사퇴하지 않은 거야! 우리가 지금 갈 곳은……!"

"저도 알고 있습니다!"

기장이 꾸짖으려 하자, 소위가 가로막았다.

"저도 알고 있다고요……! 신형기로 이판사판 감행하는 작전이고, 상대가 그 괴물들이라는 것 정도는……!"

"소위……."

밝은 분위기는 이미 사라지고 없었다.

공포를 떨쳐내기 위해 자신의 아이에 대해 애써 밝은 목소리로 말했을 것이다.

지금 있는 것은 필사적인 모습이었다.

하지만, 그럼에도 불구하고 앞을 바라보는 남자의 얼굴이었다.

"하지만, 도망쳐봤자 소용없잖아요……. 그 녀석들을 쓰러뜨리지 않으면 황국도…… 아밀리아와 아직 이름도 지어주지 않은 제 아들도…… 죽어버린다고요……!"

"소위……."

"그러니까! 제가, 우리가, 이 [앰버 어비스]로 그 녀석들을 쓰러뜨려야만 하는 겁니다! 희망이 있다는 걸 보여주어야만 한다고요!!"

"……그렇지."

소위의 말을 듣고 자신의 불안함을 억누른 다음…… 기장도 마찬가지로 앞을 바라보았다.

"제군…… 희망을 쟁취하자!"

"""네!"""

콕핏 안에 있는 그들은 강한 마음으로 결속되었다.

사람들의 희망이 된다. 그러기 위해 그들은 전장으로 향했고── 도착했다.

"황옥룡 1호기 [앰버 어비스], 전투구역에 도달!!"

"선발대, 비상 용기사단의 통신 응답 없음!"

"에너지 반응 증대! '이대륙선'의 권속…… '무장의 화신'입니다!!"

그들은 구두로 확인하며 인공룡에 접근하는 적을 경계했다.

그 모습은 지평선 너머.

하지만 레이더는 그 심상치 않은 에너지량을 확실하게 포착하고 있었다.

"'무장의 화신', 지평선 관측영역 도달까지 25초!"

"끌어들여라! 첫 번째 공격으로 해치운다!!"

"라져! 《심연포》…… 발사 태세!!"

기장의 지시에 따라 인공룡을 조종하는 사람들이 공격 태세로 넘어갔다.

인공룡이 입을 크게 벌리고 그 안에 내장되어 있던 병기——
압축 마도식 중입자 가속포를 충전했다. MP 수치로 따지면 100만
은 가볍게 넘을 정도로 막대한 에너지가 인공룡의 동력로에서
발생했고, 그것이 전부 수렴, 압축되기 시작했다.

특수술식 배리어로 보호된 인공룡의 입에 막대한 압축 마력
을 핵으로 삼은 큰 열량의 불덩어리가 형성되었다. 그 에너지는
형성된 뒤로도 계속 커졌고…….

"에너지 충전 80…… 90…… 100퍼센트!"

"지평선까지 통째로 꿰뚫어라!!"

에너지가 한계에 도달한 순간, 소위가 조종간의 방아쇠를
당겼다.

"[심연포]…… 발사!!"

그 순간, 인공룡의 입에서 압축된 마력 불덩어리가 발사되었다.

날아간 불덩어리의 큰 열량이 공간을 일그러뜨리고 지상에 접
촉하여—— 대지를 꿰뚫고 지평선 너머에 있는 적에게 명중했다.

대지가 증발될 정도로 큰 열량으로 인해 접근하던 적이 움직임을
멈췄다.

그 직후에 압축된 중추의 마력핵이 열량을 폭발시키며 해방.

해방된 마력의 절반을 이용하여 중력마법이 원격 기동.

남은 마력이 다시 열량으로 변해 초중력과 함께 땅속으로

가라앉았다.

막대한 열량과 중력장을 이용하여 대상을 놓치지 않고 완전 소각시키는 필살 병기, [심연포]의 진가.

몇 초 뒤—— 지평선 너머, 땅속의 심연으로부터 거대한 불기둥이 솟구쳤다.

그 안에서 움직이는 것들은…… 아무것도 없었다.

"……'무장의 화신', 침묵!!"

"좋았어!!"

기장은 만감이 교차하는 것을 느끼며 주먹을 쥐었다.

"해냈군요! 역시 황옥룡에 탑재한 압축 마도식 중입자 가속포는 녀석들에게도 효과가 있었어요!"

"드디어 그 녀석들 중 한 마리를……."

"그래. 이 승리는 한 번으로 그치지 않는다. 한 마리를 쓰러 뜨릴 수 있다면…… 다른 개체도 쓰러뜨릴 수 있다는 증거지."

"'짐승의 화신'을 전부 다 쓰러뜨리려면 귀찮을 것 같지만요."

"하지만 분명 해낼 수 있을 거다. 아직 우리에게 희망은 있다."

그들은 웃었다.

절망적인 전황에서 자신들이 조종하는 인공룡이 희망이 되었다는 사실에 웃었다. 전황은 아직 열세지만 맞설 수단을 얻을수 있었으니 희망이라고 할 수밖에 없다.

하지만 그것은…… 정말 맞설 수 있는 상황일 때 이야기다.

"…………어?"

"왜 그러나?"

레이더를 맡고 있던 사람의 표정이 경악하며 얼어붙었다.

"'무장의 화신', 활동 재개……!!"

그 모습은 레이더뿐만이 아니라 용의 두 눈인 광학 센서로도 관측할 수 있었다.

보인 것은 땅속에 뚫린 심연에서 천천히 떠오르는 어떤 모습.

전설급이라 불리는 강도의 방패를 수천 장이나 겹쳐서 인류 최대의 화력을 견뎌낸 인간형 모습.

수천, 수만의 무장을 자유자재로 다루는 적성 존재── '무장의 화신'은 건재했다.

"두 번째 사격 충전을……!"

하지만 추격타를 날릴 수는 없다. 충전을 하기에는 시간이 부족하다.

그전에 수천 장의 방패를 단숨에 집어넣은 '무장의 화신'이 방패 대신 어딘가에서 한 자루의 검을 꺼내 들었다.

──《하늘 가득한 별과 같이(칼레이도스코프).》

그 직후── 한 자루의 검이 단숨에 수천 자루로 늘어났고, '무장의 화신'이 그것을 사출했다.

적이 전설급에 해당되는 수천 자루의 검을 초초음속 비상체로 만든 것이다.

그것들은 [앰버 어비스]에 꽂혔고── 장갑을 손쉽게 뚫었다.

《심연포》도 몇 발 정도는 견뎌낼 수 있게끔 설계되어 있던 [앰버 어비스]의 장갑이 눈 깜짝할 새에 벌집이 되기 시작했다.

기장은 통곡하며 콕핏을 관통한 검으로 인해 즉사했다.

"아밀리아아아아아아아아……!!"

조종간을 잡고 있던 소위도, 다른 대원들도, 똑같은 결말을 맞이했다.

그들의 희망은, [앰버 어비스]는…… 눈 깜짝할 새에 원자 크기의 먼지가 되었다.

◇ ◆

[앰버 어비스]와 '무장의 화신'의 교전은 이 대륙의 인류와 '이 대륙선'이 접촉한 것의 서막에 불과하다.

'화신'과의 싸움은 공중에서만 벌어지는 것이 아니었다.

"여, 여기는 제7마도보병사단! 원군을…… 아니! 후방지역의 대피 권고를!! 여기는 이제 버티지 못한다!!"

"적성 존재…… '짐승의 화신'! 현재 총 숫자 불명…… 하지만 녀석들에게 가려서 대지가 보이지 않는다!!"

지상을 뒤덮은 짐승들에게 유린당하는 보병사단.

"츠바이어 근위함대다! 최종 방어선이 먹혔다……!"

"녀석이…… '검은 소용돌이의 화신'이 본토에 상륙한다!!"

바다 위에서 검은 소용돌이 공간에 휘말려서 사라진 함대.

전부 다 당해낼 수 없었다.

제대로 맞서지도 못할 정도로 압도적인 전력차로 인해 인류가…… 후세에 선선대 문명이라 부를 정도로 번영했던 문명이 패배해 사라지기 시작했다.

하늘을 덮어 감추는 유린의 무장.

땅을 뒤덮는 무수한 짐승.

바다까지 집어삼키는 끝없는 검은 소용돌이.

사람들 앞에는 수많은, 그리고 한 가지 의사로 통일된 멸망과 절망이 있었다.

◇◆

이미 전선이 붕괴되었고, 세 마리의 '화신'이 접근하고 있다는 것을 알게 된 수도는 공황에 빠진 상황이었다.

츠바이어 황국의 국민은 세계의 끄트머리로, 땅속으로 도망치려고 필사적으로 발버둥치고 있었다.

그런 그들을 어떤 남자가 보고 있었다.

대륙에서 손꼽히는 선진국이었던 츠바이어 황국——이제 망국이 되려 하는 나라의 황왕이었다.

"신은 없는 것 같군……."

츠바이어 황왕은 사라져가는 나라를 보며 그렇게 중얼거렸다.

사람들이 일군 것들이 이렇게 쉽사리 무너져내리는 허무한 세계라면 신에게 기도해도 소용이 없다.

게다가 맞서야 하는 '화신'들이 그야말로 신과 같은 힘을 발휘하고 있었으니…….

"분명 후세에서도 신은 기도를 받아주지 않겠지. 애초에…… 나중에 인류가 살아갈 길이 있을지도 모르겠다만……."

멸망하는 황국을 바라보던 황왕에게 어떤 청년이 말을 걸었다.

"폐하, 지하도시로 주민을 대피시키고 각 지하공장의 봉인 처리를…… 완료했습니다."

"그런가……."

"황옥룡 다섯 기 중 네 기의 완전 파괴를 확인하였고 한 기는 바닷속에 가라앉은 채 떠오르지 않고 있습니다. 황옥인은 세 대가 완전 파괴, 두 대가 행방불명되었으며 황옥마는 전부 행방불명되었습니다. 현재 개발할 수 있는 전력으로는 대항할 수 없다는 사실이 판명되었습니다."

"그런가……."

"옥좌는 여전히 움직이지 않습니다. 건조 지점으로 흐르고 있던 자연 마력의 경로가 끊어져버려 메인 엔진에 불을 지피려면 예정보다 100배…… 1000년 이상은 걸릴 겁니다. 하지만 양산형 [황옥인]…… [황옥병] 시리즈의 자동 양산 시스템을 구축하는 것이 성공하여 엘딤 산 지하에 슬립 모드로 대기시켜두었습니다. 결전병기 3호, [아크라 바스타]도 해당 시설에서 건조 중입니다."

"그런가…….."

"[아크라 바스타]는 '화신'에게서 수집한 데이터를 사용하여 자동 설계, 개발 중입니다. 엘딤 산 지하에서 녀석들에게 들키지 않게끔 조심하며 실행하겠습니다. 하지만 능력을 모방하고 대책을 세우려면 난항을 겪을 것으로 보여 완성되려면 3~4000년은 걸릴 겁니다."

"……후후, 참 느긋하군."

"네. 하지만 언젠가…… 저 '이대륙선'에게 쓴맛을 보여줄 겁니다. 그 모습을 보기 전까지 저는 죽지 않을 겁니다."

"그런가……. 그렇다면 내 몫까지 봐다오. 내 벗…… 플래그맨이여."

"분부대로. 그럼 저는 아직 남아 있는 나라에서 준비를 하겠습니다."

"으음, 부탁하지……."

"네. ……오랫동안 신세를 졌습니다."

플래그맨이라 불린 청년은 그렇게 말한 뒤 황왕 앞에서 물러났다.

그는 알고 있었다. 황왕이…… 왕으로서 멸망을 맞이하려 한다는 것을.

"자, 어떤 멸망이 찾아오련지……."

이미 그의 백성 중 대부분이 멸망── '이대륙선'의 '화신'에게

살해당했다.

그렇기에 그도 백성과 같은 길을 가겠다고 마음먹었다.

그는 여기서 끝난다.

하지만 그들의 소원은 여기서 끝나지 않는다.

그들은 자신들의 멸망을 앞두고 자그마한 소원을 가슴에 품었다.

"언젠가…… 명부에서 기대하마, 플래그맨."

그렇게 말한 황왕 앞에 성벽을 쉽사리 부수고 들어온 수많은 짐승이 나타났다.

"……'짐승의 화신'인가? 아무것도 하지 못하고 끝날 상대가 아니라 다행이긴 하겠어."

황왕은 그렇게 말하고 일어선 다음 묵직한 기계 갑옷을 몸에 둘렀다.

"[기황(임페리얼 머신)] 볼프강 마그나 츠바이어. 왕으로서 벌이는 최후의 전투, 함께 해줘야겠다……. '짐승의 화신'이여!"

『■■■■■■——.』

◇ ◆

그것은 <Infinite Dendrogram>이라 불리는 무대에 새겨진 **역사** 중 하나.

내부 시간으로 플레이어들이 발을 내딛기 **2000년 전.**

후세에 선선대 문명이라 불리는 시대의 끝.

그 시대에 번영했던 어떤 나라의 왕은…… 자신의 옥좌에서 멸망에 휩싸였다.

그렇게 멸망한 나라와 왕은 무수히 많았다.

하지만 그들은 아무것도 남기지 않고 사라진 것은 아니었다.

그들이 적대하던 자들의 침공이 비교적 느슨했던 땅속과 바닷속에 많은 시설을 남겼다.

그것들은 후세에 〈유적〉이라 불리게 된다.

그들은 그 안에 살아남은 사람들의 희망이 될 수많은 힘을 맡겼다.

멸망해가는 문명의 부흥을 바라며 수많은 물건과 기술을 남긴 것이다.

그것들은 2000년이라는 시간을 지난 뒤에도 다음 세대 사람들이 찾아오기를 기다리고 있었다.

하지만 희망을 남긴 사람들이 크게 잘못 생각한 것이 두 가지 있었다.

한 가지는 그들이 싸우던 '화신'이 모함인 '이대륙선'과 함께 사라졌다는 것.

그리고 다른 한 가지는…… 남긴 희망이 그들이 의도한 대로 되지 않았다는 것이다.

그들이 남긴 희망은 그들의 뜻에 맞지 않는 움직임을 보이곤 했다.

어떤 지하공장에서는 환경을 조정하기 위해 만든 세균이 폭주하여 다른 생물들을 먹어치우기 시작했다.

어떤 지하도시에서는 방어용 골렘 병기 [매그넘 콜로서스]

가 폭주하여 다가오는 자가 누구이건 간에 말살하는 문지기로 변했다.

기술에 실수가 있었는지, 아니면 시간이 경과해서 그런 것인지. 선선대 문명이 남긴 것들은 원래 의도와는 다른 움직임을 보이게 되었다.

후세를 위해 남긴 희망이 사람들의 절망으로 변한다.

남긴 자에게도, 맡은 자에게도, 뭔가 잘못되었다고밖에 할 수 없는 악몽.

그렇기에 어떤 자는 그것들을 '에러'라 불렀다.

엘딤 산…… 지금은 다른 이름으로 불리는 산에 잠든 〈유적〉도 '에러' 중 하나였다.

시간이 지나 그 산은 츠바이어 황국이 아닌 나라의 영토가 되어 있었다.

그것은 알터 왕국의 영토 중 하나, 카르티에 라뱅 영지.

──알터 왕국과 드라이프 황국의 국경지대이다.

□그녀의 꿈

그녀는 꿈을 꾸고 있었다.

"아버님! 정말 이대로 싸우러 가실 생각이신가요?"

그것은 과거를 떠올리게 하는 꿈.

아직 1년도 지나지 않아 기억이 너무나도 생생한…… 그 광경.

그녀가 많은 것을 잃은 운명의 날, 그 사흘 전.

"어째서 황국처럼 많은 보상을 제시하며 〈마스터〉를 고용하지 않는 건가요!"

그녀── 알터 왕국 제1왕녀, 알티미어 A 알터는 필사적으로 호소하고 있었다.

그 호소를 듣고 있던 사람은 아버지이자 국왕인 엘도르 제오 알터였다.

부드러운 인상이라 나이보다 젊게 보이는 엘도르는 필사적인 표정을 짓고 있던 딸에게 이렇게 말했다.

"그건 말이다, 알티미어. 지금이 시대의 변혁기이기 때문이란다."

자상하게 타이르는 것처럼 엘도르는 계속 말했다.

"예전에는 얼마 없던 〈마스터〉들이 몇 년 전부터 빠르게 늘어나기 시작했다. 이미 국내에 있는 〈마스터〉의 숫자는 만 명이 넘겠지."

"그러니 〈마스터〉를 전력으로 삼으면……!"

〈마스터〉는 〈엠브리오〉라는 초상적인 힘을 지니고 있으며 불사신인 존재.

전쟁에는 〈전투의 계약〉으로 인해 일부 인원들(랭커)만 참가할 수 있지만, 그래도 전쟁에서 그들보다 뛰어난 자는 없다.

대다수의 티안보다 훨씬 강하고 목숨도 잃지 않으니까.

하지만 〈마스터〉를 전력으로 삼아야 한다는 그녀의 말을 엘도르는 고개를 천천히 저으며 부정했다.

"알티미어. 그래선 그들이…… 〈마스터〉들이 늘어난 이유가 **싸우기 위해서**라고 단정을 지어버리는 거나 마찬가지란다."

"네?"

"〈마스터〉는 늘어났다. 앞으로도 늘어나겠지. 이제 세계는 그들로 인해 바뀌어갈 거다. 나는 그들이 세계가 보낸 시대의 변혁자이고, 그들의 특별한 힘도 그 변화를 위해 존재하는 거라 생각한다. 하지만 그들을 전쟁에 동원하는 건 결코 세계의 미래에 바람직하지 않을 거다. 티안이 그들을 싸움의 도구로만 보고, 그들도 마찬가지로 자신들을 싸움의 도구라고 규정지어 버리는 세계는 너무나도…… 황량하니까."

엘도르는 자신이 말한 미래를 염려하며 창밖을…… 그 너머에 있는 세계 그 자체를 보는 듯이 중얼거렸다.

"그러니 드라이프처럼 많은 보상으로 그들의 의지를 일그러 뜨리며 싸움에 끌어들이는 짓은 할 수 없구나."

엘도르는 그렇게 딱 잘라 말한 다음 미소를 지었다.

"······하지만 일그러지지 않은 뜻을 품고 이 나를 지키기 위해 일어서준 〈마스터〉가 있으니······ 어찌 고마워해야 할지."

그날, 엘도르는 황국의 침공에 맞서 방어전에 참가할 〈마스터〉를 모았다.

앞서 말한 이유 때문에 보상을 줄 수는 없었지만, 그럼에도 불구하고 나라를 지키기 위해 일어난 사람도 있었다.

"하지만······!"

하지만 그 숫자나 전력의 질은······ 황국 쪽에 붙은 〈마스터〉들에 비해 매우 떨어졌다.

알티미어는 그 사실을 알아버렸다. 엘도르도 마찬가지로 알고 있는 사실이었다.

"이대로 가다간 왕국은 패배할 거예요······! 승산이 없다면 강화를······."

"그럴 순 없지."

〈마스터〉를 전력으로 끌어들이기 위해 보상을 주자는 의견을 부정했을 때보다 더 단호한 말투로 엘도르가 부정했다.

"알티미어. 지금 황왕······ 라인하르트는 위험하다. 막지 않으면 세계까지 위태로워질 거다."

"아버님······?"

알티미어는 예전에 왕국과 황국의 관계가 우호적이었을 무렵에 황국에 유학을 다녀오기도 했다.

그때 현재의 황왕인 라인하르트와는 어떤 인연이 있어서 잠시 이야기를 나눈 적이 있었다.

하지만 그때는 그렇게까지 위험한 사람이라는 생각이 들지는 않았다.

하지만 엘도르의 표정은 매우 굳어 있었다. 그 심상치 않은 모습을 보고 왕국과 황국의 관계가 매우 빠르게 전쟁 상태가 될 정도로 악화된 이유는 바로 그라는 생각이 들었다.

"아버님……."

"……괜찮다, 알티미어. 이래 봬도 나는 예전에 [성기사(팔라딘)]로서 랑그레이와 함께 싸운 적이 있어. 그리고 선생님…… [대현자(아치 와이즈맨)]도 계시지. 〈마스터〉의 숫자는 저쪽이 더 많지만, 어떻게 해서라도 정전까지는 이끌어 낼 거다."

"아버님…… 그렇다면."

아버지에게 알티미어는 무언가를 제안하려 했다.

하지만 그 뒤로 이어지려는 딸의 말을 엘도르가 가로막았다.

"그리고 말이다, 알티미어. 〈마스터〉도 그렇지만 나는…… 싸울 힘이 있다고 해서 무조건 싸우러 내보내는 짓은 결코 하고 싶지 않구나."

"그건……."

"그러니 말이다, 알티미어……."

◇

아버지가 어떤 말을 하려고 했을 때, 알티미어는 꿈에서 깨어났다.

방금 꾼 꿈은 그녀와 아버지가 마지막으로 이야기를 나눈 꿈.

아버지께서 돌아가신 뒤로 몇 번 꾸었는지 알 수도 없는 꿈이다.

"알티미어 전하! 핀들 후작이 급한 소식을 가지고 왔습니다! 바로 집무실로 와 주십시오."

문 바깥에서는 그녀가 꿈에서 깨어난 원인인 측근의 목소리가 들렸다.

"……지금, 가겠습니다."

잠든 사이에 눈가에 흘러내렸던 눈물을 닦은 다음, 그녀는 약식 복장으로 갈아입은 뒤 집무실로 향했다.

"그건 확실한 정보인가요?"

알티미어는 자신의 집무실에서 가신에게 그렇게 물었다.

그 가신의 이름은 핀들 후작. 왕국의 첩보부를 맡고 있는 사람이다.

그리고 오늘 밤, 그가 지휘하는 첩보부가 어떤 정보를 입수했다.

"사실입니다. 이 왕도의 북쪽…… 황국과의 국경선에 인접해 있는 카르티에 라탱 영지에서 〈유적〉이 발견되었습니다."

"……그래요."

그 말을 듣고 그녀는 무언가를 생각하는 듯이 고개를 크게 숙였다.

〈유적〉이라는 단어를 티안과 〈마스터〉들 입장에서 간단히 설명하면 선선대 문명이 남긴 던전이다.

지금보다 뛰어난 마법 과학 문명을 자랑하던 선선대 문명.

예전에 멸망한 시대의 수많은 유물이 담겨져 있는 지역.

원래 요새나 연구시설, 성 같은 곳이었다는 사실을 생각하면 자연스럽게 발생한 던전의 일종이라 할 수 있을 것이다.

지금까지 발견된 〈유적〉은 드라이프의 기반인 〈지하도시 그란벨〉과 그란바로아가 해저에서 발견한 제1 ~ 제7 〈해저 굴삭성〉, 그리고 카르티나에 있는 이름도 모를 수많은 〈유적〉 등이다.

〈유적〉에서는 현재 만들 수 없는 기술, 그리고 부산물들이 많이 발견되었다.

드라이프가 자랑하는 마법기계, 그리고 그란바로아의 조선기술도 대부분 그 유적에서 발견된 기술을 해석해서 반영한 것이다.

그런 이익을 가져다주는 것과 동시에…… 가끔은 폭주한 기술로 인해 재앙을 퍼뜨리는 상자가 되기도 한다. 위험한 〈UBM〉이 생식하고 있는 경우도 그리 드물지 않다.

화가 될지 복이 될지 알 수는 없지만, 〈유적〉의 존재는 국력을 크게 변화시킨다.

중요한 것은 왕국의 영토 안에서 새로운 〈유적〉이 발견되었다는 사실.

문제는 그것이 드라이프와 인접해 있는 영토인 카르티에 라탱 영지에 있다는 것이다.

저번 전쟁 때는 드라이프가 다른 영지로 침공했기에 전장이 되지는 않았지만, 다음에도 그렇게 되리라는 보장은 없다. 최전선이 될 가능성이 큰 지역이다.

지금도 양쪽 군대가 근교의 요새에 많은 병사들을 주둔시키고 있는 그런 곳에…… 나라의 미래를 좌우할 수도 있는 〈유적〉이 나타나 버린 것이다.

"그 정보…… 황국은요?"

"몰랐으면 합니다만…… 저쪽은 첩보 쪽에도 〈마스터〉들이 끼어들어 있습니다."

〈엠브리오〉라면 고유 스킬에 따라 도청이나 천리안 정도는 식은 죽 먹기다.

십중팔구, 드라이프도 〈유적〉의 정보를 파악했다고 판단해야 한다.

그 사실로 인해 알티미어는 씁쓸한 표정을 지었다. 〈유적〉에 있는 기술에 따라서는 전쟁이 다시 시작되는 것을 앞당길 방아쇠가 될 수도 있으니까.

"전하……."

"……아뇨, 괜찮습니다. 그건 됐고, 지금은 황국의 움직임이 중요하죠. 군대의 움직임은 파악하고 있나요?"

"……국경 부근에 주둔해 있는 군대는 움직이지 않고 있습니다. 〈유적〉의 발견을 계기로 재침공……하지는 않겠죠."

"그럼 가능성이 있는 것은…… 소수로 기습을 가하거나 〈유적〉의 기술 및 부산물의 강탈."

"네. 기데온에서 벌어진 사건처럼 황국의 〈마스터〉가 움직일 것으로 보입니다."

기데온에서 벌어진 사건.

그것은 저번 달에 왕국에서 손꼽히는 도시인 기데온에서 드라이프의 〈초급〉 중 한 명인 프랭클린이 일으킨 대규모 테러 사건.

제2왕녀 유괴와 거리 파괴, 나중에는 그 전쟁에 투입된 숫자보다 많은 몬스터를 이용하여 기데온의 섬멸까지 계획하고 있었다.

불행 중 다행으로 왕국의 〈초급〉인 [파괴왕(킹 오브 디스트로이)]을 비롯한 〈마스터〉들이 그 음모를 저지했고, 수많은 몬스터와 그것을 만들어낸 프랭클린도 쓰러졌다.

"………."

〈유행병〉으로 인해 병상에서 들었던 그 사건을 떠올리자 그녀는 다시 어두운 표정을 지었다.

드라이프의 전력으로 움직였던 〈마스터〉들이 대규모 테러를 일으켰고, 그것을 막아낸 것이 〈마스터〉의 힘이었다는 결과를 제1왕녀는 **용납할 수가 없었다.**

그 마음이 어느 쪽으로 향해 있는지는 알티미어밖에 몰랐다.

그녀는 '어째서 그때'라고 생각하려…… 고개를 저으며 다른 생각을 하기 시작했다.

"……이쪽도 손을 쓰도록 하죠. 사람을 보내 〈유적〉 내부를 조사하고, 그와 동시에 진입하려는 황국의 세력에 맞서도록 할 겁니다."

"알겠습니다. 그럼 길드를 통해 유력한 〈마스터〉를 지명하여 퀘스트를."

"그래선 안 됩니다."

"네?"

〈마스터〉가 증가한 뒤로부터는 곤란한 상황에 처하면 〈마스터〉

에게 의뢰하는 것이 가장 적절한 대처였다.

하지만 알티미어는 그것을 부정했다.

"제가 선택한 사람을 보내겠습니다. 그리고 〈마스터〉나 모험자 길드에 전달할 필요는 없습니다. 모험자 길드나 각 직업 길드에서 〈유적〉 관련 퀘스트를 주는 건 막으세요."

"하지만, 황국이 〈마스터〉를 보낼 경우에는 〈마스터〉가 아니면 대항하기가⋯⋯."

"국왕 대행으로서 내린 결정입니다."

"⋯⋯분부대로 하겠습니다."

핀들 후작은 그렇게 말하며 받아들이겠다는 자세를 취했다.

"물러가세요. 그리고 지금부터 며칠 동안 저도 이 사태에 대처하기 위해 응답하지 못할지도 모릅니다. 다른 부서에도 전달해두겠습니다."

"알겠습니다."

핀들 후작은 인사를 하고 집무실을 나섰다.

후작이 나간 뒤, 알티미어는 의자에서 일어나 전신거울 앞에 섰다.

"티안은 〈마스터〉에게 대항할 수 없다⋯⋯, 나도 알아."

알티미어는 전신거울로 자신의 모습을 비추며 중얼거렸다.

거울에 비친 자신과 눈을 마주 보며 드라이프의 〈마스터〉에게 패배해 죽어간 사람들을 떠올렸다.

그중에는 자신에게 소중한 사람이 여러 명 있었다. 아버지인 엘도르도 〈마스터〉에게 패배해 〈마스터〉가 데리고 있던 몬스터에게 잡아먹혀 죽었다.

"하지만 전쟁의 대세에 관련된 이 사태……, 〈마스터〉에게 의존하면 안 돼. 〈마스터〉라는 존재를 전쟁의 도구로 삼아선 안 돼."

제1왕녀는 전신거울을 만지면서…… 속삭이는 듯이 말을 이어나갔다.

그것은 아버지와 나눈 이야기, 꿈속에서 몇 번이나 되풀이한 말.

〈마스터〉는 시대의 변혁자.

'인간(티안)'의 싸움에 이용해서는 안 된다.

그녀는 아버지의 말을 그렇게 이해하고 있었다.

그것이 아버지의 뜻과는 약간 다른 형태일지도 모르겠지만, 그녀는 마음을 굳게 먹고 있었다.

그리고 그녀는 다른 생각도 품고 있었다.

그 전쟁 때, 황국에는 보상을 받기 위해 많은 〈마스터〉들이 참가했다.

그에 비해 왕국의 〈마스터〉는 보상을 주지 않으려 했던 아버지에게 반발했고, 참전한 자들은 황국보다 훨씬 적었다.

아버지가 말했던 것처럼, 그런 상황에서도 왕국 쪽으로 참전했던 〈마스터〉들에게 고마움을 느끼고 있다.

하지만 아무리 그렇게 생각해도 떨쳐낼 수 없는 생각이 있다.

황국에 참가한 많은 〈마스터〉들에 대한 증오.

왕국 쪽으로 참가하지 않았던 많은 〈마스터〉들에 대한 원한.

치를 수 없는 대가를 요구한 왕국의 〈초급〉에 대한 분노.

애초에 〈마스터〉가 없었다면…… 지금처럼 혼란스럽지도 않았을 것 같다는 생각.

그녀도 이성으로는 이해하고 있다.

그것은 전쟁의 결과이고, 황국의 〈마스터〉들은 의뢰에 따라 움직였을 뿐이라고.

왕국은…… 다름 아닌 아버지의 의지에 따라 의뢰를 하지 않았다는 것도.

하지만 그녀는 〈마스터〉로 인해…… 〈초급〉으로 인해 너무 많은 것을 잃었다.

그렇기 때문에 〈마스터〉에 대한 불신은 뚜렷하게 존재했다.

"…………하지만."

그런 그녀의 불신을 사그라들게 만든 사건도 있긴 했다.

왕도가 봉쇄되었을 때는 〈마스터〉 자경단이 조직되었다.

〈유행병〉 때는 이익을 거들떠보지도 않고 환자들을 돌보며 돌아다닌 〈마스터〉들이 있었다.

그리고 기데온의…….

"하지만, 지금은……."

지금부터는 전쟁에 관련된 것.

그녀의 마음이 호감이나 증오, 어느 쪽이든 간에 그녀는 아버지의 뜻에 따라 〈마스터〉에게 의존하지 않을 것이다.

그렇기 때문에 다른 방법을 사용한다.

"……**아즈라이트**가 나설 차례구나."

◇

　제1왕녀의 방에서 나온 핀들 후작은 제1왕녀의 방에서 멀리 떨어진 뒤 품속에서 무언가를 꺼냈다.

　그것은 통신마법을 사용하기 위한 매직 아이템이었고, 그가 그것을 조작하여 연결한 상대는 자신의 부하인 첩보부 사람이었다.

　"나다. 〈DIN〉에게 카르티에 라탱 영지의 〈유적〉 정보를 왕국 내부에 흘리게끔 의뢰하도록. 그래, 그러기만 하면 된다. 각 길드의 〈유적〉 관련 퀘스트는 왕녀의 명령대로 동결. 그러면…… 그들이 자신들의 의지로 움직일 거다."

　그렇게 말한 다음, 핀들 후작은 통신을 끊었다.

　"……전하께서는 그렇게 말씀하셨지만, 역시 〈마스터〉의 상대는 〈마스터〉에게 맡겨야 하지."

　직접 방어를 의뢰하지 않더라도 왕국의 〈마스터〉가 조사할 때 드라이프의 〈마스터〉가 습격한다면 대처할 것이다.

　그리고 왕국의 〈마스터〉가 〈유적〉에서 어떤 기술이나 부산물을 손에 넣어 돈으로 바꾸려 한다면, 왕국의 시장에서 바꿀 가능성이 크다.

　귀중한 것이라면 나라에서 직접 교섭하여 대가를 치르고 받으면 된다.

　〈마스터〉라는 사람들은 목숨을 그렇게까지 신경 쓰지 않고, 미지에 대한 호기심과 얻을 수 있는 보상에 따라 움직인다. 그

렇다면 이런 형태로 다루는 것이 최선일 것이다, 핀들 후작은
그렇게 생각했다.

"하지만⋯⋯. 아니, 이건 생각해봤자 소용없지."

후작은 그렇게 말한 뒤 자신의 집무실로 향했다.

방금 내린 지시 말고도 이번 사건 때문에 해야만 하는 일이 많이
있었기 때문이었다.

알티미어의 아버지가 남긴 뜻으로 인해 굳게 먹은 마음.

핀들 후작이 현재 상황을 고려하여 실행한 조치.

⟨마스터⟩를 전력으로 삼지 않는 것.

⟨마스터⟩를 전력으로 고려하는 것.

양쪽 다 믿고 있는 정의가 있기에 어느 쪽이 잘못되었다고
딱 잘라 말할 수는 없다.

하지만 양쪽 다 잘못되지 않았다 해도, 어느 쪽이 더 올바르다
해도⋯⋯ 의미는 없다.

⟨유적⟩을 탐색하러 간 ⟨마스터⟩보다 드라이프가 보낸 ⟨마스터⟩
가 훨씬 강하면 아무런 의미도 없으니까.

■드라이프 황국 황왕궁 [황옥좌 드라이프 엠펠스탠드]

드라이프 황국 황도 반델헤임은 두 가지 측면을 지니고 있다.

비교적 근대적인 도시라는 측면.

그리고 기계장치의 초과학적인 측면.

후자의 대표적인 시설은 두 곳이 있다.

한 곳은 황도 교외에 있는 〈예지의 삼각〉의 본거지 등, 대형 연구 시설.

다른 한 곳이…… 이 황왕궁이다.

황도의 중심에 위치해 있는 황왕궁은 그 외관 중 대부분이 근대 도시와 비슷한 거리의 연장선이다.

하지만 중심의 중심…… 가장 안쪽 부분은 그렇지 않다.

그것은 한마디로 하자면, 기계장치의 거대 요새.

항상 어떤 부품이 계속 움직이고 있는 톱니바퀴의 성.

그 성이야말로 [황옥좌 드라이프 엠펠스탠드].

아득히 먼 옛날부터 남겨져 있는 드라이프의 중심이자 최강 병기.

그리고 〈이레귤러〉라 불리는 존재다.

◆

병기이자 황왕의 거성이기도 한 [엠펠스탠드]에는 중신의 집무실도 존재한다.

그중 한 곳에서 두 사람이 체스판──과 비슷한 유희판──을 사이에 두고 이야기를 나누고 있었다.

"얼마 전 왕국의 카르티에 라탱 영지에 〈유적〉이 나타난 것을 멀리서 관측한 〈마스터〉의 정보를 통해 확인하였습니다."

"⋯⋯⋯⋯⋯."

"그 〈유적〉에 [마장군(헬 제네럴)]을 파견해주시면 안 되겠습니까?"

"⋯⋯어째서? 이유를 들어볼까, 비고마 재상."

두 사람 중 한 사람은 이 황국의 내정을 맡고 있는 노브롬 비고마 재상.

그리고 다른 한 사람은⋯⋯.

"간단합니다. 그러는 편이 제일 확실하기 때문입니다⋯⋯ 바르바로스 원수."

"⋯⋯⋯⋯그런가."

이 나라의 군사를 맡고 있는 자이자 황국 최강의 티안.

[무장군(제로 제네럴)] 기프티드 바르바로스 원수다.

[장군]이자 원수. 직업과 직책에 차이가 있는 것은 티안에게는 자주 있는 일이다.

애초에 초급 직업에 [장군]이나 [총사령관]은 있지만 [원수]는 없기에 어쩔 수가 없다.

하지만 이 나라에서 최고위 계급이면서도 그의 나이는 아직 서른 전후에 불과했고⋯⋯ 무엇보다 군사 최고책임자임에도 불구하고 패기가 없었다.

있는 그대로 말하자면 눈이 반쯤 죽어 있다.

"그는 원수파니까요. 당신께서 말씀을 해주시면⋯⋯."

"⋯⋯나와 그는 수단이 같기 때문에 길을 함께 걷고 있을 뿐,

그가 파벌에 소속되어 있는 것은 아닌데. ······하지만, 알았다. 중재를 해보지."

그렇게 한 대답에도 마찬가지로 기력이 없었다.

원수파, 재상파라 불리며 이 나라의 세력을 삼분하고 있다는 우두머리 중 두 사람이 이야기를 나누고 있는 와중에도 그의 마음은 아무것도 느끼지 않는 것 같았다.

그저 무덤덤하게 이야기를 나누며 반상의 말을 움직이고 있었다.

하지만 비고마 재상은 그의 그런 모습을 보고도 아무런 느낌이 들지 않았다.

어렸을 때부터 그를 알고 있었기 때문이다.

무엇보다 그가 잠든 사자······ 아니, 사자와 비교할 수도 없을 정도로 무시무시한 자이고 평시에는 깨우지 않는 편이 낫다는 것을 알고 있기 때문이다.

"그건 그렇고 뜻밖이군요. 제가 [마장군]에게 의뢰하는 것에 대해 질문이나 거부하실 줄 알았는데요."

"······〈마스터〉는 자유다. 계급이나 파벌에 얽매이지 않지. 그들은 그들의 마음에 따라 움직인다. 목숨도 부차적인 문제다."

"··········그렇죠."

비고마 재상은 바르바로스 원수가 한 말에 동의하는 것과 동시에 '그건 당신도 마찬가지잖습니까?'라고 생각했지만, 표정으로 드러내지는 않았다.

"그리고 사정은 대충 짐작하고 있다. 로건에게 의뢰하려는 이유는 당신이 스폰서를 맡고 있는 프랭클린을 지금 써먹을 수가 없기 때문. 아니, 써먹으면 안 되기 때문이겠지."

"호오."

"프랭클린의 힘은 다양성과 축적되는 힘. 녀석은 저번 사건 때 전력을 잃고 지금은 다음 전쟁을 대비해 신형을 개발하고 양산형을 증산하느라 바쁘겠지. 이 〈유적〉에 관한 안건은 중요하긴 하지만 기술 획득을 목적으로 하는 장기적인 목표. 얼마 남지 않은 전쟁의 대세 그 자체에는 영향이 없다. 그렇다면 전쟁을 위해 보충하고 있는 전력을 이번에 방출할 수는 없고, 지금은 축적하는데 전념시켜야만 한다. 그리고 얼마 전 황국에 가세한 [차기왕(킹 오브 채리엇)]과 [도적왕(킹 오브 밴디트)]은 당신이 보기에는 아직 써먹기 찜찜할 테고. 후자는 나도 마찬가지다. 고용하는데 있어서 세밀한 계약을 나누긴 했지만, 광역 지명수배자니까."

"…………."

"그럼 나머지 두 고참 〈초급〉은 어떨까. [수왕(킹 오브 비스트)]는 단독으로 완성된 힘, 어떤 비용이나 준비가 필요하지 않은 절대 전력. 하지만 오히려 **너무 강해서** 〈유적〉까지 손상시킬 수도 있겠지. 전례도 있고. 그에 비해 로건은 비용이 들긴 하지만 즉시 전력을 전개시킬 수 있고 전력을 조정하는 것도 편하지. 당신이 비용을 마련하면 로건도 응할 것이다. 그러니 현재 드라이프가 이 임무를 의뢰할 수 있는 〈초급〉은 로건이 가장 적합하다. 그렇게 상정했다."

"…………정말."

눈이 죽은 채 연달아 자연스럽게 자신의 추측…… 거의 비고마 재상이 생각했던 것과 같은 추측을 늘어놓았다.

하지만 그가 그렇게 젊은 나이에 원수의 지위에 오른 것은 그런 전술안과는 상관이 없었다. 그럼에도 불구하고 그는 뛰어난 군인이었고, 그 정도 추측은 간단히 해낼 수 있었다.

"후후, 그렇게 잘 아시니 더 이상 설명할 필요는 없겠군요."

"……그럼 당장에라도 로건과 회합할 자리를 마련하도록 하지."

"네, 감사합니다. 원수."

비고마 재상은 그렇게 말한 다음 악수를 청하며 손을 내밀었고, 바르바로스 원수도 눈이 반쯤 죽은 채 그 악수에 응했다.

"그건 그렇고 방금 하신 추측을 보아도 능력은 충분하고도 남게 지니셨으니 군대의 운영을 참모들에게 전부 떠넘기실 필요는 없는 거 아닌지?"

"……나는 왜 내가 원수 같은 걸 하고 있는지 지금도 이해하지 못하고 있는 일개 병사다. **사람**을 움직이는 건 안 맞아."

"허허허. 저도 왜 재상을 맡고 있는지 의문이 들긴 합니다만."

비고마 재상은 웃고 나서 한숨을 쉬었다.

"우리는 그분께 가세했던 얼마 안 되는 군인과 문관 중에서 가장 지위가 높았을 뿐인데요……."

비고마 재상이 한 말을 듣고 바르바로스 원수도 그제야 처음으로 마음을 담은 듯한 무거운 한숨을 쉬었다.

"황위 결정과 그 뒤로 이어진 혼란 때 너무 많이 죽었지……."

"네. 하지만 저는 당신과 당신의 부하들이 남아서 정말 다행이라 생각합니다."

"나도 동감이다."

비고마 재상과 바르바로스 원수, 그리고 현재 황왕까지, 사람들은 이 세 사람이 황국의 세력을 삼분하고 있다고 말한다.

그것은 사실이다. 왜냐하면 최고권력자인 황왕은 간간히 정치방침을 내리고 암약하기도 하지만 평소에는 기계를 만지거나단련, 연애에 몰두하고 있다. 그리고 실무를 맡고 있는 비고마재상과 바르바로스 원수는 황국에 가장 바람직하다고 생각하는방법이 다르다.

하지만 그렇다고 해서 재상과 원수가 반목하고 있다는 것은아니다.

생각은 다르지만, 목적은 같다.

『황국에 가장 좋은 결과를 가져다 준다』, 『황왕의 뜻을 이룬다』.

그 두 가지가 그들의 공통된 목적.

그러기 때문에 이번처럼 협력해야 할 때는 싸우지 않고 협력한다.

한데 뭉치지는 않았지만 바라보고 있는 방향은 같다, 그것이황국의 재상과 원수다.

"재상. 한 가지 확인하고 싶은 게 있는데."

"뭔가요?"

"〈유적〉이 있는 곳이 카르티에 라탱 영지라 했나?"

"……네."

"그렇군. 그렇다면 특무병을 한 명 파견해두지."

"특무병? 하지만 그들은……! 원수, 설마…….."

"……딱 맞는 인재 아닌가?"

그리고 그들의 유연함과 연계는 〈초급〉, 그리고 **다른 한 명**의 강한 전력 파견이라는 왕국에게 있어서 최악의 케이스를 부르게 되었다.

◇◆◇

그렇게 왕국과 황국의 의도가 얽혀 〈유적〉을 둘러싸고 카르티에 라탱을 무대로 한 새로운 사건이 시작되려 하고 있었다.

하지만 지금 이때…… 티안 중 그 누구도, 그리고 〈마스터〉 중 그 누구도 상상하거나 이해하지 못했던 진영이 움직이기 시작하고 있었다.

◇◆◇

『선선대 문명의 〈유적〉이 왕국 안의 포인트 AO5에서 발견되었다.』

"정말~?"

『지각 변동으로 인해 지표면에 노출된 것을 티안과 〈마스터〉가 찾아내 버렸다.』

"왕국에서는 최근에 [지신(디 어스)] 때문에 지진이 잦았으니까~. 그래도 〈유적〉을 파악하다 놓친 부분이 있을 리가 없을 텐데~?"

『아무래도 꽤 후기 시설인 모양이다. 그래서 고도의 탐사 차단 기술이 사용된 모양이다. 레드킹의 '감옥'과 좀 비슷하군.』

"그렇다면 뭐가 들어 있는지가 문제인데~."

『일반적인 〈유적〉이라면 문제없다. 하지만…… 최악의 경우, 황옥룡이나 옥좌를 뛰어넘는 전투병기가 묻혀 있을 우려가 있다. 지금 왕국과 황국의 전쟁에서 그것을 사용하게 되면 그렇지 않아도 기울어진 균형이 무너질 염려가 있다.』

"균형 붕괴는 〈마스터〉로만 끝냈으면 하는데……, 이건 재버워크한테도 말해두고 싶은 말이야. 그래도……. 응, 알았어. 조사하러 갈게~. 그런 것까지 포함한 잡일이 내 임무니까~."

『부탁하마.』

"그리고 만에 하나를 대비해서 **본체**의 사용 신청도 해둘게."

『내 쪽에서도 건의하지.』

"부탁할게~."

『……조심해라.』

"응, 그럼 다녀오겠습니다~."

□[성기사] 레이 스탈링

"음……."

마차의 마부석에서 나는 스스로도 이해가 안 될 정도로 당황하며 끙끙대고 있었다.

끙끙대는 이유는 들고 있던 투명한──하지만 걸치면 까맣게 변하는──후드가 달린 망토, [흑전투 모노크롬] 때문이었다.

[흑천공망 모노크롬]과 사투를 벌인 다음 날, 우리는 실버가 끄는 마차를 타고 왕도로 돌아가고 있었다.

나는 그 도중에 [흑전투]의 성능 테스트를 하려고 생각했다. [장염수갑 갈드랜더]나 [자원주갑 고즈메이즈]를 얻었을 때와 마찬가지다. 특전무구는 개성이 강해서 사전에 테스트를 해두지 않으면 무서워서 도저히 써먹을 수가 없다.

매번 이판사판으로 어떻게든 넘어가고 있는 네메시스와는 다르다.

그리고 내가 끙끙대는 이유는 [흑전투]의 장비품 성능 때문이다.

[흑전투 모노크롬]
〈고대전설급 무구〉
빛을 먹고 어둠을 둘러 강대한 빛과 열을 내뿜는 아성의 개념을 구현화시킨 지보.

닿은 빛을 먹고 모아둔 뒤 날리는 힘을 지니고 있다.

※양도, 매각 불가 아이템, 장비 레벨 제한 없음.

· 장비 보정 : 없음

· 장비 스킬

《빛 흡수》

《샤이닝 디스페어》

그렇다, 이 [흑전투]에는 장비 스테이터스 보정이 없다. 특전무구는 랭크가 높을수록 장비 보정이 높다는 이야기를 들은 적이 있었기에 매우 손해본 기분이다. (참고로 [장염수갑]의 STR+100퍼센트는 꽤 대박이라는 것도 나중에 알게 되었다)

그런데 보정이 없는 대신 달려 있는 건지 모르겠지만, 장비 스킬인《빛 흡수》는 딱히 소비하는 비용 없이 항상 발동시킬 수 있다.

이《빛 흡수》의 효과는 '접촉한 광속성 대미지 100퍼센트 흡수'다. 100퍼센트라고 하니 강하긴 하다. 하나의 속성에 한정되긴 하지만 완전방어니까 든든하게 느껴진다.

하지만 선배의 말에 따르면.

"예를 들면 빛을 두른 검 같은 것으로 베일 경우, 빛과 열의 대미지는 막아낼 수 있겠지만 검 그 자체의 대미지는 입게 됩니다."

그렇다고 하니 예를 들어 피가로 씨의《극룡광아참(팽 오브 글로리아)》을 맞는다면 순식간에 끝장나는 모양이었다.

그렇다면 어제 싸웠던 [모노크롬]처럼 빛과 열 그 자체를 날리는 적과 싸울 때는 어떻게 되냐 하면…….

"그건 막아낼 수 있어요. 하지만 접촉하기 전까지는 열량을 지닌 채 다가오겠죠. 그러니 어제처럼 큰 열량을 지닌 광선을 상대할 경우에는 가열된 공간의 '여열' 때문에 레이 군이 타버릴 거예요."

그렇다고 한다. 선배는 '만약 《염열 흡수》가 달려 있었다면 여열도 흡수해줬겠지만요'라고 했다.

참고로 《연옥화염》 같은 불꽃은 당연히 《빛 흡수》로 막아낼 수 없다.

이야기를 듣고 '지금까지 광속성 공격을 한 적은 [RSK]하고 [모노크롬]밖에 없었지'라는 생각이 들었다. 광속성 공격을 가하는 적과 마주칠 확률은 애초에 낮다.

……왠지 써먹기가 불편하다는 생각이 든 것이 끙끙대는 이유 중 하나다.

참고로 두 번째 이유는 《샤이닝 디스페어》인데…… 이쪽은 시간이 해결해줄 거라 믿기로 했다.

"그건 그렇고 빛을 흡수하는 어둠의 외투인가? 그대, 슬슬 [성기사]에서 벗어나고 있는 모양이로구나."

"실례잖아. 나는 어엿한 [성기사]라고. ……왠지 모르겠지만 오의인 《그랜드 크로스》는 아직 익히지 못하긴 했는데."

[모노크롬]과 전투를 벌이면서 만렙을 찍긴 했는데 말이야. 릴리아나는 직업 레벨이 나보다 낮은데도 익혔으니까, 뭔가 놓친 게 있나?

"《그랜드 크로스》말인가요? 그건 [성기사] 퀘스트로 다른 사람을 구하지 않으면 습득 확률이 올라가지 않는데요?"

선배가 의아하다는 표정으로 그런 말을 했다.

그렇구나, 다른 사람을 구하는………… 어?

"……제가 이런 말을 하긴 좀 그렇지만 퀘스트를 하면서 다른 사람을 꽤 많이 구해준 것 같은데요."

"골치 아픈 사건에 너무 고개를 많이 들이밀었으니 말이다."

응. 뭐, 그렇긴 한데.

"그건 알아요. 제가 말한 건 [성기사]의 **직업 퀘스트**로 구해준 사람만 카운트된다는 거죠."

"…………[성기사]의 직업 퀘스트?"

선배가 한 말을 듣고 앵무새처럼 되물었다.

"네. 《그랜드 크로스》는 [성기사]의 직업 퀘스트로 구해준 사람 숫자 × 0.5퍼센트의 확률로 레벨업 때 습득할 수 있어요."

"……Wiki에는."

"안 나와 있죠. 이건 〈월세회〉의 통계 데이터로 얻어낸 추측이니까요."

"…………아~."

그럼 거의 확정이다.

그곳은 조직으로서는 믿을 수가 없지만, 정보량만 따지면 Wiki보다 훨씬 믿을 수 있다.

그건 그렇고 직업 퀘스트 말이지. 완전히 잊고 있었는데, 자연스럽게 발생하는 퀘스트나 모험자 길드에서 받을 수 있는 퀘스트 말고도 각 직업을 관리하고 있는 조합에서 받을 수 있는 직업 한정 퀘스트가 있긴 했다.

아직 왕도에 있을 무렵에 루크는 [포주] 직업 퀘스트로 레벨을 올렸고, 마릴린을 얻었다.

하지만 나는 하급직을 건너뛰고 [성기사]가 되었기 때문에 '[성기사]에 맞는 능력이 없기 때문에'라는 이유로 초반에는 직업 퀘스트를 받지 않았고, ……그대로 한 번도 받지 않은 채 직업 레벨 만렙을 찍어버렸다.

"이제 레벨이 안 올라가는데요……."

"안심하세요. [성기사]를 지우지 않고 보조로 남겨두면 다른 직업의 레벨이 올라갈 때도 습득할 수 있어요. 보조 직업으로도 직업 퀘스트를 받을 수 있으니까요."

"다행이다……."

이제 안심하고 《그랜드 크로스》를 습득할 수 있겠다.

정보를 준 선배 만만세…… 하는 김에 여자 괴물 선배에게도 감사하자.

"…………응?"

그때 뭔가 마음에 걸렸다. 〈월세회〉에 통계 데이터가 있다는 건 꽤 많은 사람들이 [성기사]가 되었다는 뜻이다.

[성기사]의 전직 조건 중 '보스 몬스터에게 일정 비율 이상의 대미지를 입힌 뒤 격파'와 '교회에 기부하는 것'은 어떻게든 될 거다. (〈월세회〉는 교회 시설을 여러 개 가지고 있으니까)

하지만 '기사단 관계자의 추천'이라는 조건은 어떻게 달성한 걸까.

그런 의문을 품고 선배에게 묻자…….

"……〈월세회〉는 추천이 프리 패스라서요."

"어째서요?!"

"간단히 말하자면 교섭한 결과입니다."

선배의 말에 따르면 그 이유는 저번 드라이프와의 전쟁으로 거슬러 올라간다.

이미 알고 있는 대로 저번에는 왕국이 참패했다. 기사단도 괴멸된 상태로 귀환하게 되었다.

당시 기사단장을 비롯하여 죽은 자가 많았고, 그와 동시에 생존자도 중상을 입은 자들 투성이였다.

그대로 두면 목숨이 위험했고, 살아남은 뒤에도 심한 장애를 떠안게 될 사람이 많았다.

그렇기 때문에 간신히 남아 있던 많은 기사단도 사라지게 될 운명이었다.

그때 벼르고 있다가 손을 댄…… 아니, 손을 내밀어준 것이 여자 괴물 선배.

그 사람은 '앞으로 〈월세회〉 멤버가 원할 때 기사 계열 직업 추천장을 써둔다면 모두 낫게 해줄 건데~?'라는 식으로 상대방이 받아들일 수밖에 없는 교환 조건을 내밀며 기사단의 치료를 제안한 모양이었다.

어쩔 수가 없다. 국왕 대리인 제1왕녀와 기사들의 대표──릴리아나는 조건을 받아들였다.

그 이후로 그런 사정으로 인해 목숨을 건진 기사들은 그녀에게 쩔쩔매게 되었고, 〈월세회〉 멤버가 원할 때마다 추천장을 쓰게 되었다고 한다.

목숨의 대가로는 싼 건지도 모르겠지만, 참 지독하잖아. 그 여자 괴물…… 선배.

사람의 목숨을 살려냈으니 잘못한 거라 할 수는 없지만.

"직업 이야기를 계속 하자면요. 레이 군은 [성기사] 다음에 어떤 직업을 선택하실 건가요?"

"아직 정하지는 않았거든요."

릴리아나가 그렇게 했듯이 [사제(프리스트)]를 선택해서 회복 마법의 효과를 키운다.

범용적이고 탐색 등에 도움이 될 것 같은 스킬을 지닌 도적이나 모험가 계통 직업을 선택한다.

아니면 기사 검기를 배우기 위해 지금이라도 [기사(나이트)]를 선택할 수도 있을 것이다.

어찌 됐든 두 번째 직업이니 앞으로 짜게 될 빌드까지 고려해서 선택해야만 한다.

"아, 그렇다면 이걸."

선배는 그렇게 말하며 아이템 박스에 손을 넣고.

"[전직 적성 진단 카탈로그]~."

라고 어디선가 들어본 듯한 발음으로 말하며 그 아이템을 꺼냈다.

한 달 전에 본 형의 모습이 겹쳐 보였다. 꺼낼 때 도라에몽

흉내를 내야만 한다는 규칙이라도 있나?

"하긴, 직업 선택으로 고민할 때는 괜찮을지도 모르겠네요. 잘 쓰도록 할게요."

"그래요, 그래요."

형에게 빌린 [카탈로그]도 있긴 하지만 모처럼 선배가 꺼내주었기에 쓰기로 했다. 저번처럼 카탈로그의 질문에 대답하며 진단해 나갔다.

그렇게 10분 뒤에 선택된 것은.

──[황기병(프리즘 라이더)]이라는 하급 직업이었다.

그것은 예전 후보에는 나오지 않았던 이름.

그보다 문제는.

"이런 페이지가 있었나?"

2주일 정도 전에 [카탈로그]를 보았을 때는 이런 직업이 없었을 텐데.

"……저도 모르겠네요."

"선배도……요?"

〈월세회〉의 데이터베이스를 열람하여 다른 플레이어들보다 훨씬 지식량이 많은 선배조차 모르는 직업.

우선 어떤 직업인지 조건부터 확인해보자.

거기에는 이렇게 적혀 있었다.

전직 조건 :

· 황옥수(종류 불문)의 소유자.

·《승마》또는《기승》스킬 레벨이 Lv5 이상.

역시 [기병(라이더)]이라 그런지《승마》와《기승》이 걸려 있다.

무엇보다 다른 조건.

아마도 내 실버 같은 황옥마에 관련된 직업인 모양이다.

여기에는 황옥수라 적혀 있으니 다른 종류도 있을지 모르겠지만.

"하급 직업치고는 스킬 조건이 빡빡하네요."

"하급 직업이라 해도 일부는 힘든 조건이 설정되어 있으니까
요. 그런 것들은 대부분 희귀한 직업이에요. 스테이터스는 다른
직업과 비슷하지만 독특한 스킬을 습득할 수 있는 경우가 많죠."

그렇구나, 그런 하급 직업도 있구나.

"어찌 됐든 지금은 정보가 부족하네요. 로그아웃해서 Wiki
로…… 아니, 이제 곧 왕도에 도착할 테니〈DIN〉에 정보가 있는지
물어보죠."

"알겠어요."

그런 다음 우리는 왕도로 귀환했고, 곧바로〈DIN〉의 왕도 지
국으로 향했다.

결과부터 말하자면〈DIN〉은 이 [황기병]이라는 직업의 정보를
가지고 있었다.

가지고 있었다기 보다는…… 막 얻은 참이었다.

왜냐하면 이 직업이 발견된 것이 덴드로 시간으로 이틀 전이었기 때문인 모양이었다. 마침 우리가 토르네 마을로 가고 있던 무렵이다.

보아하니 왕도에서 북동쪽에 있는 카르티에 라탱 영지라는 곳에서 선선대 문명의 〈유적〉이 발견된 모양이었다.

그곳을 탐색하던 〈마스터〉가 내부에 안치되어 있던 거대한 크리스탈을 만지자 [황기병]이라는 직업의 전직 조건이 떴다고 한다.

그 발견자는 황옥수를 가지고 있지 않았지만, 마찬가지로 〈유적〉을 탐색하던 〈마스터〉 중에 황옥수의 소유자가 있었고, 그 사람은 [황기병]으로 전직할 수 있었다고 한다.

아직 검증하고 있는 도중인 것 같은데, 탑승한 황옥수의 성능이 향상되는 스킬 같은 것을 얻을 수 있다고 한다.

"로스트 잡이 발견되었다는 건가요?"

로스트 잡이라는 것은 '현재 시점에서 그 직업을 가지고 있는 사람이 아무도 없고 전직 조건도 유실된 직업'의 총칭이다. 그리고 로스트 잡으로 지정된 동안에는 하급 직업이나 상급 직업이라 해도 그 [카탈로그]에 뜨지 않는다.

이 〈Infinite Dendrogram〉에는 버전 업이라는 개념이 없고, 모든 요소가 이미 이 세계에 완성되어 있다.

그리고 지금도 초급 직업을 비롯한 많은 직업들이 발견되기를 기다리고 있다고 한다.

"그건 그렇고 조건에 나온 것처럼 [황기병]은 황옥수가 중요하게 작용하는 직업인 모양이네요. 그리고 오리지널뿐만이 아니라 레플리카라도 괜찮은 모양이니까요."

"오리지널하고 레플리카?"

"……그 이야기는 밖에서 하죠."

선배는 왠지 모르겠지만 주위——〈DIN〉의 왕도 지국 안을 살펴본 다음 나를 바깥으로 데리고 나왔다.

그런 다음 손님이 별로 없어 보이는 카페로 들어가 적당히 주문한 다음 하던 이야기를 마저 하기 시작했다.

"황옥수에는 하나만 존재하는 오리지널과 그것들을 간이 양산화시킨 레플리카가 있어요. 레플리카는 황국의 〈마징기어〉와 마찬가지로 움직이는 데 MP를 소비하지만, 레이 군의 실버는 그렇지 않죠. ……다시 말해 오리지널이에요."

"그런 모양이네요."

《바람발굽》의 출력 과잉 때는 제쳐두고, 일반적인 주행을 할 때는 MP를 소비한 적이 없었다.

그리고 설명 문구에도 명공이 어쩌고저쩌고라고 적혀 있었다.

"황옥수 중에서도 황옥마 시리즈 오리지널은 지금까지 여러 대 발견되었어요. 왕국의 국보이자 지금은 이미 사라진 뇌속성 [골드 썬더(황금지뇌정)]. 그 [초투사(오버 글래디에이터)] 피가로가 기승 결투 경기에서 사용하는 지속성 [옵시디언 어스엣지(흑요지지열)]. 그리고 황하의 〈초급〉이 가지고 있는 화속성 [루비 이럽션(홍옥지분화)]가 유명하죠."

……그러고 보니 피가로 씨도 가지고 있었지, 황옥마. '내 발로

뛰어가는 게 더 빠르니까 8번 투기장의 레이스 경기 때만 써'라고
했는데.

참고로 〈묘표미궁〉의 심층에서 드랍되었다고 한다.

"하지만 다른 속성은 행방불명된 상태였어요. 그리고 레이 군
의 실버는 그중 하나, 풍속성 황옥마일 가능성이 크죠."

뽑기에서 희귀도가 X로 뜬 것도 그렇고, 《바람발굽》도 그렇
고, 일반적인 장비가 아닌 것 같긴 했는데, 역시 실버는 특별한
장비인 것 같다.

……어라? 그런데 실버의 정식 명칭은 [제피로스 실버(백은지풍)]
였지?

다른 황옥마와 마찬가지라면 [실버 제피로스]여야 할 텐데.

왜지?

뭔가 이유가 있는 건가?

"역시 귀한 거겠죠?"

"그렇죠. 제가 아직 〈흉성(매드 캐슬)〉이고 레이 군과 알고 지내는
사이가 아니었다면…… 습격했을 거예요."

그 정도로?!

"싸게 잡아도 5억은 하니까요. 카르디나에서 경매에 붙이면
자릿수가 달라지겠죠."

……실버, 너…… 그렇게 고급이었어?

나중에 정성껏 닦아줘야지.

그리고 지금까지 도난당하지 않았던 행운에 감사하자.

"기데온에서는 근처에 곰 형님이나 마리가 있었으니 말이다.

그런 환경에서 훔치려 드는 바보는 없었겠지."

그렇구나. 그 〈솔 크라이시스〉라는 PK 클랜도 그랬지만 나는 기데온에 있을 때 정말 노리기 힘든 상대였던 것 같다.

……다시 말해 지금은 위험한 거 아닐까.

갑자기 불안해지는데.

"백은색은 레플리카도 많아서 들키지 않았을 가능성도 있죠. 하지만 계속 들키지 않을 거라는 보장은 없으니까 《절도》 대책이 되어 있는 아이템 박스를 구입하는 게 어떨까요? 가격이 비싸긴 하지만 스킬 레벨이 최대인 《절도》도 완전히 막아낼 수 있어요."

"그거 괜찮겠네요. 든든……."

"그래도 초급 직업의 오의로는 훔쳐낼 수 있지만요."

"…………그런 사람은 보통 마주칠 일이 없을 테니까요."

아마 [도적왕]이 그런 초급 직업이겠지만, 아무리 그래도 세계에서 한두 명밖에 없을 훔치기의 스페셜리스트와 마주친다는 건 우연치고도 너무 심하다.

……응, 분명 만날 일이 없을 거야.

"그래도 말이다. 그대가 지금까지 〈초급〉이나 초급 직업을 몇 명이나 만난 줄 아는고?"

……그렇게 말하니 부정하기가 힘든데.

뭐, 앞으로도 어떤 〈초급〉이나 초급 직업과 마주치긴 하겠지만 그 사람이 도적 계통이나 강도 계통이 아니기를 빌어야지.

그러고 보니 그 포위망 사건의 주범 중에서 유일하게 내가 만나지 못한 사람이 강도 계통 초급 직업인 [강탈왕(킹 오브 버글러리)] 엘드릿지라는 사람이다.

[강탈왕] 엘드릿지는 상대방의 장비를 빼앗고, 살을 깎아내 확실하게 전투력을 빼앗으며 싸움을 컨트롤하는 매우 똑똑한 PK라는 모양이다.

만약 싸우게 되면 엄청난 강적일 게 분명하다. 만나지 않기를 빌어야지.

"그건 그렇고 최저 5억 릴이란 말이죠. 가치가 엄청나네요."

"그렇죠. 하지만 그건 5억 릴만큼의 성능이라기보다는…… 주로 골동품, 미술품으로서의 가치예요. 생각해보세요. 2000년 이상 지난 오파츠가 완벽한 상태로 남아 있는 거예요. 비쌀 수밖에 없죠."

"2000년…… 선선대 문명은 그 정도 전이군요."

"네. 덧붙여 말하자면 선대 문명도 같은 시기에 멸망했어요."

"?"

선선대와 선대 문명이 양쪽 다 2000년 전에 멸망했다고?

"차례를 따져보면 선선대 문명이 멸망한 뒤에 선대 문명이 생겨난 거 아닌가요?"

"저도 〈월세회〉가 모은 데이터를 조금 읽어보았을 뿐이라 자세히는 알지 못하지만, 역사 조사 결과로는 그렇게 되어 있을 거예요."

2000년 전…… 같은 시기에 멸망한 두 개의 문명이라.

선선대 문명의 유산인 실버도 있고 하니 신경이 조금 쓰이네.

좀 조사해보고 싶어졌다.

"어찌 됐든, 레이 군은 다음 직업으로 이 [황기병]을 선택할 거죠?"

"네, 모처럼 찾아낸 거니까요. 그리고 바로 가면 쉬는 동안 전직할 수도 있을 것 같고요."

현재, 현실에서는 아직 토요일 오후쯤이다. 토르네 마을로 출발한 것이 금요일 밤. 그 뒤로 이쪽에서 이틀하고 한나절 정도 지나긴 했지만, 아직 토요일, 일요일 연휴는 절반 이상 남아 있다.

이쪽 시간으로 나흘은 투자할 수 있다. 〈유적〉이 출토된 카르티에 라탱 영지의 마을은 토르네 마을과 비슷한 거리인 모양이니 어느 정도 탐색하는 것을 고려해도 쉬는 동안 전직을 마칠 수 있을 것이다.

"전직하기 위해 그 〈유적〉에 가게 되겠네요. 이제 막 발견된 〈유적〉이니 전문가도 와 있을 거예요. 레이 군이 지금 품고 있는 의문의 답을 알고 있는 사람도 있을지 모르겠네요."

그렇구나. 마침 잘 되었다. 고고학 공부를 하는 것 같아서 즐거울 것 같다.

이런 역사 로망은 어렸을 때부터 좋아한 거라 두근거린다.

"즐거울 것 같구나."

"그래."

호기심이 자극되었는지 조금 기대하는 목소리로 말한 네메시스에게 대답했다.

나도 마찬가지다.

이제 할 일은 정해졌다.

목적은 전직과 두 문명의 역사 조사.

행선지는 카르티에 라탱 영지에서 발견된 고대의 〈유적〉.

퀘스트, 스타트.

◇

목적지도 정해졌기에 '카르티에 라탱 영지로 출발!'이라고
생각한 참이었다.

"아, 죄송합니다. 착신이 들어왔네요. 잠시 로그아웃했다고
올게요."

선배가 그렇게 말하고 로그아웃했다.

착신이라는 건 굳이 말할 필요도 없이 휴대단말기의 착신일
것이다. 〈Infinite Dendrogram〉의 하드웨어와 휴대단말기의 연
동을 설정해두면 전화 착신이나 메일, SNS 알림이 떴을 때 [수
면 부족]이나 [소변 마려움]처럼 알려준다.

나도 설정해두었고, 메일은 그렇다 치고 전화가 오면 알려준다.

전화로 연락하는 사람은 기본적으로 집이나 형이기 때문에
일찌감치 받는 게 낫기 때문이다.

"레이. 기데온으로 돌아가지 않고 다른 지역으로 가게 되었으니
곰 형님에게 연락하는 게 낫지 않은고?"

그렇구나. 말해두는 게 나을지도 모르겠어.

이번에 주말 동안 선배와 퀘스트를 하게 되었다는 것은 전해두긴 했다.

하지만 이제 갈 〈유적〉에서 전직하거나 조사하는데 시간이 얼마나 걸릴지 모른다.

다음 주 주말까지 기데온으로 돌아가지 못할 가능성도 있다.

내가 돌아갈 일정에 맞춰서 뭔가 계획을 짜고 있을 가능성도 있으니까 미리 연락해두자.

선배가 먼저 돌아왔을 때를 대비해 지면에 '저도 전화하러 잠시 로그아웃할게요. 레이 스탈링'이라고 적어둔 뒤 로그아웃했다.

현실로 돌아와 형과 전화를 하고 다시 왔다.

내 용건은 대충 전했지만, 형에게 들은 전화 내용이 잘 이해되지 않았다.

'기데온 관리에게 체포되었다'라든가 '건물을 부수긴 했지만 나는 무죄다'라든가 '전부 가베라 잘못이다'라고 불평을 하던데, 전부 다 알아들을 수 없었다

아니, 가베라가 누군데?

이야기가 길어질 것 같았기에 전화를 끊고 다시 로그인했다.

"선배는 아직 돌아오지 않았구나."

"흐음, 통화를 꽤 길게도 하는 모양이로구나."

그 뒤로 5분 정도 더 기다리다 보니 선배가 다시 로그인했다.

"기다리게 해서 죄송합니다. 실은…… 친가에서 연락이 와서요."

선배의 친가…… 선배네 집이 다도의 본가였던가?

『비 쓰리라면 모를까, 바르바로이 상태로 차를 끓이는 모습을 상상하니 웃기는구나.』

"윽!"

그만해! 웃음을 터뜨릴 뻔했잖아!!

"그, 그런데 친가는 어디 있나요?"

나는 네메시스가 보낸 염화로 인해 웃음을 터뜨릴 뻔하다 억지로 참고 선배에게 물었다.

"교토예요."

우아한 지역이다. 그리고 칸사이다.

그 칸사이 사투리인지, 쿄토 사투리인지 모를 여자 괴물 선배가 어렸을 때 배우러 다녔다고 하니 칸사이인 건 당연하겠구나.

"내일은 중요한 손님을 초대해 후지바야시류 다과회를 개최할 예정이었는데……. 집안사람들이 다들 감기에 걸려버려서……."

"아~, 그거 큰일이네요."

"네. 그래서 집안사람이 아무도 나가지 않으면 큰일이라 급하게 제가 차를 끓이게 되었어요. 오늘 밤에 친가로 돌아가야 해요."

교토까지는 도쿄역에서 자기부상열차를 타면 한 시간 정도만에 도착하겠지만, 준비 같은 것도 해야 할 테니까.

그런데 그렇게 되면…….

"죄송합니다. 저는 〈유적〉에 함께 갈 수 없겠어요."

"아뇨, 그건 어쩔 수 없죠. 가족이나 현실도 중요하니까요."

오히려 〈K&R〉의 민폐 같은 습격이나 [모노크롬] 사건 때는 선배가 있어준 덕분에 살았으니 사과를 받을 상황이 아니다.

"그렇게 말씀해주시니 감사하지만…… 혼자서 괜찮으시겠어요?"

"괜찮아요. 왼팔도 나았으니까 카르티에 라탱 영지까지 가는 동안 나오는 몬스터 정도는 저 혼자서도 어떻게든 할 수 있고요."

예전에 들었던 몬스터 분포에 따르면 지금은 초보 사냥터와 비슷하거나 약간 강한 몬스터가 나올 것이다.

〈노즈 삼림〉이 불탈 때 도망쳤던 몬스터들이 북상해서 분포가 전체적으로 북쪽으로 쏠린 모양이었다. 그 정도 상대라면 한 달 만에 《연옥화염》도 쓸 수 있게 되었으니 어떻게든 될 거다.

여차하면 실버를 타고 하늘로 날아가면 된다.

"아뇨, 그게 아니라…… 또 〈솔 크라이시스〉 같은 PK가 노릴 가능성이……. 그리고 실버를 노리는 범행도……."

"……아까 들었던 《절도》 대책이 되어 있는 아이템 박스를 산 다음에 갈게요."

덴드로에서는 몬스터보다 거친 〈마스터〉들이 더 무서운 존재였다.

그렇게 된 관계로 쇼핑 타임이다.

선배도 출발하기까지 시간이 좀 남아서 쇼핑을 함께 해주겠다고 했다.

"행선지는 [허가증]을 사버린 그 고물상인 겐가?"

……뭐, 심정적으로는 완전히 '**사버린**' 거긴 하지만.

그래도 그건 내 조사 부족 때문이지, 고물상에게는 잘못이 없다.

그리고 그곳은 희귀 아이템을 이것저것 갖추고 있었기 때문에 내가 사려는 아이템 박스도 있을 가능성이 클 것 같다.

그렇게 기억을 더듬으며 그 고물상을 찾다 보니 금방 발견했다.

예전에는 눈치채지 못했는데 간판에『마왕 골동품점 중앙대륙 지점』이라고 적혀 있었다.

……아니, 대륙은 하나밖에 없지 않나?

혹시 바다 위에 있는 그란바로아에 본점이 있는 건가?

약간 의문이 드는 가게 이름은 제쳐두고 나는 오랜만에 가게 안에 발을 내딛었다. 예전에 왔을 때와 마찬가지로 가게 안에 손님이 보이지 않았다. 상품을 잘 갖추고 있는 것 같은데 신기한 가게다.

그리고 그때와 마찬가지로 카운터에 있던 두건을 쓴 가게 주인에게 말을 걸었다.

"실례합니다. 《절도》 대책이 되어 있는 아이템 박스 있나요?"

"네. 여러 종류가 있으니 창고에서 가져오겠습니다."

가게 주인은 그렇게 말하고 안쪽으로 들어갔다.

참고로 다른 점원은 없었다. 희귀 아이템을 가게에 잔뜩 진열해두었는데도 불구하고 보안의식이 허술하다는 생각이 들기도 했다.

뭐, 기다리는 동안 가게 안에 있는 아이템을 좀 봐야지.

선배도 로자가 깨 먹은 분량을 보충하려는 모양인지 방패를 보고 있고.

"나도 방어구를 사야지."

[모노크롬]전 때 [BR 아머]를 비롯한 방어구가 거의 다 타버렸다.

수갑과 부츠, 그리고 외투는 특전무구로 때울 수 있다.

하지만 상반신과 하반신 방어구는 대체할 물건이 없었기에 지금은 뽑기에서 뽑은 방어력이 별로 높지 않은 옷을 걸치고 있는 상태다.

"만약 그것마저 없었다면 지금은 알몸 망토였을 게야."

"그렇게 특이한 꼴은 좀……."

"…………뭐, 지금까지 보여주었던 모습도 사람들은 대부분 질색할 것 같다만."

네메시스와 그런 이야기를 나누고 있자니.

"방어구 말인가요? 혹시 괜찮으시다면 제가 가지고 있는 걸 드릴까요?"

비 쓰리 선배가 그런 제안을 했다.

"네? 선배의 방어구요?"

가장 먼저 떠오른 것은 선배가 바르바로이 모드 때 착용하는 [격철갑주 매그넘 콜로서스]였지만, 그것은 양도하는 것이 불가능한 특전무구다. 그리고 애초에 그걸 다른 사람에게 주진 않겠지.

그렇다면 다른 갑옷일 텐데…… 그렇다면.

"설마…… 여성용 갑옷인가요?"

여장은 내 성격상 노 땡큐인데…….

"후훗."

내가 그렇게 말하자, 선배는 뭐가 우스운지 쿡쿡대며 웃고 있었다.

"후후후…… 죄송합니다. 갑옷이라 해도 제가 쓰던 건 아니에요. 클랜 멤버가 남겨준 거죠."

"클랜 멤버…… 아."

선배—— 바르바로이 배드 번이 이끌던 클랜 〈흉성〉은 피가로 씨와 전투를 벌이다 큰 타격을 입은 것과 멤버들이 현실에서 바쁘다는 이유로 해산되었다.

그때 접는 멤버들의 장비를 계속하는 멤버들에게 나누어주었다는 이야기를 들었다.

"제 직업이 [갑주거인(아머 자이언트)]잖아요? 그래서 다들 갑주를 제게 주었어요. 그것도 여성용하고 남성용을 한꺼번에…… 후훗."

그때 무슨 재미있는 일이 있었는지 선배가 그때를 떠올리며 웃고 있었다.

물어보니 '실수로 부메랑 팬티형 갑옷을 제게 건넨 멤버가 있어서요. 그 사람이 다른 멤버들에게 피떡이 되도록 맞아서…… 후후훗'이라고 했다.

……음, 상상해보니 꽤 처참한 광경이 전개되는데, 웃음이 나올 상황인가?

"본론으로 들어가자면, 레이 군에게 드리고 싶은 건 그런 남성용 갑옷이에요."

"부메랑 팬티요?!"

"그게 아니라, 평범한 갑옷이에요."

아, 다행이다……. 이야기의 흐름상 그렇게 되나 싶었는데.

"저한테는 [격철갑주]가 있고, 지금처럼 다른 것을 입는다 해도 여성용 갑옷을 입으니 남성용 갑옷은 쓰지 않았어요. 하지만 멤버에게 받은 걸 파는 것도 마음에 걸렸거든요. 그래서 이번 기회에 레이 군이 써주시면 어떨까 생각한 거죠. 다행히 이 가게에서 파는 갑옷보다 성능이 좋은 것 같고요. 장비제한도 합계 레벨 100 이상이니 레이 군도 다룰 수 있어요."

"그래도 되나요?"

"네, 도구는 올바르게 쓰이기 위해 존재하는 거니까요. 갑옷도 레이 군이 써주는 게 더 좋겠죠."

선배는 그렇게 말한 다음 아이템 박스에서 위아래가 세트인 갑옷을 꺼냈다.

그것은 짐승 가죽과 금속 장갑을 끼워 맞춘 복합 갑옷이었고, 가죽 부분은 붉은색, 금속 부분은 까만색으로 나뉘어 있었다.

"이건 [볼카닉 다크메탈 아머], 통칭 [VDA]라 불리는 갑옷이에요."

그 이름을 듣고 '강할 것 같다'고 초등학생 같은 감상을 말할 뻔했지만 참았다.

그런데 실제로 이름도 그렇고 겉으로 보기에도 강해 보이고 멋진 갑옷이었다.

"레전더리아산 마법 갑옷이고 《화염 내성》과 《암흑 내성》이 둘 다 레벨4라서 화속성과 암속성 대미지를 25퍼센트 경감시켜주는 뛰어난 갑옷이죠. 그리고 가죽 부분도 열에 강해서 잘 타지 않아요. 무엇보다 생산 스킬로 장비 제한을 억제시킨 명품이고요."

오, 좋아 보이네……, 잠깐.

고대전설급 [흑전투]의 효과가 광속성 100퍼센트 경감이다.

그렇다면 합계 50퍼센트나 되는 이 장비의 내성도 꽤 높은 거라 할 수 있다.

"……참고로, 얼마인가요?"

"…………가격을 말하면 레이 군이 받아주지 않을 것 같으니 말하지 않겠어요."

보아하니 꽤 가격이 나가는 것 같다.

"아뇨, 아무리 그래도."

"아이템 박스에 넣어두기만 하면 소용이 없으니까 받아주세요."

"그럼 적어도 돈을……."

"남에게 받은 걸 돈으로 바꾸고 싶지는 않으니 필요 없어요."

……선배도 꽤 고집이 세다.

『[갈드랜더]를 토벌했을 때 그대들도 꽤 고집을 부리지 않았는고?』

아, 현상금을 나눌 때.

그런 일도 있었지……, 한 달 정도밖에 지나지 않았는데 정겨울 정도다.

그런데 어떻게 하지? 양쪽이 모두 납득할 만한…… 아.

"그럼 그 로자에게 받을 보상금. 저는 이 갑옷을 받으면 필요 없어요."

"……그 정도라면 허용할 수 있죠."

이렇게 하면 직접 돈으로 바꾸는 것도 아니고, 나도 너무 많이 받기만 한다는 느낌이 사라지니까 좋다.

그렇게 나는 선배에게 [VDA]를 받아서 장착했다.

"좋네요. [장염수갑]이나 [흑전투]하고도 일체감이 있어서 느낌이 딱 와요."

"네, 저도 그렇게 생각했어요."

성능도 그렇고 코디네이트도 뛰어나다.

좋은 걸 받았네.

".........................."

"왜 그래? 네메시스."

"……아니, 아무것도 아니다. 그대가 기뻐한다면, 지금은, 응. 아무것도 아니다."

왜 그러는 거지?

왠지 허무한 눈빛으로 '……아, 그리고 보니 비 쓰리의 장비도 완전히 그쪽이었지. 태클을 걸 사람이 없는 게야……'라고 중얼거리고 있었다.

내 장비와 선배의 장비를 신경 쓰다니…… 아, 혹시 네메시스도 인간 형태일 때 쓸 새로운 장비를 원하는 건가?

좀 살펴볼까. ……아, 그래도 여긴 고물상이지.

모처럼 마련해주는 거니 나중에 새 장비를 선물해줘야겠다.

그리고 네메시스의 마음은 다음과 같았다.

(레이의 마음은 기쁘다만, 문제는 내 옷이 아니라 레이 쪽이니 말이다. 저 코디네이트라고 해야 하나, 저 갑옷…… 아무리 봐도 악당이지. 악당 클랜의 멤버가 즐겨 사용하던 갑옷이니 어쩔 수 없겠지만. 얼마 전까지 쓰던 해적 의수나 뾰족뾰족한 갑옷과는 달리 코디네이트의 일관성이 강해져서 더 흉악해졌다고 해야 하려나…….)

그렇게 깊은 한숨을 쉬고.

(……겉으로만 보기에는 〈솔 크라이시스〉보다 훨씬 더 악당으로 보이지 않는고?)

네메시스는 약간 불안해졌지만 지금 시점에서는 그녀도 그 불안함이 **적중할 것**이라고는 상상도 하지 못했다.

□[성기사] 레이 스탈링

선배에게 [VDA]를 받은 뒤, 가게 주인이 《절도》 대책이 되어 있는 아이템 박스를 네 종류 가지고 왔다.

가방 형태나 지갑 형태, 반지 형태도 있었지만, 꺼내기 편하다는 것과 다른 장비와 어울리는 것까지 감안해서 사이드 파우치 형태로 선택했다. 카드 게임 애니메이션의 캐릭터가 장착하고 다니는 덱 케이스 같기도 했다. 전자유희연구회의 회장이 생각났다.

참고로 《절도》 등의 안에 들어 있는 아이템을 훔치는 스킬에 대한 대책이나 파괴되지 않을 정도로 충분히 튼튼했지만, 그 대신 넣을 수 있는 아이템의 종류가 적다는 단점이 있다.

내가 지금까지 사용했던 아이템 박스와 용량이 비슷한 정도였지만, 넣을 수 있는 아이템은 열 종류까지였다. 신기하게도 《절도》 대책을 해두려면 안에 넣을 아이템의 종류를 줄일 필요가 있다고 한다.

그래서 예전에 쓰던 아이템 박스는 앞으로도 계속 쓰고, 실버처럼 도난당하면 곤란한 귀중품만 이쪽으로 넣기로 했다.

참고로 가격은 1000만 릴이었다. ……비싸긴 하지만 살 수 있었다는 걸 생각해보면 '최근 한 달 동안 여러 가지 일들이 있었구나'라는 생각이 들었다.

그리고 네메시스의 옷은 마침 괜찮은 것이 없었기에 나중에 사기로 했다.

그렇게 쇼핑 타임이 끝난 뒤 친가로 귀성할 필요가 있는 선배가 로그아웃하는 것을 보고 나서 나는 목적지로 출발했다.

가는 김에 용돈벌이를 할 겸 몬스터의 토벌 같은 [성기사]의 직업 퀘스트를 받고 갈까도 생각해보았지만, 왠지 모르게 카르티에 라탱 영지의 〈유적〉에 관련된 직업 퀘스트는 하나도 게시되어 있지 않았다.

신규 〈유적〉이 발견되었기에 뭔가 있지 않을까 싶었는데 예상이 빗나갔다.

어쩔 수 없이 이번에는 직업 퀘스트를 보류해두고 카르티에 라탱 영지로 향했다.

따스한 햇볕을 받으며 네메시스와 함께 실버를 타고 카르티에 라탱 영지로 이어지는 길을 달려갔다. 전속력은 아니지만 마차를 끌 때보다 두 배 가까이 빠른 속도였다.

이 속도로 계속 가면 저녁까지 카르티에 라탱 영지의 중심도시에 도착할 수 있을 것이다.

실버는 똑똑해서 고삐만 쥐고 있으면 자동으로 목적지를 향해 가 주고, 장애물이나 지나가는 사람도 피해준다. 서행도 문제없다.

……이렇게 다시 확인해보니 역시 성능이 좋구나.

지금까지는 딱히 의문을 품지 않았지만 선배의 이야기를 듣고

난 뒤라 그런지 실버도 여러모로 신경이 쓰였다.

어찌 됐든 이제부터 갈 유적은 황옥수와 관련된 직업을 얻을 수 있는 유적이다. 그렇다면 황옥수 그 자체에 관련된 정보를 얻을 수 있을 가능성도 크다.

그런 부분도 기대가 된다.

"그건 그렇고, 레이. 모처럼 실버가 자동으로 달려가 주고 있으니 지금 그것도 확인해두는 게 어떤가?"

"그거?"

"《샤이닝 디스페어》의 **충전량**말이다."

아, 그거 말이구나.

"그래."

나는 한 손으로 메뉴를 조작하여 장비의 상세 화면을 띄웠다. [흑전투]의 장비 스킬, 《샤이닝 디스페어》를 선택해서 띄우자…….

《샤이닝 디스페어》
《빛 흡수》를 통해 축적된 빛을 해방시켜 절망의 빛과 열로 만물을 융해시킨다.
액티브 스킬.
충전량 : 3퍼센트

나는 《샤이닝 디스페어》의 문구를 읽고 한숨을 쉬었다.

"……네 시간 전하고 비교해도 1퍼센트밖에 안 늘었네."

이 《샤이닝 디스페어》는 바로 [모노크롬]이 사용했던 최대의 열선이다.

그 위력은 몸소 체험했기에 잘 알고 있다. 《카운터 앱솝션》 두 장을 쳤는데도 그 여파로 인해 죽을뻔했으니까.

그것을 사용할 수 있다면 든든할 것이다.

하지만 '충전량'이라는 문제가 있다. 이것은 《샤이닝 디스페어》를 사용하는데 필요한 빛을 얼마나 모았는지 나타내는 표시다.

그리고 어제 얻어서 지금까지 햇볕을 계속 쬐었는데도 불구하고 3퍼센트밖에 안 된다.

"……단순히 계산하면 처음 한 발을 쏘려면 한 달은 걸리겠네."

대학교에 가기 위해 로그아웃하는 것을 고려하면 더 오래 걸릴 것이다.

이래선 시험삼아 쏴볼 수도 없다.

"충전하는 도중에 쏠 수 있다면 좋겠다만. 완전히 충전될 때까지 발사할 수 없다니, 참 융통성이 없는 스킬이로구나."

……완전히 충전해야만 쏠 수 있다니, 쏜다 해도 무섭다.

아무리 그래도 [모노크롬]의 열선보다는 약해졌겠지만…… 원본이 토르네 마을을 거의 없앨 뻔한 파괴력을 지니고 있다. 장비 스킬이 된 뒤에도 얼마나 큰 위력을 발휘할지 생각만 해도 무시무시하다.

"그런데 어떻게 해야 하는고? 이대로 계속 햇볕을 쬐기만 하는 건 효율이 너무 안 좋을 터인데."

《빛 흡수》 스킬이 있으니 원래는 광속성 공격을 흡수해서 축적시키게끔 설계되었을 것이다.

하지만 바로 딱 좋게 광속성 공격을 해주는 상대만 있는 것은 아니다.

"피가로의 《극룡광아참(팽 오브 글로리아)·종극(오버 드라이브)》는 어떤가? 그거라면 한 번에 충전이 끝날 것 같다만. 빔만 막아 내면 참격도 맞지 않을 테고…… 여열만 어떻게 처리하면 되지 않겠느냐?"

"……그냥 포기할래."

자칫 잘못하다간 자살만 하게 된다.

그리고 피가로 씨는 지금쯤 〈묘표미궁〉에 혼자 도전하고 있을 것이다.

"안 되나……. 광속성이 아니라도 강한 빛을 계속 쬐면 어떻게 되지 않겠는고?"

"강한 빛 말이지. ……아."

나한테도 딱 한 가지가 있지.

나는 [흑전투]에 《성별의 은광》을 사용했다. 원래 무구에 사용하면 은빛으로 반짝이는데, 《빛 흡수》의 효과 때문인지 [흑전투]는 그대로 검은색이었다.

다시 말해 문제없이 《은광》의 빛을 흡수하고 있다는 뜻이다. 《은광》은 성속성 부여 스킬이라 《빛 흡수》의 범위에서 벗어나 있을 줄 알았는데 햇빛을 흡수하는 것과 마찬가지로 빛이 발생하기만 하면 흡수의 범위 안에 들어가는 모양이었다.

이렇게 하면 햇빛과 《은광》, 이중으로 빛을 충전할 수 있어서 충전 속도도 어느 정도까지는 빠르게 만들 수 있을 것이다.

"내가 생각했지만 좋은 아이디어구나."

"그렇구나."

나는 의기양양한 기분으로 스킬을 계속 쓰면서 실버를 타고 갔다.

그리고 한 시간 뒤.

"힘들다……."

나는 지쳐서 고개를 숙인 상태로 실버를 탄 채 흔들리고 있었다.

"왠지 여름에 더위를 먹은 것 같은 모습이로구나."

"비슷한 건지도 모르겠네……."

햇빛을 가릴 겸 흡수하기 위해 [흑전투]를 후드까지 쓰고 있었기에 더 더위를 먹은 것처럼 보일지도 모른다.

"[흑전투]가 빛을 흡수해서 그런지 후드를 쓰니 얼굴 쪽이 어두워서 잘 보이지 않는구나."

"그래?"

나는 잘 모르겠는데.

나는 후드를 쓴 상태에서도 딱히 시야가 가리지 않으니까.

"으음. 얼굴 위쪽 절반이 그늘에 가려져 있는 느낌이다. 이미지로 따지면 사령 계열 몬스터와 비슷해서 그대라는 것을 알고 있는데도 조금 겁이 난다."

"후드 하나만으로 '언데드' 취급받는 건가……."

"아니, 후드 **하나** 때문은 아닌 것 같다만……?"

"그래?"

뭐, 내 외모 이야기는 제쳐두고 지금 겪고 있는 문제는 이 더위를 먹은 것 같은 증상의 원인이다.

그것은 《성별의 은광》을 사용한 빛의 충전.

《은광》을 연속으로 사용하여 [흑전투]의 충전이 꽤 빨라졌기에 벌써 6퍼센트가 되었다.

그 대신 MP 소모가 심하다. 내 MP는 이미 바닥난 상태다.

……MP라면 어제 일어난 [모노크롬] 사건 때 [자원주갑]에 축적된 분량이 있긴 하지만 이쪽은 상황에 따라서 《바람발굽》을 쓸 때 사용해야만 하니 아껴두고 있고.

그래서 MP를 회복시켜주는 [포션]을 마시면서 《은광》을 계속 사용하고 있는데 더위를 먹은 것처럼 기묘한 나른함이 생겼다.

지금은 실버를 타고 있기만 하는 거라 상관없지만, 전투를 벌이게 되는 상황을 생각하면 이 방법은 부담이 될지도 모르겠구나…… 그만두자.

그래도 효율이 좋은 충전 방법은…….

"……아. 광속성 공격마법 [젬]을 잔뜩 사서 [흑전투]에 날리면 되려나?"

돈이 많이 들지도 모르겠지만 맞을 때 조심하기만 하면 대미지도 입지 않을 테니 괜찮을지도 모르겠다.

왕도를 나서기 전에 그 생각을 했으면 좋았을 텐데.

카르티에 라탱에 도착하면 〈유적〉에 들어가기 전에 [젬]을 잔뜩 살까………… 응?

"……뭐지?"

갑자기 왠지 기분 나쁜 기척을 느꼈다.

나는 선배처럼 《살기감지》 스킬을 지니고 있지 않으니 그냥 감이다.

하지만 그것만으로도 뭔가 수상쩍은 것이 근처에 있다는 기척을 느꼈다.

"네메시스."

『알겠다.』

네메시스는 곧바로 대검으로 변해 내 오른손으로 들어왔다.

"……갈까!"

탁 트인 길옆, 활엽수가 밀집되어 생겨난 숲속에서 희미한 소리가 들렸다.

그리고 누군가의 비명도.

"윽."

숲의 나무들을 보니 폭이 좁아 실버가 제대로 달려갈 수 없겠다는 생각이 들어 아이템 박스로 되돌려 보낸 뒤 내 다리로 직접 뛰어갔다.

그렇게 전속력으로 뛰어가기 시작해서 십 몇 초 뒤에 나는 그것을 발견했다.

"아, 아……."

그것은 겁을 먹고 주저앉아 있는 소녀와.

『위험도──E. 고 적성. 확보 대상.』

그녀에게 접근하는 인간형 기계장치였다.

인간형 기계장치는 몬스터인 모양이었고, 머리에는 이름이 떠 있었다.

——[티르 울프]라고.

"어디가?!"
왕도 북부니까 생식 영역이긴 할 것이다.
하지만 눈앞에 있는 그것은 모피가 아니라 금속제 장갑을 두르고 있었고, 네 발로 걸어 다니는 것이 아니라 두 발로 걸어 다녔고, 발톱과 이빨이 아닌 팔과 일체화된 총기로 보이는 통을 무기로 삼고 있는 것 같았다.
예전에 싸웠던 [티르 울프]와는 공통점을 전혀 찾아볼 수가 없었다.
〈마징기어〉가 훨씬 비슷하게 생겼다.
『——위험도 판정..』
기계장치 [티르 울프] (가칭)이 우리를 발견했는지 헬멧으로 덮여 있는 머리를 이쪽으로 돌렸다.
들린 것은 너무나도 노골적인 기계음성이었는데, 잘 살펴보니 헬멧과 기계 파츠 틈새로부터 동물의 털이 삐져나와 있었다.
그렇다면 역시 이름이 떠 있는 것처럼 [티르 울프]인가?
『위험도——B+. 회수가 아닌 격파를 우선..』
내게 관찰하는 것을 아랑곳하지 않고 [티르 울프] (가칭)이 팔 쪽 기구—— 총기로 보이는 통을 회전시키기 시작했다.
그 광경을 보고 데자뷔와 오한이 느껴져서 나는 재빨리 옆으로 몸을 날렸다.

그 직후, 날아든 수많은 탄환이 우리가 있던 공간을 뚫었고 뒤쪽에 있던 나무를 벌집으로 만들었다.

"개틀링 포…… 형 말고 저걸 쓰는 녀석은 처음 봤네."

유고의 〈마징기어〉가 사용했던 총기는 단발식이었는데, 저 녀석이 사용한 것은 완전히 개틀링 포였다.

형의 발드르처럼 촘촘하게 탄막을 치지는 않았지만…… 적으로 삼기에는 위험한 물건이다.

『──추격.』

온몸의 기구를 철컹철컹 울리며 기계장치 괴물이 나를 향해 여러 가지 총기를 겨누었다.

나는 사선에서 벗어나기 위해 계속 움직이며 겨우 피했다.

직선적이고, 공격범위가 그렇게까지 넓은 탄은 아니었다.

따라오거나, 쓸데없이 관통력이 높거나, 주위를 폭파시키는 것도 아니었고, 만화의 캐릭터로 변해 달려들지도 않았다.

……형이나 마리와 벌였던 모의전에 비하면 꽤 느긋한 총격이다.

"어이쿠. 이 냄새…… 화약인가?"

계속 공격당하다 보니 느낀 건데, 보아하니 마법이 아니라 어떤 약품을 폭발시켜 탄환을 날리고 있는 것 같았다.

"그럼 이걸로 공격할 수 있겠지!"

마치 나를 공격하기 위해 그 소녀와 거리를 벌린 상태니까.

"[갈드랜더]."

나는 어제 한 달 만에 부활한 왼손── 화염방사기구가 달려 있는 왼쪽 [장염수갑 갈드랜더]를 겨누고.

"――《연옥화염》."

몬스터와 전투를 벌일 때 주 무기로 사용했던 화염방사 스킬을
발동시켜 [티르 울프] (가칭)의 온몸을 불꽃으로 휘감았다.

그 직후, [티르 울프] (가칭)에게 극적인 변화가 나타났다.

《연옥화염》에 타오른 [티르 울프] (가칭)은 총기에 사용하던
약품이 달궈지자…… 장갑 내부가 부풀어 오른 뒤 폭발했다.

"화기엄금이라고."

나는 까만 연기를 뭉게뭉게 피워올리며 타오르고 있던 기계를
보며 예상대로 잘 풀렸다는 것에 안심하고 있었다. 화기를 다룬
다 해도 발드르처럼 불에 견디는 능력을 확실하게 갖추고 있을
가능성도 있으니까.

뭐, 틈새로 모피가 보일 정도니까 그렇지는 않았겠지만.

"그런데 이게 뭐지?"

내부가 폭발한 [티르 울프] (가칭)는 까맣게 그을린 채 하늘을
보며 쓰러져 있었다.

다가가서 살펴보니 안쪽이 폭발해서 그런지 기계 내부가 보였다.

기계의 안쪽에 공간이 있긴 했지만 그곳에는 아무것도 들어
있지 않았다. 틈새로 보이던 모피의 주인도.

폭발 직후에 빛의 가루가 보였으니까 그때 쓰러뜨린 건가?

하지만 기계 자체는 까맣게 그을리고 일그러진 상태이긴 해도

그대로 남아 있다.

드랍 아이템인 것 같지도 않고, 정말 망가진 상태 **그대로**다.

기계의 잔해 중 일부를 들고 메뉴의 설명 문구를 읽어봐도 『미지의 기계 잔해』라고만 떴다.

그래도 아이템으로서 설명 문구가 떴고, 머리 위에 떠 있던 이름도 사라진 걸 보니 잔해가 된 지금은 몬스터가 아닌 모양이었다.

"이게 대체 뭐였을까?"

기계와 몬스터, 그렇다면 드라이프나…… 프랭클린이 연상되었다.

하지만 이번에는 그 녀석이 한 짓이 아닐 것 같다.

그 망할 백의라면…… 몬스터 쪽에도 심술궂은 함정을 파두었을 테니까.

태우려 하면 유폭되어서 화려하게 대폭발, 아니면 독가스를 뿌리는 것 정도는 할 것이다.

"뭐, 지금은 생각해봤자 어쩔 수 없지."

의문이 풀리지는 않았지만, 우선 아이템 박스에 넣어두자.

……아이템 박스에 넣을 수 있는 걸 봐도 몬스터는 아니구나.

"자."

[티르 울프] (가칭)에게 습격당할 뻔한 소녀는 폭발로 인해 충격을 받아서 그런지 기절해 있었다.

하지만 겉으로 보기에는 다친 곳이 없는 것 같았기에 일단 안심이 되었다.

그 기묘한 [티르 울프] (가칭)을 쓰러뜨리긴 했지만, 숲속에 정신을 잃은 소녀를 내버려 둘 수는 없다.

　일단 간호해주려고 나는 소녀에게 다가섰다.

　──그 순간, 그 움직임을 가로막으려는 듯이 푸른 검광이
솟구쳤다.

　"윽!"

　검광은 나와 쓰러진 소녀 사이를 가로막으려는 듯이 빛났고──
내 목을 휩쓸려는 듯이 움직였다.

　나는 목과 칼날 사이에 끼워넣는 듯이 왼쪽 [장염수갑]을 들어
올려 칼날을 막아냈다.

　재빠르게 반응하긴 했지만, 위험했다.

　다행히도 수갑 표면에 칼날이 약간 파고든 정도에 그쳤다.

　하지만 자칫하다가는 왼팔이 또…… 아니면 목이 날아갈 수도
있었다.

　"넌 뭐야?"

　그렇게 물으며 방금 막은 일격의 궤도와 위험도를 파악했다.

　척 보기에도 첫 공격부터 치명상을 노린 일격.

　저번에 마주친 로자를 연상케하는 그 공격을 보고 동요한 내
심장이 세차게 뛰었다.

　대체 왜 공격을 당한 건지 의아해하며 공격한 상대의 얼굴을
보고── 나는 멍해졌다.

　그것은 나를 공격한 상대의 외모 때문이었다.

상대는 신기한 압력이 느껴지는 푸른 검을 겨누고.

금속을 이용해 부분적으로 보강한 귀공자 스타일 옷을 걸치고.

얼굴 위쪽 절반을 **가면**으로 가린 긴 남색 머리카락의 여검사였다.

그런 외모의 상대에게 나는 제일 먼저 떠오른 단어를 말했다.

""**수상쩍은 놈……!**""

……그 말은 왠지 모르겠지만 상대와 토시 하나 다르지 않고 겹쳤다.

"정말 무시무시한 장비……. 수상쩍은 놈, 그야 해가 중천에 떠 있을 때 가녀린 소녀를 덮치는 악당이니 당연한 차림이겠지만."

"덮치다니…… 악당?!"

갑자기 사람에게 칼을 휘두른 가면녀가 무시무시한 트집을 잡았다.

터무니없는 트집이었다.

"당연한 차림이라니, 그게 무슨 소리야? 내가 악당처럼 차려입었다고?!"

『……말한 내용은 상대방의 착각이겠지만, 옷차림에 대해서는 동의할 수밖에 없겠구나.』

"네메시스?!"

왜 그런 소리를 하는 거야?!

설마 [혼란] 상태이상에 걸린 거야?!

『오히려 내가 '레이의 패션 센스는 [쾌유 만능 영약]을 몇 개나 마셔야 나을까'라고 날마다 생각하고 있다만.』

센스 문제라면 정신 계열 상태이상일 테니 [쾌유 만능 영약]을 먹어도 낫지 않을 것 같은데?

……아니, 그게 아니라 왜 그렇게 되는 거야?

인형옷이나 상반신 알몸, 고급 전통옷, 키가 4미터가 넘어가는 강시나 망할 백의도 아닌데.

『〈초급〉의 패션을 기준으로 삼지 말거라!』

……일리가 있긴 하네.

"그런데 네메시스. 귀신의 수갑이나 시체 부츠, 빛을 빨아들이는 망토, 붉은색과 검은색 복합 갑옷, 전부 다 그렇게까지 이상한 장비는 아니잖아?"

『전! 부! 이! 상! 하! 다! 그것들이 전부 합쳐진 게 어떤 모습인지 정말 좀 생각해보면 안 되겠는가?!』

"음……."

전부 다 합치면………… 조금 악당 같은가?

『조금…… 아니, 됐다. 한 발짝 전진한 것만으로도 다행이라 생각하마.』

보아하니 네메시스도 진정한 모양이었다.

눈앞에 있던 가면녀는 검을 겨눈 채 이쪽을 바라보며 꿈쩍도 하지 않았다.

내 외모를 언급한 것도 그렇고, 아무래도 필요 이상으로 나를

경계하고 있는 것 같다.

그래도 말이지…….

"그렇게 수상쩍은 가면을 쓴 사람에게 외모를 지적당하고 싶지는 않은데."

"나는…… 저기, 어떤 분의 밀사라서 얼굴을 가리고 있을 뿐이야! 당신처럼 극악한 장비를 걸친 악당하고는 다르다고!"

"나도 특전무구(주운 장비)하고 [VDA(받은 장비)]를 걸치고 있을 뿐이거든? 애초에…… 그렇게 따지고 들 정도로 나쁘진 않잖아?"

"그런 장비를 허용하는 감성을 신뢰할 수 없다는 건데?!"

『……대화가 마치 피구 같구나. 아니면 데드볼만 던져대는 캐치볼이라고 해야 하나. 정말 어째서 이렇게 되었지?』

'어째서 숲속에서 알지도 못하는 가면녀와 패션에 대해 말다툼을 벌이고 있는가'는 나도 알 수가 없다.

그래서 '우선 진정하자'라고 말을 걸려 했지만…….

"아무튼, 여자를 덮치려는 악당을 방치해둘 수는 없어. 자잘한 건 제쳐두고 재기불능 상태로 만든 다음 관청에 끌고 가주지!"

"자잘한 걸 제쳐두면 안 되지?!"

그리고 재기불능 상태라는 말을 아무렇지도 않게 말하네?!

이 녀석도 뇌가 근육질인가?!

『서서히 뇌가 근육질인 녀석들을 맞닥뜨리는 비율이 올라가고 있구나.』

최근의 경우로 따지면 로자가 있겠네!

그런데 이쪽으로 칼을 겨누고 있는 가면녀는 어떤 의미로는 로자보다 껄끄럽다.

드러나 있는 왼쪽 손등을 보았는데 문장이 없었다. 다시 말해 〈마스터〉가 아니라 티안인 것 같다.

그녀가 내게 칼을 겨누고 있는 이유는 내가 정말 위험한 사람이라고 착각해서 기절해 있는 소녀를 지키기 위해서일 것이다.

……착각했을 뿐인 것 같으니까 너무 거칠게 대응할 수는 없다.

그럼에도 불구하고 말을 들어줄 것 같지 않다.

그런 의미에서는 매우 골치가 아프다.

"저기 말이야, 그러니까 잠깐만 기다……."

"문답무용!"

"문답을 좀 하자니까?!"

네메시스를 까만 대검에서 검은 원형 방패로 변형시킨 다음 가면녀가 휘두른 푸른 칼날을 막았다.

"빠르잖아?!"

그것은 아음속의 영역이었고, 피가로 씨나 신우를 비롯한 결투 랭커들보다는 느렸다.

반대로 말하자면 티안임에도 불구하고 그들과 버금가는 속도로 검광을 날려대고 있었다.

그리고 익히고 있는 검술 때문인지 속도에 비해 받아내기 힘들게 느껴졌다.

무술을 배운 형의 타격을 피하기 힘든 것과 마찬가지다.

방어에 특화된 검은 원형 방패 말고는 다 막아낼 수 없을 것이다.

"윽……?"

그렇게 무시무시한 검이긴 하지만…… 위화감도 들었다.

내가 생각했던 것보다 대미지를 입지 않았다.

검은 원형 방패로 막고 있기도 했지만, **감각**과 실제로 입은 대미지에 큰 차이가 있었다.

그 감각이란 저 푸른 검에서 느껴지는 위압감.

딱 잘라 말해 가면녀 본인보다 저 검으로부터 느껴지는 위압감이 더 강하다.

그야말로 몇 번 본 적이 있는 피가로 씨의 [글로리아α]와 비슷한 정도…… **아니면**이라는 수준이다.

그런 검을 휘두르는데도 불구하고 나는 그렇게까지 큰 대미지를 입지 않았다. 위압감과 공격력에 차이가 너무 심하게 나는 기묘한 검이다.

하지만 검이 생각보다 약하긴 해도, 날려대는 검광은 날카로웠다.

내가 만난 티안 중에서 무용이 가장 뛰어난 사람은 릴리아나인데, 그 릴리아나보다 분명히 뛰어난 것 같다.

기묘한 차림새이긴 하지만 검사로서는 확실하게 일류다.

릴리아나와 비슷하게 검 한 자루를 연속으로 **빠르게**, 많이 휘두르는 검술인데 ……애초에 스테이터스 차이가 있는지 막아내기가 힘들다.

"…………응?"

방금 내가 떠올린 생각을 통해 알아차린 것이 있었다.

릴리아나. 그렇다, 가면녀의 칼솜씨는 릴리아나와 비슷하다.

적어도 '같은 유파의 검술이겠지'라고 내가 느낄 정도로는.

하지만 릴리아나의 검술은 이 나라에서 많이 알려진 기사 검술이 아니다.

예전에 릴리아나에게 들은 적이 있는데, 그녀의 검술은 그녀의 아버지, [천기사(나이트 오브 세레스티얼)] 랑그레이 그란드리아 씨가 고안해낸 것이다. 랑그레이 씨의 고향인 그란바로아에서 들여온 해적 검술과 이 나라의 기사 검술이 합쳐진 독특한 칼놀림이라고 했다.

그렇게 특수한 검술을 다루는 사람은 돌아가신 랑그레이 씨 본인과 그에게 검술을 배운 릴리아나 뿐. 그밖에 가능성이 있다고 한다면…….

"랑그레이 그란드리아."

"!"

"당신의 검술 스승은 릴리아나의 아버지야?"

릴리아나와 마찬가지로 랑그레이 씨에게 검술을 배운 누군가 밖에 없다.

"릴리아나의…… 그란드리아 부단장을 알아?"

가면녀는 검을 겨눈 채 거리를 벌렸지만, 나를 공격하던 것은 멈추고 있었다.

이제야 내 이야기를 들어줄 마음이 생긴 모양이었다.

"나는 레이 스탈링. ……일단 나도 [성기사]고, 릴리아나는 내 친구야."

"레이…… 스탈링?"

내가 자기소개를 하자, 가면녀가 수상쩍다는 듯이 생각에 잠겨 있었다.

나는 증명하기 위해 후드를 내리고 얼굴을 보여주었다.

얼굴을 알고 있었는지 가면녀가 고개를 번쩍 들었다.

"……! 기데온에서 벌어진 사건을 중계할 때 비쳤던 외팔이!"

"맞아."

여자 괴물 선배가 치료해주었기에 이제 외팔이는 아니지만, 나를 알고 있었던 모양이었다.

"…………어째서 그 사건을 해결한 공로자 중 한 사람이 이런 곳에서 소녀를 덮치고 있었던 거야?"

"그러니까 덮친 게 아니라고?!"

"뭐?"

그녀가 착각하고 있던 내용을 내가 따지고 들자, 그녀는 깜짝 놀란 것 같은 표정을 지었다.

"나는 저 애를 공격하려던 몬스터를 쓰러뜨렸고, 기절한 저 애를 간호해주려 했을 뿐이야."

"…………뭐어?"

내 말을 듣고 주위의 상황──좀 전에 나와 [티르 울프] (가칭) 이 전투를 벌이며 손상시켰던 나무 등──을 둘러보며 가면녀가 조용히 이렇게 말했다.

"……어째서 먼저 그렇게 말하지 않은 거야?"

"아까 내가 말하려 했는데 완전히 듣지도 않았잖아!!"

"그러니까 내 가면을 따지고 들기 전에 그 말을 했으면 됐잖아!!"

············일리가 있네.

그렇구나, 그건…… 나한테도 문제가 있었네.

"아니! 애초에 이야기를 나누기 전에 칼을 휘둘렀잖아?!"

"기, 긴급상황인 줄 알았다고!! 긴급상황일 때는 먼저 손을 써야 한다고 선생님께서도 그러셨으니까!"

그야 나도 비슷한 상황이었다면 선제공격을 가했을지도 모르지만…….

"아니, 몬스터라면 모를까 조금 악당 같은 차림새라 해도 죽이려 들면 안 되지."

"……어디 거울 없어?! 자기 차림새가 '조금 악당 같다'고 넘어갈 수 있는지 확인시켜줄게!"

"그래, 거울이라면 아이템 박스에 있단다."

이제 가면녀를 경계할 필요가 없다고 생각했는지 네메시스가 그렇게 말하며 검은 원형 방패에서 인간 형태로 돌아와 아이템 박스를 뒤적거리기 시작하고 있었다.

네메시스 씨, 왜 아까부터 저쪽 편을 드시는 건가요?

"……이제야 그대의 패션에 대해 따지는 동지가 생겼다고 생각하니 좀 기뻐져서 말이다. 평소에 만나는 녀석들은 무시하니 원."

"……내 장비가 그 정도야?"

"그러니 거울을 찾고 있는 게지."

그런 이야기를 듣고 있던 가면녀는 무기에서 인간 형태로 변한 네메시스를 보고 약간 놀란 것 같았다.

"인간 형태로 변할 수 있는 〈엠브리오〉……. 그 기생충……

아니, [여교황(하이 프리에스테스)]의 〈엠브리오〉와 마찬가지로 메이든이구나.”

여자 괴물 선배, 기생충이라 불리고 있는데…….

뭐, 여러모로 악명이 자자한 모양이니까.

“으음. 내 이름은 네메시스. 여기 있는 레이의 〈엠브리오〉이니라. 옛다, 거울이다.”

“고마워. 내 이름은…… 아즈라이트. [검성(소드 마스터)] 아즈라이트야.”

[검성], 검사 계통 중 조건이 까다로운 쪽 상급 직업이었던가?

그런데, 아즈라이트란 말이지. 남색 머리카락하고는 잘 어울리는 이름 같긴 한데.

“그건 그렇고, 다시 말하지만 당신의 장비는 까만 데다 디자인까지 흉악해. [타천기사(나이트 오브 폴다운)]도 뺨치겠어.”

“아니, 줄리엣의 장비는 방향성이 다르지. 그쪽은 고딕이니까. 내 장비는…… 조금 불량스러운 느낌?”

“잘 봐줘도 악당 사천왕의 마지막 멤버 같은 차림새 아닌가.”

“나는 예전에 가극에서 봤던 [분노마왕(로드 이라)]의 의상이 생각났어. 그것보다 더 악당 같지만.”

……그렇게까지 말하니 나도 ‘어라? 이게 그렇게 악당처럼 보이나?’라는 생각이 들어서 불안해지잖아.

“잔뜩 불안해하거라. ……뭐, 패션 이야기는 이 정도만 해두지. 그대들이 쓸데없이 말다툼을 벌이고 있던 동안에 계속 쓰러져 있던 소녀가 눈을 뜰 것 같으니 말이다.”

그 말을 듣고 나와 아즈라이트가 돌아보니 우리가 싸우게 된 원인인 기절해 있던 소녀가 눈을 뜬 참이었다.

눈을 뜬 그녀의 이름은 샤리라고 하는 모양이었다. 그녀는 카르티에 라탱에 있는 여관집 딸이었고, 요리할 때 쓸 버섯과 산채를 따기 위해 이 작은 숲에 왔다고 했다.

몬스터를 내쫓는 아이템도 사용하고 있어서 이 근처에 있는 레벨이 낮은 몬스터는 평소에 다가오지 않는다고 했다.

하지만 좀 전에 본 기계를 두른 몬스터에게는 효과가 없었고, 위기에 처했을 때 우리가 왔다는 것이다.

참고로 그녀는 기절하기 전에 내가 그녀를 구해주러 왔다는 것을 기억하고 있었기에 아즈라이트의 오해는 완전히 풀렸다.

뭐, 잘됐지.

좀 전에 나타났던 기계 달린 몬스터가 또 나타나지 않을 거라는 보장이 없기에 카르티에 라탱까지 샤리를 데려다주기로 했다.

우리도 카르티에 라탱으로 가고 있었으니 마침 잘된 일이다.

그리고 아즈라이트도 카르티에 라탱으로 가려는 것 같았다.

"나하고 네메시스는 카르티에 라탱에서 발견되었다는 〈유적〉으로 갈 건데, 아즈라이트도 카르티에 라탱에 볼 일이 있어?"

"……나도 〈유적〉을 조사하러 가."

보아하니 아즈라이트의 목적지도 같은 곳이었던 모양이다.

뭐, 〈유적〉이 발견되었다는 소식은 왕국 안에서 처음 들었으니 다양한 사람들이 모이기도 하겠지.

"그러신가요! 그럼 부디 숙박은 저희 여관에서 해주세요! 은인분들이시니 큰맘 먹고 할인해드릴게요!"

우리가 나눈 이야기를 듣고 있었는지 샤리가 주먹을 가슴 쪽으로 들어 올린 뒤 꽉 쥐면서 말했다. 뭔가 신이 난 모양이었다.

"아니, 나는……."

아즈라이트는 아마도 '나는 몬스터하고 싸우지 않았으니까'라고 말하려 했을 것이다.

"돌아가면 아버지하고 어머니에게 사정을 이야기하고, 레프티에게 부탁해서 저녁 때 먹을 닭을 잡아달라고 하고. 아, 그러고 보니 저번에 만들었던 키슈가 손님들의 반응이 좋았으니까 오늘도……."

하지만 샤리가 매우 신이 난 것 같았기에 입을 뻐끔거리면서도 말을 꺼내지 못하는 것 같았다.

"뭐, 아즈라이트가 저 애를 구하려고 한 건 사실이니까 괜찮지 않을까?"

내게서 구해내려 한 거지만, 딱히 큰일이 생긴 건 아니니 사소한 거겠지.

"…………아."

아즈라이트는 어떤 말을 하려 했지만……, 끝까지 하진 않았다.

샤리 말에 따르면 카르티에 라탱까지는 걸어서 가도 한 시간 정도면 도착한다고 했다.

그래서 나도 실버를 타지 않고 넷이서 도보로 카르티에 라탱으로 향하고 있었다.

그렇게 걸어가기 시작한 뒤로 30분. 나는 씩씩한 샤리와 이야기를 나누며 걸어가고 있었는데 좀 전부터 신경 쓰이는 것이 있었다.

"…………."

걸어가는 도중에 내 뒤에 있던 아즈라이트의 시선이 계속 느껴진다.

나는 그런 종류의 스킬을 가지고 있지는 않지만, 분명 느낄 수 있는 수준일 것이다.

왜 나를 살펴보고 있는 거지? 아직 뭔가 의심하고 있는 건가?

"?"

그런 생각을 하면서 걸어가다 보니 누군가가 뒤에서 [흑전투] 끄트머리를 붙잡았다.

"…………."

붙잡고 있던 사람은 아즈라이트였다.

가면 때문에 그녀의 표정이 보이지는 않았지만, 고개를 숙인 채 입을 다물고 있었다.

내가 '왜 그래?'라고 물어보려 하자 먼저 그녀가 입을 열었다.

"미안해. 갑자기 칼을 휘둘러서……."

"……아."

아무래도 아즈라이트는 갑자기 칼을 휘두른 것에 대해 사과할 타이밍을 살피고 있었던 것 같다.

뭐, 좀 전에는 이야기를 나누다 보니 타이밍을 놓쳤으니까.

하지만 지금, 그녀의 사과를 확실하게 받아들였다.

왠지 사과하는 데 익숙하지 않은 것 같은데, 하지만 그녀가 진심으로 사과하려는 것이 느껴졌다.

"괜찮아. 양쪽 다 무사했고, 아즈라이트도 저 애를 지키려고 그런 거니까."

"……그래도."

"괜찮아. 그래도 다음부터는 겉모습만 보고 판단하지 말아줘. 내 차림새가 약간 불량스럽긴 하지만, 세상에는 완전 악당 같은 외모인데도 자상한 사람도 있으니까."

내가 그렇게 말하자, 그녀는 뭐가 우스운지 쿡쿡대며 웃은 다음.

"알았어, …………고, 고마워."

긴장하면서 사과하는 것보다 더 익숙하지 않은 듯이 그렇게 말했다.

□[성기사] 레이 스탈링

샤리가 말했던 대로 카르티에 라탱에는 한 시간도 안 걸려서 도착했다.

카르티에 라탱의 거리는 돌로 포장되어 있어서 왕국의 마을과 비교하면 충분히 정비된 것 같았다. 거리 곳곳에 나무와 꽃이 심어져 있는 걸 보니 '사람과 자연의 조화'라는 분위기가 느껴졌다.

왕도와 기데온, 오늘 아침까지 머물렀던 토르네 마을과는 다른 느낌이 드는 거리였다.

아름다운 거리를 보고 나도 모르게 멈춰선 뒤 주위를 둘러보았다.

"풀이나 꽃이 많은 거리네."

"그래, 이 지역을 다스리는 카르티에 라탱 백작 부인의 의향이야. 본인의 취미도 가드닝이라 백작 저택의 정원은 특히 볼만하지. 고아나 여행자를 자주 초대에서 다과회를 개최하곤 해."

"호오, 잘 아는구나."

"……내가 모시는 분이 백작 부인과 친하거든."

그렇구나. 보아하니 아즈라이트는 어떤 귀족을 섬기는 입장인 것 같다.

"그, 그건 됐고 어서 가자! 풀과 꽃을 감상하다가 해가 지겠어!"

"그래, 그래."

아즈라이트가 재촉하자 나는 감상하던 것을 멈추고 다시 걸어가기 시작했다.

샤리의 부모님이 운영하는 여관은 마을 변두리 쪽에 있었다.

쇼핑 같은 것을 할 때는 좀 불편할지도 모르겠지만, 오다가 들은 이야기로는 그 〈유적〉과 가까운 여관이라 마침 잘되었다고도 할 수 있다.

그런데 왠지 모르게 여관 안쪽에서 하얀 연기가 뭉게뭉게 피어오르고 있었다.

그리고 예전에 어디선가 맡아본 것 같은 냄새도 났다. 아마 가족여행 같은 걸 갔을 때…….

"왜 마을 변두리에 가게를 냈지? 중심부에도 땅이 남아 있었을 텐데."

아즈라이트가 묻자, 샤리가 산을 손가락으로 가리키며 대답했다.

"여긴 산이 가깝잖아요? 그 때문인지는 모르겠지만, 광맥을 찾아다니던 할아버지께서 여기에 있던 온천을 파내셨거든요!"

"호오, 좋겠다."

온천이라…… 현실에서도 한동안 안 갔는데.

참고로 광맥을 찾아다녔다는 샤리네 할아버지의 직업은 [모험가(어드벤처러)]였던 모양이다.

"원래 할아버지는 천지 쪽 문화에 심취하셨던 모양인데요, 온천을 파낸 뒤로는 더 불이 붙어버린 모양이라. 곧바로 여관……,

온천 여관을 시작하셨어요!"

"그렇구나."

아까부터 피어오르고 있던 연기는 노천탕의 김이고, 냄새도 온천 냄새였던 모양이다.

유황 냄새가 별로 나지 않는 걸 보니 냄새가 심한 온천은 아닌 것 같다.

"다녀왔습니다~!"

샤리가 여관 입구에서 그렇게 말하자 어머니로 보이는 여자가 후다닥 달려왔다.

왠지 '여주인' 같은 느낌이 드는 사람이었다.

"어머, 샤리. 늦게 오길래 걱정했잖니?"

"저기 말이야! 이분들이 구해줬어!"

샤리는 그렇게 숲에서 있었던 일을 어머니에게 말했다.

"어머나, 딸이 위험할 때 구해주셔서 감사합니다……."

"그래서 말인데, 엄마. 보답으로 이분들을 싸게 묵게 해줬으면 하는데!"

"그야 물론이지. 싸게라고 할 게 아니라 공짜로 해드려도 될 정도야. 그런데 곤란하네……."

샤리의 어머니는 볼에 손을 대고 말 그대로 곤란하다는 듯한 표정을 짓고 있었다.

"〈유적〉을 보고 온 손님이 많아서 별관밖에 빈 곳이 없거든."

"어? 거긴 좀……."

어머니의 말을 듣고 샤리도 곤란하다는 표정을 지었다.

"별관이라뇨?"

"원래 아버님께서 취미로 지으신 천지 양식 건물이에요. 서양 건물하고는 달라서 손님들께서 지내시기 불편하신 것 같아서……."

"침대도 없고 바닥에 직접 침구를 깔아야 하니까."

"적어도 침대가 있으면……. 그래도 아버님께서 유언으로 '별관은 그대로 유지해라'라고 하셨으니……."

모녀의 이야기를 듣고 있자니 대충 사정을 알게 되었다.

다시 말해 별관은 전통식 건물인 모양이었다.

천지는 예전 일본과 비슷한 나라니까 분명 그럴 것이다.

그렇다면 나는 딱히 문제가 없다.

"저는 별관이라도 상관없어요. 천지 양식도(아마도) 익숙할 테니까."

"정말로요?"

샤리의 어머니가 묻자, 나는 고개를 끄덕이며 대답했다.

"나도 그쪽에 묵어도 상관없어. 천지 양식은 경험해본 적이 없으니까 좋은 경험이 되겠지."

아즈라이트도 받아들였고, 그렇게 우리는 천지 양식인 별관에 숙박하게 되었다.

그리고 지금, 내 눈앞에는 상상했던 것과는 다른 건물이 있었다.

"천지 양식…… 천지 양식 말이지."

캐릭터를 만들면서 국가를 선택할 때 본 천지의 모습은 아즈치 모모야마 시대의 일본에 가깝긴 했다.

……그런데 지금 내 눈앞에 있는 건물은 그런 건물이 아니었다.

예를 들면.

"그대의 기억 속에 있는 '해외 영화에 나오는 예전 일본'같은 느낌이로구나."

딱 그렇게 생겼다.

군데군데 맞는 곳이 있긴 하지만, 대담하게 엇나갔다고 해야 하나.

'아니, 색을 이렇게 넣으면 안 되지'라고 말하고 싶어진다고 해야 하나.

어찌 됐든 내가 상상했던 천지 양식과는 방향성이 꽤 달랐다.

이 별관을 지은 사람의 천지 이미지가 엇나간 걸까, 아니면 지었을 당시의 천지 양식이 정말 이런 형태였을까.

진상은 언젠가 천지에 갔을 때 알게 될지도 모르겠다.

"이것이 천지 양식…… 이국적인 장식이네?"

아즈라이트가 코마이누──왠지 시사 같은 느낌이다──를 보면서 호기심으로 눈을 반짝이고 있었다.

그런데 그거, 아마 진짜 천지 양식은 아닐 거야.

우리는 곧바로 별관으로 들어가 샤리에게 방까지 안내받았다.

'맹장지면 잠글 수는 없겠네'라는 생각이 들었는데, 방은 일반적인 문으로 드나드는 형식이었다.

그것도 뭔가 아닌 것 같…… 아니, 온천 여관이라 생각하면 그게 맞겠지.

"이게 방 열쇠예요! 저녁 식사는 본관 쪽에서 오후 6시부터 8시까지 드실 수 있고요!"

"네."

"목욕은 별관에도 노천탕이 있으니 그쪽을 써주세요! 저희가 자랑하는 온천이거든요!"

"오…… 좋은데."

별관에는 남자가 나 혼자니까 느긋하게 온천을 즐길 수 있을 것 같아 기쁘다.

"다른 질문 있으신가요!"

"한 가지만 물어봐도 될까?"

"네!"

씩씩하게 설명과 안내를 해주던 샤리에게 아즈라이트가 손을 살짝 들고 질문했다. 그 내용은.

"이 별관에…… 홈와라시도 있어?"

"없어요!"

"그렇구나……."

그 대답을 듣고 아즈라이트는 왠지 모르겠지만 실망한 눈치였다.

"아니, 홈와라시가 뭐야?"

"천지에 전해져 내려오는 일화야. 어린 남자아이나 여자아이 처럼 생겼고 집안에 신기한 이웃처럼 함께 살면서 뛰어놀기도 하고, 그 집에 행복을 가져다준다는 요괴지."

"……여긴 알터 왕국이잖아."

"아니, 그래도 나오는 곳에는 나와. 저번에도 성에서 목욕을 하고 있다 보니 어디선가 작은 여자아이가 나왔어. 그건 분명 홈와라시겠지."

"…………."

홈와라시보다 성에서 목욕을 한다는 아즈라이트의 정체가 더 신경 쓰이는데.

"그래도 그 홈와라시…… 김 때문에 잘 보이지 않았는데……, 릴리아나의 여동생하고 닮은 것 같기도 했어."

"……그거, 밀리안느 본인 아니야?"

"그래도 성의 목욕탕에는 암살자를 경계해서 함정도 설치해두었거든? 어린애가 들어올 수 있을 리가 없잖아."

"……하긴."

그렇다면 진짜로 홈와라시가 있을지도 모르겠다.

밀리안느가 성에 설치된 함정을 피할 수 있는 침입의 달인이 아니라면.

……모 제2왕녀가 탈주의 달인이니까 아예 부정할 수 없다는 게 무섭다.

◇

안내받은 방으로 들어가자 조금 안심이 되었다.

색깔은 전통식이라 할 수 없는 건물이었지만, 다다미와 방석, 좌식 의자 같은 것은 일본의 온천 여관과 비슷했기 때문이다. 이 정도라면 느긋하게 지낼 수 있겠다.

"색은 왠지 어수선하다만, 이 다다미의 냄새와 방석은······ 왠지 정겨운 기분이 드는구나. 와삭와삭."

내 기억을 들여다보곤 해서 그런지 네메시스는 이 전통식 분위기 (일단 분위기는 전통식)로 인해 마음이 편해진 모양이었다.

그리고 방에 있던 과자를 이미 8할이나 먹어 치운 상태였다.

······아니, 딱히 상관없긴 한데.

"자."

나는 방에서 느긋하게 지내기 위해 장비를 벗었다.

아무리 그래도 이런 곳에서 특전무구와 [VDA]로 무장하고 있을 수는 없다.

적당히 무구를 벗어서 전부 다 오늘 산 파우치형 아이템 박스 에 넣었다.

특전무구 세 개와 [VDA], 액세서리(가게에는 괜찮은 게 없었 기에 지금은 [구명의 브로치]뿐이다)와 예비 무기, 그리고 실버 까지 전부 합쳐서 7개.

넣을 수 있는 종류는 적긴 하지만 앞으로 세 개는 더 들어가겠네.

장비를 벗고 속옷만 입고 있긴 좀 그랬기에 방에 있던 유카타를 입었다.

······온천 여관 같은 분위기가 더 살아나네.

그리고 그렇게 유카타를 입으니 온천에 들어가고 싶어졌다.

"음? 아직 해가 지지 않았는데 벌써 온천에 갈 생각인가?"

"그래······ 아, 그렇지."

온천에 가기 전에 오늘 하려고 했던 것이 생각났다.

"나는 바깥에서 실버를 씻겨준 다음에 갈게. 네메시스는 먼저 다녀와."

점심때 선배에게 실버의 가치에 대해 듣고 닦아줘야겠다고 생각했었다.

간단히나마 닦아주고, 그러면서 더러워진 나도 온천에서 깔끔하게 씻으면 된다.

그리고 여자들이 목욕하는 시간도 더 길 테니 네메시스가 먼저 가는 편이 낫겠지.

애초에 나와 네메시스는 목욕탕을 따로 쓸 테니까 동시에 갈 필요도 없고.

"태어나서 처음 가보는 온천이잖아. 느긋하게 즐기다가 와."

"으음. 그렇게 하도록 하마."

그렇게 나는 실버를 닦아주러, 네메시스는 이곳의 자랑이라는 노천탕으로 향했다.

□[복수소녀 네메시스]

"온천, 기대되는구나……."

〈엠브리오(나)〉는 일반상식 같은 것들을 〈마스터(레이)〉의 기억에서 얻고 있기에 온천의 지식은 당연히 가지고 있었다.

따뜻하다, 기분 좋다, 건강에 좋다, 온천 달걀, 미용에 효과가 좋다, 온천 만두, 전통의 극치, 온천수, 달을 보며 한 잔.

등등, 여러 가지 정보는 내 안에 이미 존재한다.

하지만 실제로 체험해본 적은 없다. 애초에 몸을 씻는 것도 레이가 로그아웃한 뒤 자동으로 씻어지는 것에 의존하곤 했기에 목욕을 한 경험 자체가 별로 없다.

그런 와중에 이번 온천. 몸소 확인해볼 수밖에 없을 것이다.

목욕을 기대하면서 천지의 옛 언어와 공통어로 '여'라고 적혀 있던 천——레이의 지식에 따르면 포렴——을 지나 미닫이문을 열고 온천의 탈의실로 들어갔다.

"음?"

"……어?"

그곳에는 이미 먼저 온 손님—— 아즈라이트가 있었고, 옷을 작은 상자 모양 아이템 박스에 넣고 있었다. 그 푸른 검은 바구니를 넣는 선반에 기대어 둔 상태였다.

그리고 가면을 쓰고 있지 않아서 맨얼굴이 드러나 있었다.

"……윽?!"

그 순간, 아즈라이트는 '그대는 초음속에 도달했나?'라는 말을 하고 싶어질 정도로 매우 빠르게 아이템 박스에서 가면을 꺼내 장착했다.

"…………."

"…………."

탈의실에서 알몸 가면녀가 된 아즈라이트를 '어떻게 해야 하나'라고 생각하며 바라보는 나.

맨얼굴을 내게 보이고 '어떻게 하지?'라고 생각하는 것 같은 아즈라이트.

그런 두 사람의 침묵이 이어졌고.

"우선 가면을 쓴 채로 목욕하러 가면 되지 않겠는고? 계속 그렇게 알몸을 드러내고 있다가는 감기에 걸릴 게야."

"그, 그렇지!"

내가 한 말을 듣고 아즈라이트는 가면을 쓴 채, 그리고 **푸른 검을 든 채** 탈의실에서 나갔다.

……어? 그것도 가지고 가는 게냐?

두 사람은 탈의실에 '예의입니다'라고 적혀 있던 대로 뜨거운 물을 몸에 끼얹은 다음 온천에 들어가서 나란히 앉아 숨을 내쉬었다.

으음, 체험해보고 알게 되었는데, 참으로 좋은 것이로구나.

기분 좋은 느낌이 온몸에 스며들었다.

……레이는 이 카르티에 라탱에 얼마나 머무를 생각이려나.

할 수만 있다면 사나흘은 더 여기에 있고 싶은데.

"…………."

그런데 옆에 있던 아즈라이트가 하고 싶은 말이 있는 것 같았다.

하지만 가면의 눈에 해당되는 부분의 유리에 김이 서려서 그런지 이쪽을 똑바로 바라볼 수가 없는 것 같았다.

그런 상황인데도 내가 있는 쪽을 바라본 뒤 대충 내가 예상하고 있던 말을 했다.

"……내 얼굴에 대해서는 비밀로."

"미리 말해두지만, 그대의 얼굴에 어떤 의미가 있는지 나는 모른다."

나는 선수를 치며 그녀의 말을 중간에 끊었다.

"말이 나온 김에 말하자면, 레이도 모를 게다. 나와 레이, 둘 다 그대의 맨얼굴을 예전에 본 기억이 없다."

"그래?"

"확인할 수도 있지 않은가? 그대, 《진위판정》 스킬을 가지고 있는 모양이니 말이야."

낮에 싸운 뒤 레이가 한 말을 쉽사리 받아들인 것도 《진위판정》 으로 진실이라는 것을 확인했기 때문일 것이다.

"어? 그래도…… 정말? [성기사] 맞지?"

"정말이다."

"………………그래."

안심한 것 같은데 오히려 뭔가 고민이 있다는 표정이었다.

애초에 얼굴이 아래쪽 절반만 보이니까 확실하지는 않지만.

"그런데 어째서 그 검까지 목욕탕에 가지고 온 게야?"

욕조 바깥에 놓아둔 푸른 검을 손가락으로 가리키며 물었다.

나는 이번이 첫 온천이긴 하지만, 칼을 가지고 탕에 들어오는 것이 얼마나 살벌하고 예의가 없는 짓인지는 알고 있다.

"……이 검은 아이템 박스에 들어가지 않거든. 그래서 이렇게 가지고 다닐 수밖에 없어."

"힘들겠구나……."

기데온에서 랭커들과 이야기를 나눴을 때도 아이템 박스의 용량이 부족한 것 말고 다른 이유로 아이템이 들어가지 않는다는 이야기를 들어본 적은 없었다.

뭐, 거짓말을 하고 있는 것 같지는 않으니 사실이겠지.

그리고 아즈라이트도 검을 지니고 목욕을 하면 안 된다는 걸 알고 있는지 목욕탕에 있던 통으로 검을 가리려 하고 있었다.

그렇게 하면 해결될 문제가 아닐 것 같다만…….

"음?"

그렇게 안절부절못하며 검을 숨기고 있던 아즈라이트를 보다가 눈치챈 것이 있었다.

"그대, 몸매가 좋구나."

"……그래?"

이쪽에서는 서 있는 아즈라이트의 알몸이 잘 보였다.

아즈라이트의 육체는 건강해 보였고, 근육과 부드러운 살이 딱 좋게 균형을 이루고 있었다.

질을 유지하며 부풀어 오른 가슴과 등에서 엉덩이까지 내려오는 부드러운 곡선.

으음, 멋진 조형이다.

"아니, 당신도………… 미안해."

"그 '미안해'라는 말은 상황에 따라서 선전포고로 받아들일 수도 있다만?"

가면의 렌즈에 김이 서린 상태에서도 알아볼 수 있을 정도로 내 몸이 빈약하다는 건가?

　……뭐, 말은 그렇게 했지만 내 가슴이 자그맣다는 것 정도는 자각하고 있으니 말이다.

　오히려 체형을 따지자면 너무 크다 해도 균형이 맞지 않을 게다.

　"뭐, 됐다. 어차피 〈마스터〉인 레이가 여자의 몸매나 가슴 크기를 신경 쓰는 타입이 아니니 말이다. 빈유라 해도 그렇게까지 신경이 쓰이지는 않는다."

　"'사람을 겉모습으로 판단하지 않는다'는 거야? 하지만 그러면 어째서 내 가면을."

　"아니, 그게 아니라."

　나는 아즈라이트의 말을 가로막고 레이가 여자를 몸매로 판단하지 않는 이유를 말했다.

　"'예전에 누나를 따라갔던 다른 나라의 밀림에서 알몸 아마조네스 집단에게 쫓겨 다닌 뒤로 여자의 알몸에는 별로 흥미를 보이지 않게 되었어'라고 하더구나."

　"…………뭐어?"

　나도 처음 들었을 때는 '어? 그게 지구에서 있었던 일인 게냐? 이쪽이 아니라?'라고 생각했다. 아무래도 레이는 누나 쪽으로 트라우마를 심하게 떠안고 있는 것 같다.

　그래도 알몸을 보고 흥분하지 않더라도 연애나 사랑에 대한 관심은 다른 사람들과 비슷하게 가지고 있고, 상황에 따라서 두근거리기도 하는 모양이라 연애나 깊은 커뮤니케이션 쪽으로는 문제가 없을 것이다. ……아마도.

"……그 사람도 여러모로 힘들겠구나."

어렸을 때 레이가 떠안게 된 트라우마를 상상했는지, 아즈라이트가 한숨을 쉬었다.

"뭐, 방금 한 이야기는 농담이다만."

"그래. 그런데 그가 '언브레이커블' 레이 스탈링 맞지? 말도 안 되는 트러블도 많이 겪지 않았어? ……얼마 전에 있었던 기데온 사건도 포함해서."

"그 말은 부정할 수 없겠구나."

내가 부화한 뒤에는 대사건이라 할 만한 것이 여러 개 일어났다.

그전에도 여러 가지 일들이 있었을 것이다.

저쪽에서는 이쪽처럼 사람의 목숨이 위험하지 않다고 해도 어렸을 무렵에 곰 형님이 대회에 나갔을 때 벌어졌던 사건 같은 경우도 있다.

레이는 그런 운명을 떠안고 태어났는지도 모르겠다.

"애초에 본인이 눈앞에서 벌어지는 비극을 무시할 수 없는 체질이니. 필연적으로 말도 안 되는 일도 짊어지려 하는 게다."

대표적인 사례로는 저번 달에 있었던 고즈메이즈 산적단 사건이 있다. 그 사건은 레이에게도 힘들고 괴로운 사건이었고, 그 고뇌는 〈엠브리오〉인 내게도 전해졌다.

"성격이 그러니…… 걱정이 되기도 하지."

"그래……."

나는 레이의 〈엠브리오〉이자 파트너. 전투를 벌일 때는 가장

가까운 존재라 자부하고 있지만, 마음을 제대로 살펴 봐주고 있는
지는 알 수가 없다.

　내가 레이의 몸과 마음을 더 받쳐줄 수 있다면 좋겠는데······.

　"··········응?"

　그렇게 생각하고 있자니 탈의실로 통하는 미닫이문이 열리기
시작했다.

　서서히 열리기 시작한 문, 우리가 들어온 것과는 **다른** 문을 보고
어떤 의문이 머릿속에 떠올랐다.

　──음? 어째서 미닫이문이 **두 개** 있는 게지?

　내가 그 의문의 답을 알아내기도 전에 미닫이문 너머에서··········
레이가 나타났다.

　허리에는 수건을 둘렀고, 아이템 박스 파우치도 차고 있긴
했지만, 그게 전부였다.

　그리고 나는 수건을 탕 안으로 가지고 오지 않았기에 거의
투명한 탕 너머로 전부 다 보일 것이다.

　게다가 아즈라이트는 서 있었기 때문에 다 드러낸 몸을 보이고
있을 것이다.

　보여지고 있을 것이다.

　"··········."

　"··········."

　"저기, 눈 쪽 렌즈에 김이 서려서 잘 안 보이는데, 누가 왔어?"

말로 표현하기 힘든 분위기가 흘렀고, 레이는 왠지 모르겠지만 무표정하게 발걸음을 돌려 탈의실로 들어갔다.

　──그리고 10초 정도 지난 뒤 노천탕으로 **돌아왔다.**

　아무 일도 없었다는 듯이 노천탕으로 다가와 몸에 물을 끼얹은 다음 탕으로 들어와 온천이 몸에 스며드는 것 같다는 표정으로 숨을 내쉬었다.
　그리고 두 마디.
　"이 시간은 혼욕이었어. 그리고 탈의실은 따로 쓰지만 온천은 같이 쓰는 것 같아."
　그 말을 들은 직후, 내 드롭킥과 목소리를 듣고 눈치챈 아즈라이트가 날린 칼등치기가 레이의 의식을 도려냈다.

　……으음, 몸과 마음을 받쳐주겠다고 생각한 지 얼마 안 되긴 했지만, 이번에는 날려버려도 되는 경우겠지.

　□[성기사] 레이 스탈링

　"……또 이 꿈속이구나."
　네메시스와 아즈라이트에게 [기절]당해 나는 지금까지 몇 번

와본 적이 있는 이 꿈속 공간에 다시 와 있었다.

이제 덴드로에서 [기절]하는 것도 익숙해졌기에 공간의 모양이 달라졌음에도 불구하고 같은 공간이라는 것을 분위기로 알게 되었다.

이번에는 '아무것도 없는 곳에 「준비 중」이라는 팻말만 서 있는 곳'이 아니라 왠지 현실의 내 방과 비슷한 공간이었다.

아마도 다시 내 기억을 통해 재현했을 것이다.

"……뭐, 지금 문제는 이 공간의 모양보다는 [기절]한 이유지."

평소에 쓰는 것과 감촉이 똑같은 의자에 앉으며 나는 한숨을 쉬었다.

"목욕탕의 규칙은 잘 지켰는데, 이런 결과는 너무 부조리한 거 아니야?"

노천탕에 들어가 보니 네메시스와 아즈라이트가 있었고, 뭔가 착각했나 싶어서 탈의실의 안내문을 확인해보았는데…… 그곳에는 지금 시간이 혼욕 시간대라고 적혀 있었다.

'그럼 문제없겠지'라고 생각해서 온천으로 들어간 직후에 그렇게 연속공격을 당했다.

이해할 수가 없네.

"이해해야만 해, ……응?"

내 목소리에 대답한 것은 침대 위에 얌전히 정좌하고 있던 몸집이 작은 소녀였다.

"그래도 형이 그랬거든? '자기도 모르게 여자가 목욕하고 있는 곳에 들어갔을 때는 허둥대면 안 된다. 말을 얼버무리거나 얼굴이 빨개지면 상대방이 비명을 질러버린다. 그러니까 침착하게, 아무렇지도 않게, 당당하고 이지적으로 왜 자기가 들어왔는지 말해야 한다'라고."

"거짓말인지 정말인지는 모르겠지만, ……정말이라면 그 곰돌이도 그랬, 어?"

피부가 구릿빛인 소녀가 고개를 갸웃거리며 물었다.

"'같이 들어가도 이상할 게 없다고 생각하게 만들면 괜찮다'라고 했던 것 같아."

"그건 척 보기에도 이상한, 데?"

……이상하긴 하지. 지금 생각해보니 형이 농담을 했던 건지도 모르겠다.

농담을 진지하게 받아들여서 두 사람에게 미안한 짓을 해버렸다.

…………그래도 혼욕 시간대에 들어간 건 규칙을 어긴 게 아니잖아?

"규칙을 지켰더라도 창피한 건 창피하고, 화가 날 수도 있어. 당연하잖, 아? 여자를 대할 때는 매너가 중요, 해?"

"그렇긴 하지. ……역시 내가 갑작스러운 상황이라 동요했던 것 같아."

동요했다는 것조차 이제야 겨우 깨달았다.

성적으로 흥분하지는 않았지만, '가족이 아닌 여자와 목욕하러 들어간다'라는 상황 그 자체로 인해 냉정하지 못했던 것 같다.

두 사람에게 미안한 짓을 했다.

"확실하게 사과해야, 해?"

"그래, 나도 알아. 깨어나면 사과해야지. ……그런데."

"왜?"

나는 돌아서서 피부가 구릿빛이고── **뿔이 난 소녀**에게 물었다.

"너, [갈드랜더]지?"

"그런, 데?"

[대장귀 갈드랜더].

내가 〈Infinite Dendrogram〉에서 처음 맞닥뜨린 〈UBM〉.

그리고 내 첫 특전무구, [장염수갑 갈드랜더]가 된 존재.

나는 예전에도 이 [갈드랜더]의 의지라 할 존재를 만난 적이
있다.

두 번째 〈UBM〉인 [고즈메이즈]와 전투를 벌이다 기절한 나는
내 기억을 재현한 꿈속에서 이 녀석과 만났다.

그때는 검은색과 붉은색 실루엣이었고, 이야기하는 내용도
또렷하지 않았다.

하지만 지금은…… 확실히 보이고 말도 제대로 할 수 있는 것
같다.

"'준비 중'이라는 팻말은 몇 번 봤는데…… 이제 준비가 다 된
모양이구나."

"응. 준비 끝, 인가?"

……왜 아까부터 맨 뒤에 물음표가 붙을 것 같은 발음으로 말
하는 걸까.

"그래서 우선 물어보고 싶은 게 있는데…… 결국 너는 뭐야?"

형과 피가로 씨에게 물어보았는데, 쓰러뜨린 〈UBM〉의 의지가
[기절]한 동안에 나온 경우는 없다는 모양이었다.

신화급이나 〈SUBM〉까지 쓰러뜨린 두 사람에게도 일어난 적이

없는 현상.

그런 현상이 왜 [갈드랜더]에게 일어난 걸까.

"원래 갈드랜더가, 사용하지 못했던 힘하고, 지성이, 지금의 나를 만든 것, 일지도?"

'일지도?'……란 말이지.

"굳이 말하자면 나는, 당신이 쓰러뜨린 [갈드랜더] 배 속에 있었던, 아이?"

"…………그게 임산부였나."

티안들의 목숨이 걸려 있었던 싸움이었기에 쓰러뜨린 것을 후회하진 않지만, 약간 뒷맛이 씁쓸해졌다.

"그런 생물이니까, 응? 레이가 싸운 건, 알의 껍질 같은 것, 일지도?"

"알의 껍질?"

내가 싸웠던 그 [갈드랜더]는 알에 팔다리가 돋아나서 싸운 거나 마찬가지고, 실제 [갈드랜더]는 내 눈앞에 있는 [갈드랜더]라는 건가?

"모체와 태아의 이중구조, 이중**디자인**? 나는 잘 모를, 지도?"

"그러니까, 어떻게 된 거야?"

"그래. 나는, 알의 껍질을 깨고 태어나기 전에…… 진정한 힘을 발휘하기 위한 조건을 달성하지 못하고 쓰러졌으니까……, 지금에야 겉으로 드러난, 거?"

나는 체셔가 준 힌트를 가지고 있었기에 바로 코어가 배 속에 있다는 걸 눈치채고 승부를 낼 수 있었다. 하지만 그렇게 '올바르게 쓰러뜨리는 방법'을 몰랐다면 상황이 더 악화되었을 테고, 이 녀석이 나올 예정이었다는 건가?

어찌 됐든 이 [갈드랜더]는 내가 싸운 [갈드랜더] 그 자체가 아닐지는 모르겠지만, [갈드랜더]라는 것은 분명하다.

특전무구가 된 뒤에 〈UBM〉의 의지가 나타날 수도 있다는 뜻이다.

그렇다면 신경 쓰이는 것도 있다.

"……[고즈메이즈]하고 [모노크롬]도 이렇게 될 수 있는 거야?"

그 식인 원령과 빛의 별도 마찬가지로 언젠가 내 앞에 다시 나타나게 되는 건가?

"[고즈메이즈]는, 아닌, 데? 아무것도 남지 않았고, 지금 그것은 그저 그릇이니, 까? [모노크롬]은…… 모르겠, 어?"

"어째서?"

"나보다, 역사도 오래되었고 살아 있었을 때 격도 높았으니, 까. 그래도 지금은 한 가지에 힘을 집중하고 있으니까…… 아마, 안 나와?"

아마도 지금까지 써보지 못한 그 스킬 이야기일 것이다.

……어찌 됐든 그 〈UBM〉 두 마리가 내 앞에 나타나지는 않을 것 같다.

만약 [고즈메이즈]의 의지가 나타난다면 그때는 다시 지옥으로 보내줄 필요가 있겠다고 생각했으니 잘된 것 같다. [갈드랜더]나 [모노크롬]처럼 사람과는 다른 논리로 움직이던 괴물들과는 달리 사람의 악의와 집념만으로 뭉친 그 원령의 의지를 나는 용납할 수 없다.

그래서 [갈드랜더]의 이야기를 듣고 안심이 되었다.

"그런데 나를 여기로 부른 진짜 이유는 뭐야?"

예전에는 자신을 쓰러뜨린 나에 대해서 알기 위해서였다.

이번에는 준비가 완료되었다고 하는데, 그게 뭔지 아직 모르겠다.

……예상이 되는 게 있긴 하지만.

"잠깐 귀를 좀 빌려, 줘?"

"응? 그래."

왜 나와 갈드랜더밖에 없는 공간에서 귓속말을 해야 할 필요가 있는지는 의문이지만, 일단 귀를 갈드랜더가 있는 쪽으로 내밀었다.

갈드랜더는 내 귀에 얼굴을 살며시 가져다 대고.

"꽈악."

있는 힘껏 깨물었다, …………어어?!

"끄아아아아악?!"

아프진 않은데 이상한 감촉이 드는데?!

아니, 깨물었어?! 방금 깨문 거야?!

"뭐하는 거야?!"

"모체가 살아 있었을 때 먹지 못했으니까, 조금만, 맛보기?"

"…………."

그러고 보니 이 녀석은 식인귀였지. 사실 그건 모체 쪽이니까 이 녀석에게 죄는 없겠지만, 방금 새로운 죄가 생겨날 뻔했다고…….

"뜯어먹지는 못했지만, 핥기만 해도, 맛있었는, 데?"

"시끄러워."

내 맛을 칭찬해봤자 기쁘지도 않다고.

"그럼, 진짜 이유, 말이지?"

[갈드랜더]는 몸가짐을 단정히 하고 내 눈을 바라보며 이렇게 말했다.

"당신이 〈UBM〉 세 마리를 쓰러뜨림으로써, ――[장염수갑 갈드랜더]의 세 번째 스킬이 해금되었, 거든?"

◇

[갈드랜더]와 이야기를 끝내고…… 나는 눈을 떴다.

"…………."

아이템 박스에서 [장염수갑]을 꺼내 장착해보았다.

방금 꾼 꿈이 단순한 꿈이 아니라는 증거는 [장염수갑]의 자세한 내용에도 나타나 있었다.

띄운 창에는 세 번째 스킬의 설명 문구도 해금되어 있었다.

"…………휴우."

세 번째 스킬이 해방되었다는 말을 듣고, 그 녀석에게 자세한 효과와…… **사용 조건**에 대해 설명을 들었다.

실제로 메뉴에서 확인해봐도 똑같은 내용이 적혀 있었다.

확실하게 말하자면 이 스킬은 지금까지 내가 봐온 장비 스킬 중에서도 차원이 다르다.

오히려 **치사하다**는 말을 들을 수도 있는 수준이다.

아무리 그래도 피가로 씨가 가지고 있는 [글로리아α]의《극룡광아참 · 종극》보다는 뒤처지겠지만, 반대로 말하자면 그것이 비교 대상이 될 정도로 대단한 스킬이다.

하지만 이 스킬은…….

"……또 당분간 쓸 수 없는 스킬이 늘었구나."

어떤 의미로는 충전하는데 시간을 무시무시하게 잡아먹는 《샤이닝 디스페어》보다 [장염수갑 갈드랜더]의 세 번째 스킬이 더 쓰기 힘들다.

오히려 사용해야 하는 상황이 오지 않는 게 낫겠다는 생각이 들 정도의 조건이다.

스킬 성능을 고려하면 당연하다는 생각이 들 정도로 쓰기가 불편하다.

하지만 사용할 필요가 있는 상황에 처했을 때는…… 분명히 도움이 될 스킬일 것이다.

"음, 눈을 떴느냐? 레이."

스킬에 대해 생각하고 있자니 네메시스가 문을 열고 들어왔다.

길고 검은 머리카락은 물기를 머금고 있었고, 옷은 별관에 있던 유카타를 걸치고 있었다.

그 모습에 자꾸 눈이 갔고, 조금 놀라기도 했다.

"……아직 온천에 있었어?"

"아직이 아니라 **다시** 다녀왔다. 그대가 [기절]한 뒤에 탈의실로 데려가 몸을 닦고 유카타를 입혀서 여기에 눕히기까지 했으니 말이야. 땀을 흘려서 다시 온천에 다녀왔다."

그 말을 듣고 내 몸을 내려다보니 알몸으로 기절했을 텐데 유카타를 입고 있었다.

"그렇구나, 미안해. ……그리고, 고마워."

동의도 받지 않고 혼욕을 하려고 했던 것과 그런 일이 있었는데도 불구하고 간호해준 것에 대해 고맙다는 인사를 했다.

"뭐, 그대로 방치해서 감기라도 걸리면 내일 이후로 활동하는데 지장이 생길 테니. 그리고 그대가 다가오고 있는데도 불구하고 눈치채지 못했던 내게도 책임이 있다."

네메시스는 그렇게 말한 다음 '하지만'이라고 말하며 말을 끊었다.

"나는 상관없지만 아즈라이트에게는 확실하게 사과하거라. 꽤 충격을 받은 모양이니 말이다. ……보기도 했고, 보이기도 했으니."

"그래, 알았어. 용서해줄지는 모르겠지만 나중에 확실하게 사과할게."

"으음. 그런데 레이, 한 가지 묻고 싶은 게 있다만."

"뭔데?"

네메시스는 방에 단둘이 있는데도 불구하고 옆으로 다가와서 귓속말을 했다.

그러자 좀 전에 [갈드랜더]에게 물린 것이 생각나 몸이 약간 굳었다.

"그대는 무시무시하게 냉정하던데, 정말 우리의 알몸을 보고도 아무렇지도 않았던 게야?"

　……엄청나게 대답하기 껄끄러운 질문이네.

　이거, 어느 쪽으로 대답해도 문제가 될 것 같은데.

　……하지만 이번에는 내가 잘못한 거니까 적어도 솔직하게 대답하자.

　"그때는 냉정하게 행동한 것처럼 보였을 뿐이고, 생각해보니 나도 꽤 당황했던 것 같아. 그리고……."

　"그리고……?"

　네메시스가 재촉하자 나는 얼버무리려 했던 감상을 있는 그대로 말했다.

　"흥분하지는 않았지만, 예쁘다고 생각했어."

　그렇게 말한 뒤 방안이 조용해졌다.

　"…………."

　"…………."

　말로 표현하기 힘든 침묵이 방에 가득 찼다.

　차가워지는 것도 아니었고, 따뜻해지는 것도 아니었다.

　예를 드는 것도 힘든 분위기가 되었다. 나도 말하고 나서 내가 있는 그대로 한 말이 무슨 뜻인지 눈치챘기에 네메시스의 얼굴을 볼 수가 없었다.

　"……어느 쪽이?"

　"양쪽 다."

그럼에도 불구하고 다시 생각했던 것을 곧바로 대답해버렸다.

위험하다, 이 흐름은…… 위험해.

"어느 쪽이 더 예뻤지?"

"…………여기까지 하자!"

나는 나 자신이 그때 본 두 사람의 모습을 머릿속에서 비교하려고 한다는 것을 깨닫고 그 모습에 관련된 생각을 차단한 뒤 기억을 머릿속의 서랍에 집어넣었다.

"끄으…….."

내가 한 말을 들은 네메시스의 표정을 보는 것이 무섭다.

바보 같은 말을 너무 많이 해버렸다.

하지만 마지막으로 한 가지는 말하고 싶었다.

"그래도 예쁘다는 걸 따지면…… 네메시스는 지금 유카타 차림도 어울려서 정말 예쁜 것 같아."

이것도 진짜로 내가 생각한 것이다.

길고 까만 머리카락과 하얀 피부가, 그리고 네메시스의 얼굴이 유카타와 매우 잘 어울렸다.

응, 아마 내가 지금까지 본 것 중에 가장 예쁜 유카타 차림일 것 같다.

"그, 그런가. ……그런가."

뭐라고 따지고 들 줄 알았는데 그러지 않았고, ……네메시스는 잠시 고개를 숙인 뒤 입을 다물어버렸다.

나는 무슨 말을 해야 할지 몰랐고, 네메시스도 내게 말을 걸지 않았다.

나와 네메시스가 침묵하고 있던 방에 문을 노크하는 소리가 울렸다.

"스탈링 님, 일어나셨습니까? 저녁 식사는 어떻게 하시겠어요?"

낯선 젊은 남자의 목소리인데, 내용으로 보니 여관의 종업원인 것 같다.

"그래. 한 시간 정도 전, 그대가 기절해 있을 때 한 번 왔었지."

시계를 보니 지금은 7시. 그리고 보니 저녁 식사는 6시부터 8시까지라고 했다.

그럼 슬슬 먹으러 가는 게 나으려나?

"아, 바로 갈게요."

나는 아이템 박스만 들고 방을 나섰다.

◇

우리를 식당까지 안내해준 사람은 남자 종업원이었는데, 좀 특이했다.

그는 얼굴에 나무로 조각한 **가면**을 쓰고 있었다. 아즈라이트처럼 위쪽 절반만 가리는 것이 아니라 눈구멍 말고는 얼굴을 전부 가리는 타입이었다.

그리고 그의 오른손은…… 의수였다. 어제까지 내 왼팔도 마찬가지였다.

목소리와 체격으로 보아하니 나보다 연하인 것 같은데, 한쪽 팔을 잃었다.

안내를 받으며 그를 보고 '무슨 일이 있었을까'라는 의문이 들었다.

그러자 시선을 눈치챈 그가 말을 걸었기에, 예의에 어긋나게 바라본 것을 사과한 다음 그가 해준 이야기를 들었다.

그는 저번 전쟁 때 중상을 입었고, 그와 마찬가지로 전쟁에 참전했던 이 여관의 주인에게 도움을 받았다고 한다.

하지만 부상을 입은 탓인지 기억을 잃었고, 신분을 증명할 물건도 가지고 있지 않았다.

갈 곳이 없어진 그를 여관 주인이 돌봐주었고, 지금은 종업원으로 일하고 있다고 했다.

그와 같은 처지가 된 사람은 왕국에 꽤 많이 있는 모양이었다.

전쟁뿐만이 아니라 얼마 전에 일어난 [삼극룡 글로리아] 사건의 영향도 있는 것 같은데, 어찌 됐든 왕국에 새겨진 상처 자국은 깊은 것 같다.

릴리아나와 밀리안느도 전쟁 때 아버지를 잃었다.

"…………."

전쟁이 일어났을 때, 왕국 소속 〈마스터〉와 왕국이 더 긴밀하게 협력했다면 결과가 달라졌을 지도 모른다.

하지만 실제로는 〈마스터〉 중 참전자는 얼마 되지 않았고, 형 같은 사람들…… 〈초급〉이 참전하지도 않았다.

국왕이 보수를 내걸고 의뢰하지 않고 자신의 판단에 맡겼기 때문에 참가자가 적었다는 이야기는 이미 들은 바 있다.

형이나 다른 사람들도 피가로 씨의 체질처럼 참전하지 못한

이유가 있었을 것이다. (여자 괴물 선배는 미심쩍지만)

그 전쟁의 결말은 아마도 뭔가 어긋났기 때문에 생겨난 결과다.

하지만 그 전쟁 때…… 버림받았다고 느낀 사람들(티안)도 있었을 것이다.

그렇게 생각하니…… 뒷맛이 씁쓸하다.

"…………."

저번 전쟁 때, 나는 여기에 있지 않았다.

그래도, 만약 다음번에 똑같은 일이 생겼을 때.

나는……, 우리는 반드시…….

◇

가면을 쓴 사람에게 본관에 있는 식당으로 안내를 받던 도중에 복도에서 이미 식사를 마친 것 같은 다른 숙박객과 스쳐 지나갔다.

숙박객 중에는 〈마스터〉도 많았다. 아마도 〈유적〉을 탐색하러 온 사람들일 것이다.

그중에는 나와 마찬가지로 유카타를 입고 있는 사람들도 있었다.

그렇게 몇 번 스쳐 지나갔을 때, 어떤 사람과 눈이 마주쳤다.

"아."

"어라~?"

정확하게 말하자면, '사람과 눈이 마주쳤다'라는 건 잘못된 표현일지도 모른다.

그 사람은 앞머리를 길게 늘어뜨려 두 눈을 가리고 있기 때문에 눈이 마주치지는 않는다.

내가 눈을 마주친 것은…… 그의 머리 위에 타고 있던 **뚱뚱한 고양이**였다.

머리 위에 고양이를 얹은 채 눈을 가린 청년, 이 덴드로에서도 좀처럼 볼 수 없을 정도로 스타일이 기발한 그 사람을…… 나는 알고 있었다.

"오~? 레이 군하고 네메시스잖아~. 이런 곳에서 만나다니 신기하네~."

"으음."

"**톰 씨**야말로 이 마을엔 어쩐 일이세요?"

이 사람의 이름은 톰 캣. '괴물 고양이 저택'이라는 별명을 지닌 결투 랭킹 2위, [묘신(더 링크스)] 톰 캣 씨다.

피가로 씨보다 앞서서 결투왕이었고, 지금도 3위인 캐시미어를 계속 물리치고 있는 강자 중의 강자이기도 하다.

정작 본인은 항상 머리에 고양이를 얹고 있는 느슨한 사람이 지만.

"나는 〈유적〉을 탐색하러 왔지~. 캐시미어 군이 돌아온 모양 이라서, 다시 단련할 겸 돈도 벌고~."

"앗, 그렇군요."

순위를 걸고 결투를 할 때, 랭커 상위 3위 이내는 한 단계 아래 순위에게만 도전권이 있다. 3위인 캐시미어가 돌아왔기 때문에 톰 씨도 도전을 받게 될지도 모른다. 준비하는 것도 당연하겠구나.

……아니, 도전자가 없기도 해서 그런지 나는 톰 씨의 시합을 한 번도 못 봤는데.

프랭클린 사건 이후로 자주 벌이게 되었던 모의전에도 이 사람은 참가하지 않았으니까. 다른 랭커들하고 식사하다가 마주쳐서 일찌감치 알고 지내게 되긴 했지만.

"레이 군도 〈유적〉을 노리고 온 거야~?"

"네. 전직하려고요."

"아, 로스트 잡이 발견되었지~."

이 사람도 랭커라 그런지 역시 소문이 빠르다.

"그럼 〈유적〉에서 만날지도 모르겠네~. 그때는 잘 부탁해~. 그럼 잘 자~."

"네, 안녕히 주무세요."

"그리말킨도 잘 지내거라."

톰 씨는 그렇게 말하고 손을 흔들었고, 머리 위에 있는 고양이―― 톰 씨의 〈엠브리오〉인 그리말킨을 '후냥~'이라고 울게 하며 떠나갔다.

"뜻밖의 만남이었구나."

정말 그렇지. 기데온에 있는 랭커 중에서도 마주칠 확률이 낮은 사람이었는데, 이렇게 만나게 될 줄이야.

……그런데 예전에도 생각한 거지만 저 사람하고는 한 번 만났을 뿐인데 왜 그전에도 만났던 것 같은 기분이 드는 거지?

◇

식당에 도착하자 저녁 식사 시간이라 그런지 매우 혼잡했다.

"아! 레이 씨! 바로 자리로 안내해드릴게요! 레프티, 고마워!"

식당에 들어선 나를 발견한 샤리가 씩씩하게 우리를 안내해주었다.

식당까지 안내해준 가면 쓴 사람── 레프티는 샤리에게 고개를 숙여 인사를 한 다음 다른 일을 하려는 것 같았다.

"레프티라는 게 저 녀석의 이름인 게냐?"

"맞아요! 〈마스터〉 분들의 언어로 '왼쪽'이라는 뜻이라고 배웠으니까 레프티는 레프티예요!"

'오른손이 없다'가 아니라 '왼손이 있다'라며 긍정적으로 바라보는 이름인 건가?

우리가 샤리에게 안내받아서 간 곳에 있었던 것은 둥근 테이블이었다. 주위를 보니 사각형 테이블도 있었다.

아마 본관에 있는 숙박객들만 감안하면 원래 있던 테이블로도 충분했겠지만, 별관의 손님이 앉을 곳이 부족했기에 어딘가에서 꺼내온 테이블일 것이다.

테이블 주위에 있던 의자 중 하나에는 이미 아즈라이트가 앉아 있었다.

"…………."

아즈라이트는 말없이 가면 너머로 이쪽을 지긋이 바라보고 있었다.

껄끄럽다고 해야 하나, 빤히 바라보면 기절하기 전에 본 광경이 떠오를 것 같았다.

하지만 눈을 피하고 없던 일로 할 수도 없다.

"아즈라이트. 아까는 미안했어. 내가 더 신경을 썼어야 했는데…… 미안해."

실제로 누군가가 있다는 걸 알았을 때 어떤 상황인지 눈치챘어야 했다. 그리고 아무리 마음 속으로만 동요했다 하더라도 바로 목욕탕으로 들어간 것이 잘못이었다.

"……됐어."

내가 한 말을 듣고 아즈라이트는 말없이 나를 계속 바라보았고…….

"나도 착각해서 칼을 휘둘렀는데 용서해줬으니까. 용서할게."

그렇게 말하며 넘어가 주었다.

"고마워."

"됐다니까. 모처럼 저녁 식사를 하는 거니 맛있게 먹자."

"으음!"

아즈라이트가 그렇게 말하자, 네메시스가 엄청나게 큰 소리로 대답했다.

요리는 정말 맛있었다.

신토불이라고 해야 하나, 이 지역에서 생산한 맛있는 식재료로 정성껏 요리한 음식들이었다. 그 수많은 요리들은 혀를 만족시키는데 부족함이 없었다. 특히 산채와 닭고기 키슈가 정말 맛있었지.

그렇게 저녁 식사를 마친 뒤 지금은 디저트로 나온 과일을 먹고 있다.

그리고 저녁 식사는 1인분의 양이 정해져 있었기 때문에 아직 배가 부르기는커녕, 3할도 채우지 못한 것 같은 네메시스가 나중에 야식을 먹자고 조를 것 같았다.

"……형이 만든 팝콘밖에 없는데."

"그것도 맛있긴 하다만, 배를 채우긴 좀 그렇지."

"그럼 아직 근처 가게가 열었을지도 모르니까 뭐라도 사 올래?"

"그러지."

내가 지갑에서 1만 릴을 꺼내주자, 네메시스는 곧바로 음식을 사러 나갔다.

……방금 아무렇지도 않게 꺼냈는데, 1만 릴은 일본 화폐로 따지면 10만 엔이지.

낮에 쇼핑했을 때도 그랬지만 돈이 잔뜩 들어오기도 하고, 형의 영향도 있어서 그런지 금전감각이 마비된 것 같았다.

"자, 이제."

아즈라이트도 이미 자리를 떴기에 나 혼자 남아버렸다.

그녀는 좀 전에 무언가를 발견했는지 자리에서 일어났고, '디저트는 양보하겠다'고 하며 식당에서 나갔다. 그리고 디저트는 물론 네메시스의 배 속으로 들어갔다.

저녁 식사도 마쳤는데 이제 어떻게 할까.

모처럼 온천 여관에 왔으니 이번에는 다시 느긋하게 목욕을 하는 것도 괜찮을지 모르겠다.

온천이라고 하니 생각났는데, 당연하지만 별관뿐만이 아니라 본관에도 온천이 있다. 식당의 숙박객들도 유카타를 입고 있는 사람이 많았다. 평소에는 좀처럼 입을 기회가 없는 천지식 의상이라 인기가 좋은 것 같다.

하지만 입는 데 익숙하지 않아서 그런지 풀어져서 가슴이나 다리가 드러나 있었다.

참고로 옷이 풀어진 사람은 대부분 남자였고, 여자들은 유카타를 입지 않거나, 보여줘도 괜찮은 속옷을 입고 있는 것 같았다.

성적인 흥미와는 별개로 저런 조합은 비주얼적인 면에서 안타깝다는 생각이 들었다. 치마 속에 운동복을 입은 여자를 봤을 때와 비슷한 느낌이다…….

그런 생각을 하면서 식당을 나서자.

"응?"

식당에 인접해 있는 휴게실에 숙박객들이 모여 있다는 것을 알게 되었다.

그것도 한두 그룹이 아니었고, 나이와 성별도 제각각이었다.

신경이 쓰여서 다가가 보니 가운데에는 어떤 남자가 있었다.

그 사람은 유카타를 입지 않았지만, 겉옷을 벗어두고 편한 옷차림을 하고 있었다.

그리고 안경알이 두꺼운 안경을 끼고 있었기에 알아보기 힘들긴 했지만, 나이는 30대 정도인 것 같았다.

"선생님, 이건 오늘 탐색하다가 찾아낸 것 중에서 제일 굉장한 것 같은 물건인데, 어때?"

숙박객 중 한 명…… 우락부락한 외모를 보니 〈유적〉에 다녀온 것 같은 남자가 주먹 크기만한 다이아몬드를 선생님이라 불린 두꺼운 안경을 쓴 남자에게 보여주었다.

"오우. 이건 예쁘네요오우. 하지만 이건 진짜 보석이 아닙니다아."

……왠지 일본어가 서투른 외국인 같은 말투인데, 일본어 번역 결과물이 저렇게 나온 건가?

"이건 레이저 렌즈용으로 만들어진 인공 다이아입니다아. 예쁘고 크긴 하지만 가치는 진짜보다 떨어지지요우."

"그렇구나……."

다이아몬드를 보여준 남자는 어깨를 축 늘어뜨렸다.

하지만 두꺼운 안경을 쓴 남자는 방긋 웃으며 이렇게 말했다.

"하지만 이런 걸 모으는 호사가도 있으니 경매에 내놓으면 20만 릴 정도 가치가 있을 거예요우."

"정말이야? 앗싸! 이제 고향에 계신 어머니에게 좋은 선물을 사갈 수 있겠어! 감정해줘서 고마워! 선생님!"

티안 남자는 기쁜 듯한 표정을 지으며 인공 다이아를 아이템 박스에 넣었다.

"다음은 누구신가요우?"

"저예요! 이 금속판인데요."

"이건 선선대 문명에서 사용된 전투기계용 강판이네요우. 가공하기 전에도 어지간한 매직 아이템 방패보다 튼튼합니다아."

숙박객들은 차례대로 〈유적〉에서 찾아냈다는 물건을 두꺼운 안경을 쓴 남자에게 보여주고 있었다.

골동품 감정대회 같은 것이 열리고 있는 것 같은데, 저 두꺼운 안경을 쓴 남자는 누구일까.

마침 샤리가 근처를 지나갔기에 물어보았다.

"저 선생님이라 불리는 사람은 누구야?"

"저분은 마리오 씨라는 고고학 선생님이고, 어제부터 머물고 계신 손님이에요. 세계를 여행하면서 선선대 문명의 〈유적〉을 조사하고 계신다네요!"

"그렇구나."

유적이 발견되었으니 고고학 쪽으로 조사하는 사람도 오는구나. 그건 그렇고…….

"왠지 점프를 하거나 토관 속으로 들어갈 것 같은 이름이네."

"하하하, 〈마스터〉분에게 그런 말을 들은 건 오늘만 해도 다섯 번째네요우."

그때, 우리가 이야기하던 걸 들었는지 그 마리오 선생님이 그렇게 말했다.

"아, 죄송합니다."

"아뇨, 아뇨. 보아하니 이름을 보고 친근감을 가져주시는 것 같아서 상관없습니다아."

가짜 외국인 같은 말투를 쓰긴 하지만 나쁜 사람은 아닌 것 같다.

"그런데 마리오 선생님의 감정은 《감정안》하고 다른 건가요?"

"선선대 문명의 유산은 그냥 《감정안》을 쓰기만 해서는 알아낼 수 없지요우. 전문적인 지식이나 스킬을 익히지 않으면 설명 문구에 '자세한 사항은 불명'이라고 떠버리니까요우."

"……그렇구나."

그러고 보니 실버의 설명 문구도 짧았고, 후반은 자세한 사항은 불명이라고 적혀 있었다.

"그러니 여러분께서 〈유적〉에서 발견한 것을 보여주시는 대신 감정한 결과를 가르쳐드리고 있습니다아."

마리오 선생님은 〈유적〉에서 찾아낸 아이템을 조사할 수 있다. 그리고 발견한 사람은 그것이 어떤 가치를 지니고 있는지 감정할 수 있다. 윈윈인 것이다.

그렇지. 마침 잘되었다. 이 사람에게 실버를 봐달라고 할까?

"저기, 저도 선선대 문명의 아이템을 가지고 있는데 봐주실 수 있나요? 이곳의 〈유적〉에서 나온 건 아니지만요."

"네, 상관없습니다아."

"그런데 크기가 커서 여기에 꺼낼 수는 없으니까 다른 분들의 감정이 끝난 뒤에 바깥에서 보여드릴게요."

"알겠습니다아. 그럼 잠시, 30분 정도만 기다려주세요우."

"네."

응, 운이 좋네.

오늘 의문이 생긴 실버의 정체를 바로 알려줄 것 같은 사람과 만났으니 행운이다.

마리오 선생님을 기다리는 동안 시간을 대충 때우자.

◇

　　시간을 때울 겸 여관 주위를 어슬렁대다 보니 아즈라이트가
보였다.

　　그런데 그녀는 혼자 있지 않았다.

　　그 가면을 쓴 종업원…… 레프티와 함께 있었다.

　　두 사람은 무슨 이야기를 나누고 있는 것 같았다.

　　"그럼 전쟁 전에 있었던 일은 전혀?"

　　"네. 전혀……."

　　보아하니 이야기하는 내용은 내가 들었던 것과 똑같은 내용인 것
같았다.

　　그런데 듣고 있던 아즈라이트의 표정이 조금 딱딱했다.

　　"브리티스, 이 가문의 이름은?"

　　"브리티스…………, 죄송합니다. 모르겠네요."

　　그 대답을 듣고 아즈라이트는 약간 아쉬운 듯한 표정을 지었다.

　　"그래…… 가면을 벗어줄 수 있어?"

　　"그건…… 죄송합니다. 보여드릴 만한 것이 아니라."

　　"……알았어. 무리한 요구를 해서 미안해."

　　"아뇨. 그럼 할 일이 있으니 실례하겠습니다."

　　레프티는 그렇게 말하고 고개 숙여 인사한 뒤 떠나갔다.

　　혼자 남은 아즈라이트는 어깨를 살짝 으쓱인 다음 이쪽으로
걸어왔다.

　　"아."

그렇게 다가와서야 내가 있다는 것을 알아챈 모양이었다.

조금 신경 쓰여서 물어보았다.

"레프티한테 뭔가 있어?"

"……뭔가라니, 그게 뭔데?"

그냥 왠지 신경 쓰여서 물어본 건데…….

"아즈라이트의 태도를 보니 그냥 물어봤다기보다는 **확인하고 있던 것** 같아서."

"관찰력이 좋구나. ……그걸 온천에 들어오기 전에 발휘했다면 그런 꼴을 당하지도 않았을 텐데."

"아니, 그건 정말 미안한데……. 그래도 레프티에게는 뭔가가 있는 거지?"

"그렇, 지. 친구하고 목소리가 비슷해. 전쟁에 나가서 죽었다는 친구하고."

"……그거 참."

나뿐만이 아니라 아즈라이트나 레프티도 우연히 누군가를 만나는 날이었던 모양이다.

"하지만 얼굴을 다친 모양이고, 신분을 증명할 만한 것도 없어. 키하고 목소리는 정말 비슷하지만……. 만약 본인이라면 가족을 만나게 해주고 싶은데……."

"그럼 왕도에 있는 여자 괴물 선…… 이 아니라 [여교황]에게 부탁해볼까? 얼굴이라도 나으면……."

"──내 앞에서 그 기생충 이름을 꺼내지 마."

"……그래."

·····················무섭다.

누나와 여자 괴물 선배와는 다른 방향으로 무섭다.

그런데 이렇게까지 화를 내다니····· 무슨 짓을 한 거야? 여자 괴물 선배.

"·············."

"·············."

큰일이다. 단숨에 분위기가 무거워졌다.

나 혼자서는 이 분위기를 바꿀 수 없을 것 같은데, 네메시스는 여기 없다.

어떻게 해야······.

"레이 씨~, 여기 계셨습니까아."

그때, 마침 구세주····· 아니, 마리오 선생님이 왔다.

"레이, 이 사람은 누구야?"

"마리오 선생님. 여관의 숙박객이고 선선대 문명을 조사하기 위해 〈유적〉이 발견된 이 마을에 온 고고학자래."

"그래. ······학자치고는 소문이 빠르네."

"?"

무슨 뜻이지?

"그런데 레이 씨. 저한테 보여주고 싶다는 아이템은 뭐죠?"

"아, 이거예요."

나는 아이템 박스에서 실버를 꺼내 마리오 선생님에게 보여 주었다.

그런데 마리오 선생님뿐만이 아니라 아즈라이트까지 놀란

표정을 지었다.

"……황옥마?! 게다가 이건 오리지널이잖아?!"

"아, 응. 그런데."

"어, 어디서 이걸……?! 플래그맨의 다섯 황옥마 중에서도 발견되지 않았던 개체……! 국보급이야, 이거……!"

"…………"

아즈라이트가 그렇게 흥분한 걸 보니 '뽑기를 돌려서 뽑았어요'라고 말하기가 껄끄럽다.

국보가 뽑기에서 나왔다는 말은……, 응, 할 수가 없지.

반응을 보니 그런 말을 들으면 기절할 것 같으니까…….

"아니, 기데온에서 벌어진 싸움을 중계했는데 그걸 보고 눈치 못 챘어?"

낮에 했던 이야기를 생각해보면 내가 바람발굽 폭탄을 사용했던 그 싸움을 중계를 통해 봤던 것 같은데.

"눈치챌 수 있을 리가 없잖아?! 실제로 보지 않으면 레플리카와 구별을 할 수가 없으니까! 그리고…… 그 영상만 보면 어떤 장비를 사용하거나 어떤 〈엠브리오〉로 그 현상을 일으켰는지도 확실히 알 수가 없으니까."

그렇구나. ……아, 지금까지 실버를 도난당하지 않았던 이유 중에는 '내가 진짜를 타고 있다'는 걸 들키지 않았던 것도 있겠구나.

뭐, 보통은 루키가 그런 걸 타고 다닐 거라는 생각은 하지 않겠지.

"이 오리지널은 어떻게……."

"어떤 사람하고 인연이 있어서……."

알레한드로 씨의 가게에 갔을 때 뽑기에서 뽑았거든요.

"그래, 역시……. 형인 [파괴왕]이……."

아즈라이트는 완전히 납득하고 있는 것 같았다.

……이럴 때는 편리하구나. 뭐든지 가능할 것 같은 형.

"흐음……."

우리가 그렇게 이야기를 나누고 있던 동안 마리오 선생님은 실버를 감정하고 있었다.

실버를 지긋이 바라보면서 가끔은 안경을 제치고 맨눈으로 보기도 했다. 두꺼운 안경 너머로는 잘 보이지 않았던 그 눈은 매우 지친 것 같으면서도…… 활기 넘치는 푸른 눈이었다.

"……그렇군요. 레이 씨. 그리고 그쪽에 계신 아가씨. 이 기체는 레프리카가 아니라 플래그맨의 오리지널입니다아. 하지만 다섯 황옥마는 아니네요우."

""네?""

다섯 황옥마가 아니라고?

"그래도 설명에는……."

"네. [골드]나 [루비]의 설명 문구의 내용으로 보아 오리지널은 모두 합쳐 다섯 기가 존재한다고 알려졌습니다아. 겉으로 볼 때 이 [실버]에도 비슷한 설명 문구가 뜨고요우. 하지만 다릅니다아."

"다르다는 건 무슨 소리야?"

"우선 명공 플래그맨이 만든 다섯 황옥마 말입니다만, 실은 그 다섯 기는 이미 다 찼습니다아."

"다 찼다고?"

"[골드 썬더(황금지뇌정)], [루비 이럽션(홍옥지분화)], [옵시디언 어스엣지(흑요지지열)]. 이것들과 함께 얼마 전에 드라이프의 〈유적〉에서 [제이드 스톰(비취지대람)]이라는 풍속성 황옥마가 발견되었습니다아. 그와 동시에 발견된 문헌에 [사파이어 웨이브(창옥지파도)]라는 이름도 나와 있었으니 그렇게 다섯 기인 거지요우."

"그럼 제 실버는?"

가짜……는 아니겠지, 마리오 선생님도 플래그맨이 만든 거라고 했으니까.

"정식으로 다섯 기 안에 들어가지는 않습니다아. 하지만 지극히 가까운 것이지요우. 일반적인 설명 문구에 적혀 있는 내용을 보고 납득할 수 있을 정도로는 말입니다아. 이 기체는 정식 채용되지 않은 시험제작기네요우. 아니면 실험기일 겁니다아."

"그게 무슨 소리죠?"

"다섯 황옥마, 아마도 [골드 썬더]의 기본 프레임과 매우 유사한 규격이 들어가 있는 기체일 겁니다아. 기본적인 설명 문구는 그런 이유 때문에 비슷한 거겠지요우. 그리고 그 기체에 어떤 실험적인 시스템을 넣은 것이 이 [제피로스 실버(백은지풍)]일 겁니다아. 제작한 시점이 다섯 기를 제작하기 전인지, 그 이후인지는 저도 모르겠네요우."

……그렇구나. 그래서 시험제작기, 또는 실험기라고.

그 [골드]를 만들기 전에 시험 삼아 만든 다음, 원래 제작할 예정이었던 [골드]를 만들었거나.

아니면 [골드]의 예비 파츠를 유용하고 거기에 어떤 새로운 것을 넣었거나.

실버는 그 두 경우 중 하나라는 거다.

그래서 이름을 읽는 방식도 다른 건가?

"어찌 됐든 완성도는 그 다섯 기보다 떨어질 겁니다아. 그리고 보아하니 다른 황옥마처럼 공격 성능에 중점을 두지는 않은 것 같네요우."

하긴, 보이지 않는 세 번째 스킬말고는 공중주행과 압축공기 배리어밖에 없으니까.

그 [RSK]와 전투를 벌일 때 썼던 바람발굽 폭탄도 아마도 설계자가 상정하지 않았던 방식일 것이다.

MP가 수십만이나 필요한 운용방식이 기본적인 운용방식일 것 같지는 않다.

……뭐, 앞으로는 그렇게 많은 MP가 있다 해도 사용하지는 않겠지만.

"다른 황옥마의 공격 성능이라면……."

피가로 씨의 [옵시디언 어스엣지]는 형하고 결투 레이스를 벌였을 때 지면에서 암석 말뚝을 수없이 솟구치게 만들고 그 위를 북유럽 신화에 나오는 신마처럼 생긴 여덟 개의 다리로 내달리곤 했다.

그 말뚝은 공격할 때도 꽤 강한 위력을 발휘하는 모양이라 말뚝에 맞아 코스에서 벗어날 뻔한 전차를 형이 완력을 써서 억지로 코스로 다시 되돌려서 레이스를 계속 진행했었다.

그때 썼던 말뚝 같은 스킬을 말하는 건가?

"그렇, 지. [골드 썬더]는 상급 오의에 필적하는 번개를 날리면서 전자 결계를 전개해서 자기장의 반발을 이용해 빠르게 하늘을 달리곤 했으니까."

기본 프레임이 비슷해서 그런지 행동도 비슷하네.

그런데 공격하는데 MP를 수십만이나 쓸 필요도 없는 것 같고, 배리어도 압축공기보다 방어력이 좋을 것 같으니까…… 사용감 자체는 차원이 다른 것 같다.

……그래도 번개를 항상 내뿜으면 살벌한 느낌이 들 것 같으니까 나는 실버가 더 좋지만.

『………….』

왠지 모르겠지만 실버가 코(같이 생긴 부위)를 비벼댔다.

왜 그러는 거지?

"어찌 됐든, 정말 귀중한 것이니 소중히 다루어주세요우."

"감사합니다."

왠지 감정 프로그램 같은 말을 들으면서 마무리를 짓긴 했지만, 마리오 선생님에게 물어보길 잘했네.

"그러고 보니 두 분께서는 〈유적〉에 들어가실 겁니까아?"

"그럴 생각이에요. 〈유적〉에서 황옥마에 관련된 직업으로 전직할 수 있는 모양이니까."

"……나도 조사하기 위해서 들어갈 거야."

우리가 그렇게 대답하자 마리오 선생님은 방긋 웃었고.

"오오, 그거 정말 훌륭하네요우. 그럼 뭔가 찾아내면 또 감정하게 해주시길 바랍니다아."

"네, 잘 부탁드려요."

"…………."

마리오 선생님은 그렇게 말한 다음 본관 쪽으로 돌아갔다.

마리오 선생님이 보이지 않게 된 뒤.

"아즈라이트."

"왜?"

"마리오 선생님한테 무슨 수상쩍은 부분이라도 있어?"

내가 묻자 아즈라이트가 깜짝 놀라며 나를 보았다.

"……당신, 정말 관찰력이 좋구나."

"누나하고 형의 영향이지. 그래서, 뭔가 걸리는 게 있어?"

"고고학자가 여기 있다는 것 자체가, 말이야."

아즈라이트는 팔짱을 끼면서 이렇게 말했다.

"이번에는 왕국이 주도해서 〈유적〉에 관련된 의뢰를 막고 정보를 차단하고 있어. 그럼에도 불구하고 벌써 고고학자가 와 있다는 것 자체가 이상한 거지."

아즈라이트는 그렇게 딱 잘라 말했……는데.

"정보를 차단했다고? 그런데 〈DIN〉에서 〈유적〉 정보를 별문제 없이 샀는데?"

"………………뭐?"

내 말을 듣고 아즈라이트가 눈을 동그랗게 떴다.

"어? 어라? 당신이 여기 있는 건 [파괴왕]을 통해 몰래 얻은 정보로……"

"아니, 그냥 돌아다니는 정보였어."

그렇게 말한 직후, 아즈라이트는 주저앉아서…… 두 손으로 얼굴을 가렸다.

"대체 그 신문사는 뭐야……."

응, 진짜 이상할 정도로 다양한 정보를 다루고 있지. 거기.

뭐, 특파원 중에 〈초급 킬러〉…… 마리도 있으니까 여러모로 보통은 아닐 거야.

"그건 그렇고, 아까 이야기를 들어보니 아즈라이트도 〈유적〉에 들어가려고?"

카르티에 라탱으로 오다가 이야기를 했을 때도 조사하겠다는 말을 하긴 했는데, 안에까지 들어갈 줄은 몰랐다.

"……그래, 맞아. 〈유적〉의 실제 상황이 어떤지 파악하기 위해서."

"실제 상황?"

"〈유적〉은 선선대 문명의 기술이 담겨 있는 보물상자야. 하지만 지금까지 발견된 〈유적〉 중에는 위험한 병기가 지상으로 나와 폭주한 전례도 있어. 조사할 필요는 있지."

"전례라니, 예를 들면?"

"이해하기 쉬운 예로는 그란바로아의 〈제4 해저 굴삭성〉이 있어. 내부에서 육식 몬스터가 대량으로 쏟아져 나와서 생태계를 파괴할 뻔했다고 하지. 결국 〈초급〉에 도달한 직후였던 '인간폭탄'이 해역을 통째로 소각했다고 하던데. 그 [쌍동백경]과 결전을 벌이기 직전이었으니까 그쪽 사건이 더 유명하긴 하지만."

'인간폭탄'······ 아, 아부라스마시의 쇼유코킨(간장항균)이라는 사람이구나.

가끔 이름을 듣곤 하는데, 이름의 인상과 화려한 활약이 일치하지 않는 것 같은 사람이다.

"······〈유적〉이라고 하길래 나는 보물이라도 있는 줄 알았는데."

"물론 도움이 되는 기술이나 부산물이 출토되는 경우도 많고, 그런 경우에는 정말 좋지. 지금 왕국이 처해 있는 위기를 타개할 수 있는 도움이 되니까. 아니면······ 그런 걸 만들 수 있는 공장 그 자체가 있을 수도 있고."

"그래서 아즈라이트는 높은 사람의 뜻에 따라 밀정으로 조사하러 온 거구나."

아즈라이트는 현재 근위기사단의 우두머리인 릴리아나보다 뛰어난 실력자다.

그런 임무를 맡아도 이상하지는 않다.

"······그렇, 지. 나······를 여기로 보낸 분은 왕국의 미래에 대해 생각하고 있어. 당신도 알고 있겠지만, 지금 왕국은 멸망하기 직전이야. 이대로 가다간 침공당해 멸망하겠지. 그렇기 때문에 〈유적〉의 기술이 필요한 거야. 맞설 수 없는 것에 맞서려면 지금까지는 없었던 것이 필요하니까."

그렇게 이야기하는 동안 아즈라이트는 계속 〈유적〉이 있다는 산을 보고 있었다.

그런데 한순간, 허리에 차고 있던 검을 내려다보았다.

"지금까지 없었던 것, 말이지. 전쟁을 벌인다면 〈초급〉이나 유력한 〈마스터〉의 참전도 거기 포함되나?"

내가 그렇게 말한 직후, 아즈라이트의 태도가 변한 것을 느꼈다.

얼굴 위쪽 절반이 보이지 않아도 알 수 있었다.

그녀는 내가 한 말을 거절하고 있었다.

"나는…… 아니, 나를 보낸 분은 〈마스터〉에게 협력을 요청할 생각이 없어."

"…………."

아즈라이트가 한 말을 듣고 '어째서?'라고 묻지는 않았다.

기데온에서 린도스 경과 처음 만났을 때 생각한 것. 왕국 사람들, 특히 그 전쟁을 경험한 사람들은 〈마스터〉를 그렇게 생각하더라도 이상할 게 없다.

아군은 얼마 되지 않고, 적은 많고, 유린은 거세게 저지르고.

왕국이 황국에게 크게 패한 원인이 〈마스터〉라는 사실은 부정할 수가 없다.

아즈라이트는 랑그레이 씨의 제자다.

그렇다면 그녀도 마찬가지로 스승을 〈마스터〉에게 잃은 슬픔을 안고 있다.

그녀를 보냈다는 사람도 누군가를 잃었을지도 모른다.

그렇다면 그런 그녀에게 '어째서?'라고 함부로 말할 생각은 없다.

그저 확인할 뿐이다.

"협력을 요청하진 않는다, 그렇단 말이지. 그럼 멋대로 참전하는 건 상관없어? 예를 들면 황국 쪽의 〈마스터〉를 요격하기 위해서."

"뭐?"

"〈마스터〉들끼리 맞붙는 거면 티안의 법도 적용 범위에서 벗어나잖아."

"그, 그래. 그야 그렇지만."

"그럼 분명 요청받지 않더라도 그렇게 할 사람은 많이 있을 거야."

처음에는 형의 얼굴이 떠올랐고, 그 뒤로 루크와 마리, 기데온에서 알게 된 많은 랭커들과 〈마스터〉들의 얼굴이 떠올랐다.

선배의 얼굴도, ……아, 응, 여자 괴물 선배하고 츠키카게 선배의 얼굴도 살짝 떠오르긴 했다.

뭐라고 해야 할까. 아마 방금 떠오른 사람들은 분명 왕국이 위기에 처하면 반드시 힘을 빌려줄 사람들일 것 같다.

이상한 사람이나 음모를 꾸미고 있는 사람도 많지만…… 왕국을 싫어하는 사람은 한 명도 없었으니까.

왕국의 티안 중에 친구가 있는 사람.

왕국의 투기장에서 실력을 갈고 닦는 사람.

왕국의 국민을 신자로 삼고 있는 사람. …………아니, 이건 좀 다른가?

하지만 이 왕국이 멸망했으면 좋겠다는 사람은 한 명도 없었어.

……뭐, 마리하고 선배는 포위 사건을 일으키기도 했고, 여자

괴물 선배는 음모를 너무 많이 꾸미곤 하지만.

그래도 분명…… 여차하면 반드시 힘을 빌려줄 거다.

우리가 그 정도로는 이 왕국을 좋아하는 것 같으니까.

"그래도……."

"적어도 나는 나갈 생각이야. 뭐, 아직 랭커가 되기에도 한참 먼 루키가 무슨 소릴 하냐고 할지 모르겠지만. 아는 클랜에 임시로 들어가서라도 참가할 거야."

……〈월세회〉는 무서우니까, 굳이 들어간다면 첼시의 〈황금해적단〉이려나?

"그러니까 협력을 요청하지는 않더라도 〈마스터〉가 '협력하고 싶다'고 하면 받아들여 줬으면 좋겠어."

"…………나 혼자 결정할 수 있는 게 아니야."

"그렇지. 그냥 아즈라이트를 고용한 사람에게도 그렇게 전해 줬으면 좋겠어. ……미안해, 갑자기 이런 말을 꺼내서."

"……아니야, 상관없어."

아즈라이트는 가면 렌즈 너머로 눈을 감고 생각에 잠겨 있는 것 같았다.

아, 그렇지. 협력이라고 하니…….

"그리고 말이야. 내일부터 아즈라이트가 〈유적〉을 조사하는 걸 내가 도와줘도 될까?"

"뭐?"

내가 그렇게 제안하자 아즈라이트는 깜짝 놀랐다는 듯이 눈을 크게 떴다.

"아까 말하긴 했는데, 내 목적은 〈유적〉에서 전직하는 것뿐이니까. 그것 말고는 역사에 흥미가 있는 것 정도라 시간이 비거든. 그러니까 우선 아즈라이트를 돕게 해줘."

전쟁에도 참전할 생각이지만, 이 〈유적〉의 조사도 왕국의 미래와 큰 관련이 있다면 그걸 돕고 싶다.

내 목적만 달성하고 작별인사를 하고 싶지는 않다.

"하지만 이건 내 역할이야. 그리고 〈유적〉의 내부에 어떤 것이 있는지에 따라서는 왕국의 운명에 관련된 사건이 일어날지도 몰라. 그런 책임을 〈마스터〉인 당신에게까지 지게 하는 건······."

"하긴, 그건 아즈라이트의 역할이지. 하지만 그와 동시에 네가 혼자서 짊어지고, 혼자서 끝까지 해내야 하는 일은 아닌 것 같은데."

"······!"

"임무의 수비의무가 있다면 그걸 어기지 않는 범위에서 도울게."

만약에 돕지 않아서 아즈라이트에게 무슨 일이 생기면 그게 훨씬 뒷맛이 씁쓸해진다.

"그리고 왕국의 운명이 걸려 있는 책임이라면 나도 이미 짊어진 적이 있으니까. 어디 사는 망할 백의······ Mr. 프랭클린이라는 녀석의 음모 때문에."

"············아."

방금 말한 책임은 기데온에서 사건이 벌어졌을 때 [RSK]와 싸웠던 거다. 그때는 '정각까지 쓰러뜨리지 않으면 몬스터가 해방된다'라는 악랄한 음모에 휘말렸다.

게다가 그 녀석은 그 모습을 왕도와 기데온에 중계하고 있었으니 정말 성격이 악질이다.

"그러니까 이미 그런 일을 경험해본 내가 아즈라이트를 도와줘도 문제는………… 왜 우는 거야?"

왠지 모르겠지만……, 아즈라이트는 나를 보면서 눈물을 뚝뚝 흘리고 있었다.

잠깐, 내가 무슨 이상한 소리를 했나?

아즈라이트도 왕국의 티안이니까, 그 백의의 이름 자체가 뭔가 안 좋은 일을 떠올리게 만든 건가?

그 망할 백의……!

"……미안해. ……그렇지, 그랬어. 당신은…… 그때도…….'

아즈라이트는 눈물을 머금고 잘 알아들을 수 없는 목소리로 중얼거리고 있었다.

하지만 바로 눈물을 닦고 내 눈을 똑바로 바라보았다.

"……당신의 마음은 잘 알았어. 내 쪽에서도 협력을 부탁해도, 될까? ……조사, 말이지만."

"그래, 물론이지."

"……고마워."

그렇게 말한 아즈라이트는 왼손으로 눈물을 닦고…… 내게 오른손을 내밀었다.

"내일부터 잘 부탁할게."

"그래."

나와 아즈라이트는 악수를 나누며 협력을 약속했다.

그렇게 내일부터 아즈라이트와 함께 〈유적〉을 조사하게 되었다.

◇ ◆ ◇

□■어떤 통신마법의 교신기록

『로건, 지금 어디 있나?』

『바르바로스 영지에 들어선 참이다. 내일 밤에는 카르티에 라탱에 도착하겠지. 그쪽은?』

『〈유적〉과 가까운 여관 안에서 대기 중이다.』

『들키진 않았나?』

『왕국에 **내 얼굴**을 알고 있는 사람은 없다. 그리고 그물도 쳐 두었다. 만약 나를 알아보는 자가 있다 해도 놓치진 않을 거다.』

『알았다. 그렇다면 예정대로 모레까지는 끝낼 수 있겠군. 그렇다면 상관없지. 현실에서는 월요일에 시업식……, 아니, 어찌 됐든 내가 협력할 수 있는 건 모레까지다. 그보다 늦어지면 내가 도울 수는 없다.』

『알겠다. 협력관계를 맺고 있는 그쪽의 상황을 우선시하지. 굳이 그런 이유뿐만이 아니더라도 오래 걸리진 않을 거다. ……아, 그렇지. 추가 정보가 있다.』

『뭐지?』

『스탈링 형제 중 동생이 있다.』

『동생………… 녀석인가! 프랭클린의 꿍꿍이를 두 번이나 가로

막은 '언브레이커블'인가!』

『그래, 그 '언브레이커블'이다.』

『그렇군. 그건 참 좋은 추가 정보야.』

『어째서지? 나는 조심하라는 뜻으로 전달했을 뿐인데.』

『나는 녀석이 레벨0인 상태에서 아룡을 쓰러뜨렸을 때부터 눈여겨보고 있었다. 게다가 지금 그 녀석에게는 프랭클린을 쓰러뜨렸다는 부가가치도 있지. 나를 한 수 아래로 보는 그놈의 콧대를 꺾어줄 좋은 기회라 할 수 있겠어. 그래, 맞아──.』

──'언브레이커블'은 내 먹잇감이다.

□[성기사] 레이 스탈링

카르티에 라탱에 도착한 다음 날. 오늘은 기분이 좋아질 정도로 맑았고, 창문으로는 시원한 아침 햇살이 방안으로 스며들고 있었다. 놀러가기 딱 좋은 날씨이긴 하지만, 공교롭게도 오늘 갈 곳은 산속에 파묻혀 있는 〈유적〉이다.

"좀 아쉬운 것 같기도 하구나. 일광욕이나, 도시락을 싸서 소풍 가거나, 바비큐를 하기에 딱 좋은 날씨인 것 같다만."

후반에는 먹는 쪽으로 치우쳤네.

"뭐, 일광욕은 그제 죽을 만큼 했으니까 됐어."

"……묘하게 그럴싸하구나."

[모노크롬]과 사투를 벌인지 이틀밖에 안 지났으니까.

……여자 괴물 선배가 치료해주지 않았다면 아마 아직 병상 위에 있었을 거라고.

아, [모노크롬]이라고 하니 생각났네. 〈유적〉에 들어가기 전에 가게에 들러서 광속성 마법 [젬]을 사야지.

"그것도 필요하지만, 우선 아침 식사부터 하자꾸나!"

"……그럴 줄 알았어."

어젯밤에 야식을 꽤 많이 먹었음에도 불구하고 벌써 아침 식사를 할 생각에 들뜬 네메시스다.

그런 파트너를 보고 한숨을 쉬면서 본관 식당으로 향했다.

식당에서 아침 식사를 마친 우리는 여관 로비에서 아즈라이트를 기다리고 있었다.

그런데 만나기로 한 시간이 지났는데도 그녀가 나타나지 않았다.

"무슨 일이 생겼나?"

"아즈라이트도 여자니까 몸단장을 하는데 시간이 걸리는 것 아니겠는고?"

"몸단장이라. 그야 그렇긴…… 아니, 잠깐만."

그 녀석, 가면을 쓰고 있잖아. 화장할 필요도 없을 거 아니야.

……그런 생각을 하고 있자니, 호랑이도 제 말 하면 온다더니 아즈라이트가 로비에 나타났다.

"미안해. 오래 기다렸지?"

"딱히 상관없긴 한데. 무슨 일 있었어?"

"……늦잠을 잤어."

설마 그런 이유 때문일 줄이야.

알고 지낸 기간이 얼마 되지는 않았지만, 그런 건 확실하게 챙길 것 같았는데.

"……어흠. 그래서 오늘 일정 말인데. 〈유적〉 탐색은 좀 나중으로 미뤄도 될까?"

"상관은 없는데, 할 일이 따로 있어?"

"카르티에 라탱 백작 부인에게 도착했다고 보고하고 〈유적〉 조사 관련 연락을 해야 해. 원래 어제 해둘 생각이었는데."

아즈라이트는 아무렇지도 않게 이 지역을 다스리는 귀족을 만나겠다고 말했다.

　"기데온에서는 간단히 귀족이나 왕족을 만날 수 있긴 했는데, 다른 영지에서도 마찬가지야?"

　"그럴 리가 없잖아. 무슨 소릴 하는 거야?"

　"그래도 기데온에서는 제2왕녀가 머무르고 있던 저택에서 탈주해서 거리를 뛰어다니던데."

　그리고 기데온 백작이 있는 곳에서는 저주를 푸는 아르바이트도 하고 있고.

　"…………."

　가면에 가려지지 않은 아래쪽 얼굴만 봐도 알 수 있을 정도로 아즈라이트는 설명하기 힘든 표정을 짓고 있었다.

　랑그레이 씨의 제자라고 했으니, 릴리아나처럼 엘리자베트의 탈주 때문에 고생한 적이 있었는지도 모르겠다.

　백작 저택으로 가던 도중에 '그러고 보니 오늘 아침에는 왜 늦잠을 잔 거야?'라고 물어보았다.

　"이불이라는 침구가 익숙하지 않아서 잠이 늦게 들었어……."

　"그래……."

　왕국은 기본적으로 침대에서만 자니까.

　베개가 바뀐 정도가 아니다.

　"온천은 정말 좋았는데…… 천지 양식의 침구에 익숙해지려면 시간이 오래 걸릴 것 같아. 그란바로아 양식은 별로 위화감 없이 사용했는데.”

“그란바로아 양식이라면, 해먹이었던가?”

기본적으로 바다 위에 떠 있는 배 안에서 자니까 일반적인 침대도 있긴 하지만 해먹을 사용하는 경우도 많은 것 같다. 좀 두근거리는데.

“그래. 스승님이 그란바로아 출신이라서 배웠거든.”

“침구 하나만 놓고 봐도 나라마다 차이가 나는구나.”

“그렇지. 레이도 언젠가 레전더리아 양식을 볼 기회가 생기면 깜짝 놀랄 거야.”

레전더리아는 왕국의 남쪽에 있고, 가장 판타지한 부분이 강한 나라였을 텐데.

그리고 〈초급〉의 괴짜스러움이 제일 위험하다고 마리가 말했던 것 같다.

……인형옷 [파괴왕]이나 느긋한 근육 [초투사], 여자 괴물 [여교황]보다 괴짜라니, 이해가 안 되는데.

“레전더리아의 침구가 그렇게 특이해?”

“그래. 커다란 꽃이나 둥실둥실한 구름을 침대로 써.”

“완전 메르헨이네?!”

침구까지 너무 판타지하잖아! 레전더리아!

“자연 마력이 많아서 그런지 레전더리아는 근본적으로 생활 양식이 다른 나라와 달라. 그래서 그런 마법 침대도 쓰는 거고.”

“가끔 생각하는데, 마법이라고 붙이기만 하면 뭐든 상관없다는 방식은 좀 아닌 것 같아. ……응?”

그런 이야기를 나누며 걸어가다 보니 앞쪽에 어떤 것이 보였다.

그것은 고양이 한 마리였다.

하지만 일반적인 고양이가 아니라 두 발로 걸어 다니는 카트시였다.

"저건…… 《간파》가 안 통하는 걸 보니 〈엠브리오〉구나."

고양이 〈엠브리오〉라고 하니 톰 씨가 떠올랐는데, 그리말킨은 카트시가 아니라 사족보행을 하는 평범한 고양이다. 항상 톰 씨의 머리 위에 있어서 나는 걸어 다니는 모습을 한 번도 본 적이 없지만.

그리고 그 카트시에게는 다른 특징이 있었다.

그 카트시는 왠지 모르겠지만…… 관악기(플루트)를 들고 있었다.

"……으응?"

카트시와 악기.

어디선가 본 적이 있는 것 같은데…… 생각나지 않았다.

"야옹…… 야옹……."

왠지 모르겠지만 그 카트시는 울면서 터벅터벅 걸어가고 있었다.

그 모습을 보고 왠지 어떤 동요의 한 구절이 생각났다.

"어린 송아지가 부뚜막에 앉아 울고 있어요."

……그리고 보니 저번에도 이 노래에 대해서 생각한 적이 있었는데.

네메시스가 '그 노래, 결국 송아지의 엉덩이가 어떻게 되었는지

궁금해서 답답하구나'라고 해서 내가 '그야 부뚜막에 앉아서 울고 있으니 뜨거울 만도 하지'라고 생각했던 적이 있다.

그때가 피가로 씨와 신우의 〈초급 격돌〉이 시작되기 전 투기장이었고…….

"아."

생각났다. 저 카트시, 투기장 앞 광장에서 연주하고 있던 동물이었는데.

그때는 새 모자를 쓴 영감님 〈마스터〉가 지휘하고 있었는데…… 주위에는 보이지 않는다.

불안한 듯이 두리번거리고 있는 걸 보니 진짜 울면서 엄마를 찾고 있는 처지인 것 같다.

……이대로 방치해두면 뒷맛이 씁쓸하겠지.

"이봐, 〈마스터〉는 어쨌어?"

『놓쳤습니다.』

보다 못해 말을 걸자, 카트시가 재주도 좋게 관악기로 낸 소리로 이야기를 했다.

그런 스킬이 있는 건가?

그런데 〈엠브리오〉가 〈마스터〉를 놓치는 경우가…… 뭐, 있겠지.

네메시스도 군것질을 한다고 사라질 때가 있으니까.

GPS처럼 어디 있는지 알 수 있으면 좋겠지만, 그러려면 별도로 필요한 스킬이 있는 모양이다.

아니, 그런 기능을 항상 쓸 수 있다면 어제 목욕탕에 들어가지도 않았겠지.

"주인……이 아니라, 〈마스터〉가 어디 간다고 하지 않았어?"

『백작 저택, 초대받았습니다.』

어라, 우연이네. 우리 목적지와 같은 곳이다.

"목적지가 같은 곳이라면 데리고 갈까?"

"그래."

"그럼 그렇게 하자. 우리도 백작 저택으로 가는 데 따라올래?"

『정말 감사드립니다.』

그렇게 길을 잃은 고양이를 데리고 백작 저택으로 향했다.

아즈라이트의 안내를 받으며 도착한 카르티에 라탱 백작 저택은 기데온 백작 저택과는 꽤 다른 모습이었다.

기데온 백작 저택은 검소한 분위기의 본관과 매우 호화로운 분위기의 영빈관으로 나뉘어 있었는데, 카르티에 라탱 백작 저택은 그 중간이라 할 수 있었다.

호화로운 모습을 마구 드러내고 있지는 않지만, 우아하고 화려한 서양 저택이었고, 무엇보다 정원이 눈길을 끌었다.

바깥에서 봐도 알 수 있을 정도로 다양한 꽃과 나무들이 조화를 이루며 자리잡고 있어서 환상적인 공간을 연출했다.

이 도시 자체가 자연과의 조화를 이루고 있긴 했는데, 이 백작 저택은 그 대표격인 것 같았다.

"처음 도착했을 때도 말했지만, 이건 백작 부인의 취미야. 영지를 이어받은 뒤로 30년에 걸쳐서 이 정원을 만들었다고 해."

"30년이라……."

정말 많은 노력과 정열로 필요한 작업이었을 것이다.

백작 부인이 그렇게까지 하면서 이 도시를 장식하려는 이유가 있었던 건가?

아즈라이트가 문지기에게 이야기를 한 뒤 확인 작업까지 마치자 들어갈 수 있었다.

문에서 백작 저택까지는 하얀 돌바닥 길로 이어져 있었는데, 그 바깥쪽은 외부에서도 보이는 정원이었다.

그 정원에는 많은 사람들이 있었다.

대부분 어린애였고, 별로 깔끔한 차림은 아니었다.

하지만 다들 차려진 과자를 즐겁게 먹으면서 꽃을 구경하거나 정원의 분수에서 놀고 있었다.

그리고 아이들 말고는 옷차림이 다양한 어른들이 있었다. 마스터들도 많이 보였고, 왠지 '여행자'라는 말이 어울릴 것 같은 사람도 많았다.

"저 사람들은?"

"어린애들은 이 도시의 고아원에 있는 아이들이고, 어른들은 도시 밖에서 온 사람들이야. 백작 부인은 정기적으로 이런 다과회를 개최한다고 하네."

자선사업인가? 어찌 됐든, 이 정원이나 도시의 모습, 그리고 아이들의 표정을 보니 백작 부인이 나쁜 사람은 아닌 것 같다는 느낌이 들었다.

그런 생각을 하고 있자니 백작 저택의 문이 열렸다.

그 안에서 사람이 좋아 보이는 중년 귀부인이 나타났다.

"어머어머, 왕도에서 일부러 와주시고…… 정말 감사드립니다."

귀부인은 아즈라이트에게 다가온 뒤 그렇게 말하며 고개를 크게 숙였다.

……어라? 백작 부인이 고개를 숙일 정도로 높은 사람인가?

"저기, 아즈라이트는."

하지만 내가 그렇게 묻기도 전에 아즈라이트가 가로막았다.

"아니야. 나는 어떤 분의 대리인이라 경의를 표하는 거지. 카르티에 라탱 백작 부인, 그렇죠?"

"네……. 네, 맞아요. 오호호……."

……마음에 걸리는 게 있긴 하지만, 두 사람이 그렇게 둘러대니 그런 걸로 해두자.

아즈라이트는 백작 부인을 면회하러 온 모양인데, 보아하니 비밀 이야기도 있는 것 같다.

협력자이긴 하지만, 외부인인 내게 할 수 없는 이야기도 많겠지.

그래서 대합실에서 시간을 때우라는 이야기를 들었는데.

"이 정원에 있어도 되나요? 정말 훌륭한 정원이라 견학을 좀 하고 싶어서요."

"그렇구나. 괜찮을까요?"

"네, 물론이죠. 부디 잘 봐주세요."

백작 부인도 흔쾌히 허락해주었기에 나와 네메시스, 그리고 길잃은 고양이는 정원을 견학하기로 했다.

저택 안으로 두 사람이 들어간 뒤, 아이들이 화기애애하게 뛰어놀고 있는 정원 안을 산책했다.

……아, 그렇지. 이 길잃은 고양이의 〈마스터〉도 이 백작 저택에 있다고 했지.

"실례합니다, 이 고양이……."

"호른이냐? 어디 갔었던 게야?"

정원에 있던 하인에게 물어보려던 참에 옆에서 그런 목소리가 들렸다.

그곳에는 영감님, 그리고 그와 나란히 서 있는 켄타우로스, 코볼드, 하피가 있었다.

〈엠브리오〉로 보이는 세 마리는 모두 악기를 끌어안고 있었다.

하피 말고는 기데온에서 본 적이 있었다. 틀림없이 이 카트시의 〈마스터〉인 영감님이다.

참고로 영감님은 오늘 기데온에 있을 때와는 달리 모자를 쓰지 않았다.

"야옹~!"

호른이라 불린 카트시가 큰 소리로 울면서 영감님에게 달려갔다.

응, 금방 찾아서 다행이네.

그때 영감님과 엠브리오들이 이쪽으로 다가왔다.

"자네들이 호른을 데려와 줬군. 아, 덕분에 살았어. 이 녀석은 호기심이 왕성해서 말이지. 종종 이렇게 미아가 되곤 한다네."

"아뇨, 우연히 목적지가 같아서요."

"그래도 고맙지. 하마터면 관악기 없이 연주할 뻔했으니."

"연주?"

"음. 우리는 여행을 하며 음악을 연주하고 있다네. 오늘 아침에도 이 도시의 거리에서 연주를 하고 있었는데 여기서 일하는 사람이 초대해주었지. '여행자나 고아를 초대하는 다과회가 열리는데 거기서 연주해주시면 안 되겠습니까'라고."

그렇구나. 기데온에서 잠깐 들은 것뿐이지만, 영감님과 〈엠브리오〉들의 음악은 정말 멋졌으니 매우 훌륭한 다과회가 될 것이다.

"내 원래 직업은 음악을 들려주는 것이 아니라 쓰는 쪽이지만, 내 곡에 반해 그렇게 말해주니 무시할 수는 없지. ……아, 자기소개가 늦었군. 나는 벨도르벨. 지금은 어떤 나라에도 소속되어 있지 않은 떠돌이 작곡가라네. 이 녀석들은 내 〈엠브리오〉고 이름은 각각 호른, 클라비어, 퍼커션, 스트링스지."

벨도르벨 씨는 카트시, 하피, 코볼드, 켄타우로스를 차례대로 그렇게 소개해주었다.

합주에서 따온 이름, 그리고 고양이와 새, 개와 말…… 아니, 당나귀 조합을 보니…… 모티브는 브레멘 음악대인가?

"아, 저는 레이 스탈링이에요. 이쪽은 제 〈엠브리오〉인 네메시스고요."

"으음! 연주라는 걸 기대하도록 하마!"

"후후, 알겠네………… 응? 레이 스탈링?"

자기소개를 하자, 벨도르벨 씨는 왠지 신기하다는 듯이 나를 보고 있었다.

"자네, 그 '언브레이커블' 레이 스탈링인가?"

"네, 그렇습니다."

……'언브레이커블'이라고 불리는 것도 익숙해졌네.

"그런가. 아니, 기데온에서 사건이 벌어졌을 때는 그대가 활약하기 전에 데스 페널티를 받아버려서 말이지. 볼 수가 없었는데."

"아, 그러면…… 휘말려서 힘드셨겠네요."

나는 '이 사람도 망할 백의의 피해자였나?'라고 생각하면서 그렇게 말했다.

하지만 정작 벨도르벨 씨는 왠지 모르겠지만 깜짝 놀란 표정을 지은 다음…… 쓴웃음을 지었다.

"그 녀석, 말하지 않은 건가? 뭐, 수배지에 사진이나 이름이 올라와 있지 않았고, 세이브 포인트도 쓸 수 있었으니 그럴지도 모르겠다는 생각은 들었다만."

벨도르씨는 작은 목소리로 무슨 말을 중얼거리고 있었지만, 잘 알아들을 수는 없었다.

"저기, 왜 그러시죠?"

"아니, 아무것도 아니야. ……아무튼 내가 데스 페널티를 받은 건 그럴 만한 이유가 있었으니 상관없고."

"그런가요?"

"그래. ……자, 그러면 그쪽에 있는 아가씨도 기대하고 있는 모양이니 슬슬 연주를 시작해볼까. 호른도 준비되었겠지?"

『언제든지, 괜찮습니다!』

"좋아, 시작하자꾸나."

벨도르벨 씨는 그렇게 말한 다음 미리 마련해놓은 것 같은 공간에 〈엠브리오〉 네 마리와 함께 나란히 섰다.

"지금부터 연주를 시작하지. 오늘, 이날에 멋진 꽃들과 함께 여러분의 추억에 남을 음악을 연주했으면 하는군."

그리고 벨도르벨 씨와 브레멘이 고개를 숙이고 인사를 한 뒤──그들의 연주가 시작되었다.

"──."

벨도르벨 씨에게 지휘를 받는 〈엠브리오〉 네 마리의 연주.

그 음악은 형 때문에 익숙했던 나마저도 소름이 돋을 정도로 멋진 연주였다.

주위에 있던 하인들이나 여행자들은 '휴우', 한숨을 쉬었고 아이들은 들려오는 음악에 감동해서 순수하게 즐기고 있었다.

나는 기데온 투기장 앞에서도 들었는데, 그때와는 전혀 달랐다.

그러고 보니 그때는 건반을 연주하는 하피가 없었다.

이번에는 모두 모였고, 그때보다 실력이 늘어난 것 같다.

넋이 나간 채 듣고 있자니 시간이 눈 깜짝할 새에 지나갔고, 연주가 끝나는 것과 동시에 우렁찬 박수 소리가 벨도르벨 씨에게 쏟아졌다. 물론 나와 네메시스의 박수도 포함되어 있다.

"할아버지, 다음에는 멋진 곡을 연주해줘~!"

"귀여운 곡이 더 좋아~!"

이런 음악을 처음 들은 것 같아 보이는 아이들은 눈을 반짝이며 벨도르벨 씨에게 앙코르와 연주 요청을 하고 있었다.

"후후, 기다리거라, 기다려. 차례대로 들려주마."

벨도르벨 씨는 그렇게 말하며 즐겁게 다음 곡을 지휘하기 시작했다.

◇ ◇ ◇

□카르티에 라탱 백작 저택 · 서재

백작 저택의 안쪽, 백작 부인의 서재에서는 아즈라이트와 백작 부인이 이야기를 나누고 있었다.

"그럼 이제 그 〈유적〉을 탐색하러 가시는 거군요."

"그래. 최대한 빨리 그 〈유적〉이 무엇을 위한 시설인지 조사하고 싶으니까."

백작 부인이 내민 자료. 사흘 전에 〈유적〉이 발견되고 나서 지금까지 얻은 정보를 훑어보면서 아즈라이트가 그렇게 말했다.

"전직용 크리스탈이 있는 넓은 방 너머는 탐색이 별로 진행되지 않았구나."

"네. 그 너머에는 몬스터들이 많은 모양이라…… 이야기를 듣자니 기계장치 몬스터라고 하더군요."

"〈유적〉에 배치되는 경우가 많은 [골렘] 같은 건가? 이름은?"

일반적으로 몬스터의 머리 위에는 이름이 뜬다.

그것이 이 세계의 규칙이다. 그래서 아즈라이트도 물어보았는데……

"그게, 이름이 제각각인 모양이라서……."

"?"

아즈라이트가 의아하게 생각하며 자료를 넘기자 [리틀 고블린]이나 [티르 울프]라는 이름의 기계가 출현했다는 정보가 적혀 있었다.

그리고 쓰러뜨리자 사라지지 않고 남았다는 정보도.

"어떻게 된 걸까⋯⋯. 혹시 〈유적〉의 정체와 뭔가 관계가 있는지도 모르겠어. 그것까지 포함해서 조사해볼게."

"네, ⋯⋯감사합니다."

"인사를 할 필요도, 고개를 숙일 필요도 없어. 나는 해야 할 일을 할 뿐이니까. 황국과 전쟁을 다시 시작할 우려가 큰 지금⋯⋯, 왕국의 위기를 구하기 위해 〈유적〉에서 그 수단을 찾는 거니까."

그렇게 말한 아즈라이트의 가면 너머로 보이는 눈에는 비장한 결의가 드러났다.

"그렇다면 역시 〈마스터〉분들께⋯⋯."

"나는 그들을 전쟁에 써먹을 생각이 없어, 백작 부인."

"하지만 일행분께서는."

"그는! ⋯⋯그는 조사에 협력해주고 있을 뿐이야. 전쟁은⋯⋯ 다른 이야기지."

한순간 큰소리를 지르려다 곧바로 태연한 척 돌아선 아즈라이트는 뭔가 둘러대려는 듯이 자료를 보며 그렇게 말했다.

"그러신가요."

그런 아즈라이트를 백작 부인은 왠지 자상한 눈길로 보고 있었다.

"하지만 그분은 신뢰하고 계시는군요."

"아, 아니야! 신뢰 같은 게 아니라!"

아즈라이트는 가면 아래로 살짝 보이는 볼을 붉게 물들이며 백작 부인의 말을 부정했다.

그런 다음 그녀 자신도 모르게 목소리를 작게 내며 이렇게 말했다.

"그저…… 그에게는 큰 빚이 있어. 그러니까 그가 협력하겠다는 제안을 받아들였고. …………그것뿐이야."

얼굴을 붉게 물들이며 그렇게 말한 아즈라이트를 백작 부인은 미소를 지으며 바라보고 있었다.

□[성기사] 레이 스탈링

벨도르벨 씨의 연주가 계속 이어지며 아이들을 매우 기쁘게 만들고 있었다.

그건 그렇고 아이들이 정말 많다. 하인의 말을 들어보니 '오늘은 한 달에 한 번 있는 다과회 날이라 마을에 두 개 있는 고아원 아이들을 초대했습니다'라고 했다.

보아하니 아이들은 50명이 넘었다.

"고아가 많나요?"

"네…… 전쟁 때 아버지를 잃고, 어머니까지 다른 이유로 잃은 아이들이 많습니다."

……그렇구나, 여기에도 전쟁 때문에.

어제 이야기를 나누었던 레프티나 샤리의 아버지인 여관 주인도 전쟁에 병사로 참가했다고 하니까. 기사 말고도 피해가 큰 모양이었다.

"어이쿠, 실내도 있구나."

다과회가 열리는 곳은 정원뿐만이 아니라 정원과 문으로 이어져 있는 넓은 방도 마찬가지인 모양이었다.

실내에는 테이블과 의자, 소파가 마련되어 있었고, 밖에서 놀다가 지친 것 같은 아이들이 안에서 몸을 식히고 있었다.

나는 넓은 방의 인테리어가 좀 신경 쓰여서 안으로 들어갔다. 실내에도 고급스러워 보이는 도자기 꽃병에 꽃이 꽂혀 있었고, 차분하면서도 화려하게 장식되어 있었다.

넓은 방의 벽에는 초상화가 여러 개 걸려 있었다.

아마도 역대 당주를 연대순으로 늘어놓은 것 같은데, 초상화 특유의 박력과 위압감이 있어서 아이들 중에는 겁먹은 눈빛으로 보고 있는 애도 있었다.

"?"

나란히 늘어서 있던 초상화의 끄트머리, 아마도 제일 최근에 그린 것 같은 초상화는 다른 것과 달랐다.

당주뿐만이 아니라 세 사람이 그려져 있었다.

20~30대로 보이는 청년 남자와 그보다 약간 어린 듯한 여자, 그

리고 여자가 껴안고 있는 갓난아이였다.

여자의 얼굴을 잘 살펴보니 젊기는 했지만, 백작 부인의 얼굴이었다.

"이 초상화는?"

"30년 정도 전에 체르미나 님께서 젊으셨을 때 그린 초상화입니다. ……함께 그려져 있는 사람은 주인님과 도련님입니다."

넓은 방에 있던 하인에게 물어보자 그런 대답을 들을 수 있었다.

체르미나라는 사람이 백작 부인일 것이다.

그런데 그렇게 대답하는 목소리에는 뭔가 무거운 것이 얹혀 있는 것 같은 느낌이 들었다.

"무슨 일이 있었나요?"

"……이 초상화를 그린 직후에 주인님과 도련님께서 돌아가셨습니다."

"그건…….."

"죄송합니다. 두 분의 죽음에 대해서 더 이상은…….."

"아뇨, 저도 함부로 물어봐서 죄송합니다."

보아하니 카르티에 라탱 백작 부인은 남편과 아이가 죽은 뒤 혼자서 이 백작 영지를 꾸려온 사람인 것 같다.

"고아를 돌봐주는 것도 그런 사정 때문 아니겠는가."

"그럴지도 모르겠네…….."

그리고 30년 넘게 정원과 거리의 조경 사업을 진행하고 있는 것도 그런 이유가 있어서 그런 건지도 모르겠다.

그 뒤로 몇십 분이 지나자 넓은 방에 아즈라이트와 백작 부인이 나타났다.

백작 부인을 본 아이들이 달려가서 제각각 인사를 하고 웃으며 말을 걸었다.

정말 사랑받고 있구나. 옆에서 봐도 그렇게 느껴졌다.

◇

그 뒤로는 '아즈라이트의 협력자'라는 이유로 나와 네메시스까지 참가하여 백작 부인과 다과회를 개최하게 되었다.

장소는 정원을 한눈에 볼 수 있는 2층 발코니였고, 그곳도 마찬가지로 풀과 꽃으로 장식되어 있었다.

정원에서 벨도르벨 씨가 연주하는 소리가 들렸다. 곡을 마칠 때마다 아이들의 신청을 받았고, 정말 즐겁게 연주하고 있다는 걸 알 수 있었다.

그런데 연주곡에 애니메이션 노래나 유명한 영화의 BGM이 섞여 있으니 뭐라 말할 수 없는 기분이 들었다.

백작 부인과 함께 한 다과회는 아즈라이트에게 협력하기로 한 것에 대한 인사를 받는 것부터 시작했고, 주로 〈유적〉을 탐색한 사람들이 보고한 내부 구조 정보를 들으며 진행되었다.

그리고 그런 이야기가 일단락되자 잡담을 시작하게 되었고, 네메시스가 물었다.

"어째서 고아원 아이들을 정원의 다과회에 초대한 게냐?"

넓은 방에서 들었던 의문의 답을 알고 싶어서 던진 것 같은 그 질문에 백작 부인은 싫은 기색을 전혀 보이지 않고 대답해주었다.

"아이들을 초대하는 건 저 자신의 쓸쓸함을 달래기 위해서랍니다. 제게도 에밀리오라는 아들이 있었어요. 하지만 제가 누워 있을 때 남편과 함께 바깥으로 놀러 나갔다가 몬스터의 습격을 받고……."

"…………."

"에밀리오는 저 아이들처럼 뛰어다닐 수 있게 되기 전에 죽어버려서…… 건강한 아이들의 모습을 보는 것만으로도 제 마음은 치유된답니다."

백작 부인은 자상한 눈빛으로 뜰에 있는 아이들을 보고 있었다.

"그리고 이 정원도 마찬가지고요. 제 남편은 왕국의 외교관이었는데, 취미로 원예를 하곤 했으니까요. 풀과 꽃에 둘러싸여 있으면 그 사람을 떠올릴 수가 있죠. 정원 한가운데에 있는 큰 나무는 그 사람이 살아 있을 때 옮겨심은 거니까요."

아이들을 초대하는 것도, 정원을 손보는 것도, 전부 다 가족을 잃은 쓸쓸함을 달래기 위해서라고 백작 부인이 말했다.

슬프기는 하지만, 어쩔 수 없는 거라는 생각도 들었다.

그런데 정원에 있는 아이들을 보고 있던 백작 부인의 눈을 보다가 어떤 사실을 깨달았다.

"……오드아이?"

좌우의 눈 색깔이 약간 다르다.

백작 부인의 눈은 오른쪽이 푸른색, 왼쪽이 녹색인 오드아이였다.

내가 중얼거린 말을 들었는지, 백작 부인은 살짝 웃으며 이렇게 말했다.

"이 눈은 카르티에 라탱 백작 가문에 자주 발현되곤 하죠. 제 아들도 그랬고요."

"그랬군요."

"네. ……사실 여행자분들을 다과회에 초대하는 이유도 그거랍니다."

"오드아이가 초대하는 이유라고요?"

무슨 뜻일까.

"남편과 에밀리오가 몬스터에게 습격당했고, 남편의 시체는 돌아왔지만 에밀리오의 시체는 찾아낼 수 없었어요. 갓난아이였으니 남지 않았을지도 모르죠. 하지만 혹시나 누군가의 도움을 받아 어딘가에 살아 있을지도 모른다……. 지금도 그런 마음이 있답니다."

"…………."

"그러니 여행자분들께 '눈이 저처럼 생긴 청년을 보신 적 없나요?'라고 물어보고 있죠. ……벌써 30년 전 일이라 반쯤 포기하고 있긴 하지만요."

백작 부인은 그렇게 말한 뒤 지쳤다는 듯이 웃었다.

그런 백작 부인에게.

"……가능성이 별로 없을지도 모르겠지만, 0이 아니라면 계속 찾아야 한다고 생각해요."

나는 생각한 것을 그대로 말했다.

"납득하지 못한 채 포기해버리면, ……더 나중에까지 이어지는 분한 마음으로 변해버린다고 생각해요."

그건 자신이 어떻게 생각하는지 드러내는 것에 불과한 말.

오늘 처음 만난 내가 해도 될 말인지는 모르겠다.

하지만 지나치게 참견한다고 생각해도 상관없다.

만약 포기해버리면, 그 행동은 백작 부인을 후회하게 만들 거라고 생각한 건…… 진심이니까.

"……그렇지. 그래, 그게 맞아. 어머니인 내가 그 아이가 살아 있다는 걸 포기할 수는 없으니까."

그런데 내가 그렇게 한 말을 백작 부인이 긍정해준 모양이었다.

"고마워요, 스탈링 씨. 정말 소문 그대로네요."

"아뇨……."

그렇게 대답한 것과 동시에 '소문이라니…… 어떤 소문일까'라고 조금 신경이 쓰이게 되었다.

여자 괴물 선배처럼 악평이 아니라면 좋겠는데.

"그렇지, 스탈링 씨. 당신도 눈이 이렇게 생긴 사람을 본 적 없나요? 지금은 30대가 넘었을 것 같은데……."

"그렇죠. 본 적이 있었으면 좋겠지만, 티안이고 오드아이인 사람을 만나는 건 이번이 처음이라서요……."

〈마스터〉 중에는 오드아이가 나름대로 꽤 있긴 한데. 줄리엣처럼 캐릭터를 만들 때 신이 나서 오드아이로 만들어버린 사람이 있으니까.

하지만 티안 중에서는 눈이 백작 부인처럼 생긴 사람은,

……어라?

"그러고 보니 오른쪽 눈 색이 비슷하네."

"내 눈을 말하는 거면 당연하지. 내 어머니가 카르티에 라탱 가문의 피를 이어받았으니까."

내가 중얼거리자, 아즈라이트가 그렇게 대답했다.

"아, 그렇구나."

아즈라이트의 눈**도** 백작 부인과 비슷하게 생겼다.

하지만 **그 사람**의 눈 색도 똑같았다.

"……그래도, 다르지."

그 사람은 **두 눈**이 모두 푸른색이었으니까.

그 이후로 우리는 다과회를 마치고 〈유적〉으로 가기 위해 백작 저택을 나섰다.

"……고마워, 레이."

백작 저택을 나서자 아즈라이트가 그런 말을 했다.

갑자기 왜 그래?

"백작 부인 말이야. 30년 동안 찾아다녔는데도 아들을 발견할 수가 없어서 저래 봬도 꽤 지친 것 같아. 하지만 당신이 마음으로 등을 떠밀어준 덕분에 기분이 좀 좋아졌을 테니까."

아, 그런 뜻이었구나.

"나는 생각난 게 있어서 말했을 뿐이니까. 인사까지 할 필요는 없어."

"으음. 레이는 생각한 내용을 너무 많이 말하는 것 같은 느낌이

든다만. 어젯밤에도 목욕탕에서 으으읍……."

어제 [기절]한 뒤에 깨어난 뒤에 있었던 일에 대해 이야기를 하려던 네메시스의 입을 막았다. 그때는 생각했던 것을 너무 많이 말해서 나도 나중에 창피해졌으니까 들추지 말아줬으면 좋겠다.

"뭐, 상관없지. 어찌 됐든 이제 드디어 〈유적〉에 가는 거잖아?"

"그래. 바로 가자. ……?"

그때 〈유적〉이 있는 산으로 걸어가기 시작하자마자 아즈라이트가 뭔가를 눈치챘는지 멈춰섰다.

나도 덩달아 아즈라이트가 바라본 곳을 보았고, 그곳에는 낯익은 사람이 서 있었다.

"마리오 선생님……?"

그곳에는 고고학자인 마리오 선생님이 서 있었다.

백작 저택을 둘러싸고 있는 울타리 너머로 정원을 바라보고 있었던 모양이었다.

아이들이 잔뜩 있는 정원을 들여다보는 행동을 하다가는 자칫 하면 수상쩍은 사람으로 몰릴 수도 있다.

하지만 정원을 보고 있던 그를 보니…… 눈이 보이지 않을 정도로 두꺼운 렌즈 너머로도 깊은 생각에 빠져 있다는 것을 예상할 수 있었다.

마치…… 무언가를 떠올리려 하는 것 같았고.

"…………윽, 오우~. 레이 군하고 아가씨 아니십니까아!"

그때 내가 있다는 걸 알아차리고 마리오 선생님이 말을 걸었다.

"오우, 거기 있는 까맣고 자그마한 아가씨는 누구신가요우?"

"아, 제 〈엠브리오〉인 네메시스예요."

"으음. 그런데 그대는 말투가 참으로 수상쩍기도 하구나."

"자주 그런 말을 듣곤 합니다아! 하하하."

마리오 선생님은 어젯밤에도 그랬던 것처럼 가짜 외국인처럼 쾌활하게 말했다.

그런데 어째서일까. ……어제와는 왠지 다른 것 같다는 느낌이 든다.

"당신, 왜 정원을 훔쳐보고 있었어?"

아즈라이트가 약간 가시 돋친 말투로 묻자 마리오 선생님이 고개를 숙이며 사과했다.

"죄송합니다아. 멋진 정원이 있길래 넋이 나가버렸네요우. 매너를 지키지 못해서 죄송합니다아……"

"……그래, 그렇게 계속 훔쳐보다가 체포당할 수도 있어."

"오우, 그건 무섭군요우. 바로 가도록 하겠습니다아."

마리오 선생님은 그렇게 말한 다음 등을 돌려 걸어가기 시작했다.

아즈라이트는 그의 뒷모습을 노려보고 있었다.

하지만 나는.

"마리오 선생님은 백작 부인과 아는 사이인가요?"

마리오 선생님의 등을 향해 그렇게 물었다.

네메시스와 아즈라이트는 내 질문을 듣고 의아하다는 표정을 짓고 있었다.

나도 왜 그런 말을 했는지 잘 알 수가 없었다.

굳이 이유를 들자면 좀 전에 다과회 자리에서 백작 부인에게 들었던 이야기와 어젯밤에 **내가 본 것**이라 할 수 있겠는데.

마리오 선생님은 그런 내 질문을 이해하지 못할 지도 모르겠다.

하지만 마리오 선생님은 멈춰서서…… 잠시 침묵한 뒤에.

"아니요. 이제 분명 상관없겠죠."

그렇게 말한 다음 떠나갔다.

떠나갈 때 렌즈 안쪽이 살짝 보였다.

그것은 어제와 마찬가지로 지친 눈과…… 그 눈동자.

눈동자의 색은 백작 부인과 비슷한 푸른색이었다.

□[성기사] 레이 스탈링

여관을 나설 때, 샤리가 '〈유적〉 부근에는 탐색자들에게 전투 아이템을 파는 노점이 잔뜩 있어요!'라고 했다.

실제로 가다 보니 거리에 축제 때 나오는 노점이나 실버 액세서리를 파는 노점 같은 간이 점포가 잔뜩 늘어서 있었다.

그곳에서 순수한 광속성 공격마법 [젬]을 사들였고, 걸어가면서 사용해서 [흑전투]에 계속 흡수시키고 있었다.

흡수 효율은 햇빛이나 《은광》만 썼을 때보다 훨씬 좋았다.

"아까부터 뭐하는 거야?"

그때 내 행동에 의문이 생겼는지 아즈라이트가 물어보았다.

"이 외투는 특전 무구라서 스킬을 발동시키려면 광속성 공격을 흡수할 필요가 있어."

"당신, 황옥마뿐만이 아니라 특전무구까지 가지고 있었구나."

"그래. 참고로 이 수갑하고 부츠도 특전무구야."

"……보통 초급 직업(슈페리얼 잡)도 아닌 사람이 그렇게 많이 가지고 있진 않아. ……아니, 초급 직업이라 해도 세 개나 가지고 있는 사람은 별로 없지."

그러고 보니 초급 직업인 마리가 두 개 가지고 있었던가? 어느새 가지고 있는 숫자만 따지면 추월해버렸다.

뭐, 특전무구의 숫자가 많다고 해도 실력 차이는 아직 추월했다고 할 수 있는 단계가 아니겠지만.

"그런데, 광속성 공격이라고 했지? 내 공격 스킬 중에 광속성인 《레이저 블레이드》가 있는데, 흡수시켜 볼래?"

"……그건 물리공격도 합쳐져 있을 것 같으니까 포기할게."

자칫하다가는 [흑전투]가 찢어진다.

무엇보다 이름만 들어도 필살기 같아서 무섭다.

우리는 그렇게 이야기를 하면서 산속으로 나아갔다. 이미 많은 사람들이 밟고 지나간 결과 생겨난 길을 십몇 분 정도 걸어가자 목적지인 〈유적〉의 입구가 보였다.

입구 주위에는 탐색하러 온 것 같은 무장한 〈마스터〉와 티안들이 눈에 띄었다.

그러고 보니 여관을 나설 때 톰 씨가 보이지 않았다. 여기에 들어갈 준비를 하고 있는 사람들 중에도 없는 걸 보니 이미 〈유적〉 안으로 들어간 모양이었다.

"드디어 도착했구나."

"……그래."

아즈라이트는 가면 너머로도 알아볼 수 있을 정도로 긴장하고 있었다.

아니 오히려…… 부담을 떠안고 있는 것 같았다.

어제 들은 이야기를 생각해보면 쓸데없는 행동을 하거나 성급하게 행동하지 않게끔 도와줄 필요가 생길지도 모르겠다.

"자, 〈유적〉으로 들어가자."

"'그래.'"

그렇게 우리는 카르티에 라탱의 〈유적〉으로 침입했다.

◇

〈유적〉의 입구 근처 통로에는 흙이 드러나 있었는데, 중간부터는 신기한 광택이 나는 금속으로 포장되어 있었다.

흙 통로와 금속 통로의 경계에는 공구와 마법 스킬로 벽을 벗겨 내고 있는 사람들이 있었다. 아마 입구 부근도 벗겨내기 전에는 이렇게 포장되어 있었을 것이다.

이 금속은 어떤 소재로 쓸 수 있을 것 같으니 벗겨내려는 이유도 이해가 되긴 하는데, 유적을 보존하지 않아도 괜찮은가 하는 생각도 든다.

"중요한 건 입구 안쪽에 있을 테니 더 나아가 보자."

아즈라이트가 그렇게 말했기에 벽을 벗겨내고 있던 사람들을 힐끔 보며 안쪽으로 향했다.

〈유적〉 통로를 나아갔지만 몬스터 같은 것들은 보이지 않았다.

통로 벽에 그을린 자국이나 총알이 스친 자국이 있는 걸 보니 원래 없었던 건 아닌 모양이었다.

이 〈유적〉은 〈신조 던전〉 같은 종류가 아니기 때문에 별다른 이유가 없이 몬스터가 다시 생겨나지는 않는다. 원래 있던 몬스 터들도 이 근처에 있던 것들은 사흘 전에 발견된 뒤에 지금까지 탐색이 진행되면서 거의 다 쓰러졌을 것이다.

　그렇게 전투를 한 번도 벌이지 않고 한 시간 정도 안쪽으로 나아가보니 넓은 곳이 나왔다.

　고등학교 체육관 정도 넓이의 공간이었다. 바닥이나 천장도 금속이었는데, 통로와는 재질이 달랐다. 적어도 쉽사리 벗겨낼 수 있을 것 같지는 않았다.

　"혹시 여기서부터가 진짜 〈유적〉이라는 겐가?"

　"그런 모양이네. **저런 것**까지 있으니까."

　그 공간 가운데에는 거대한 크리스탈이 안치되어 있었다.

　먼저 방에 들어와 있던 〈마스터〉 몇 명이 크리스탈을 바라보고, 만지고, 메뉴를 띄우고 있었다.

　아마도 저게 소문으로 들었던 [황기병]으로 전직할 수 있게 해주는 크리스탈일 것이다.

　비슷한 것을 예전에 [성기사]가 될 때 왕도의 교회에서 본 적이 있었다.

　전직한 이후로 처음이니 이번에 잠시 복습해두자.

　우선 서방이나 동방 등, 지역에 따라 얻을 수 있는 직업이 다른 이유가 이 대형 크리스탈이다.

　이미 가지고 있는 직업을 전환시키기만 하는 거라면 세이브 포인트나 1회용인 작은 [잡 크리스탈]로 할 수 있다.

　하지만 새로운 직업을 획득하려는 경우에는 직업마다 조건을 달성한 뒤 그에 맞는 대형 크리스탈을 만져야만 한다.

그 때문에 신우의 [시해선(마스터 강시)]은 황하에서만 얻을 수 있고, 여자 괴물 선배의 [여교황]은 왕국에서만 얻을 수 있다.

여자 괴물 선배하고 전직 이야기가 나와서 말인데, 이런 이야기가 있다.

사제 계통에 맞는 크리스탈은 전부 교회 시설 안에 있다.

아니, 사제 계통에 맞는 크리스탈이 있었던 곳에 교회를 세운 형태다.

그렇게 사제 계통에 맞는 크리스탈의 숫자는 당연히 한계가 있다.

그렇기 때문에 그 여자 괴물 선배는 그냥 교회를 세우는 것이 아니라 '국교가 가지고 있는 시설을 주면 안 되는감?'이라고 요구한다.

적당한 곳에 교회를 세우기만 하면 그냥 건물에 불과하고, 내용물이 없으니까.

그렇게 여자 괴물 선배는 나라에게 대가를 받아내며 조금씩 시설을 늘리고 있다.

……아니, 너무 많이 늘렸다. 이대로 가다가는 나중에 사제 계통을 독점하게 되고, '사제 계통으로 들어오려면 우리 교단으로 들어와'라는 사태가 벌어질 수도 있다.

회복마법이 있는 이 〈Infinite Dendrogram〉에서 교회는 종교 법인과 의료법인이 합쳐진 곳이나 마찬가지다.

그렇기 때문에 여자 괴물 선배가 하고 있는 짓은 일본 전체의 병원을 컬트 종교 슬하의 병원으로 바꾸는 것이나 마찬가지다.

나라로서, 그리고 컬트 종교의 무서움을 알고 있는 사람으로서는 용납하기 힘들다.

하지만 노골적으로 종교침략을 당하고 있는데도 불구하고 정작 왕국 국교는 신경 쓰지 않는다.

오히려 환영하고 있었다.

왜냐하면, 왕국 국교의 교의를 간단히 정리하면 '사제 계통의 스킬로 사람들을 치유합니다'라는 것이기 때문이다.

그렇기 때문에 교회 시설과 전직용 크리스탈이 〈월세회〉에게 넘어간다 해도.

"사람들을 치유하는 [사제]가 늘어난다면 아무런 문제가 없습니다."

"시설이 줄어들긴 했지만, 그만큼 남은 교회의 시술원과 고아원의 인원을 늘릴 수 있게 되었습니다. [글로리아] 사건이나 전쟁 때문에 일손이 부족했거든요."

"앞으로도 사람들을 위해 함께 열심히 노력합시다."

라고, 굳이 말하자면 기뻐했다.

성선설이라고 해야 하나, 마음이 너무나도 깨끗한 분들이다.

여자 괴물 선배의 암약으로 인해 가장 피해를 많이 보았을 국교가 그런 식이다. '왕국의 상층부는 정말 답답할 것 같은데'라고 왕국 상층부와 연줄이 있는 것 같은 아즈라이트에게 말을 꺼내보니, 그녀는 '정말 그렇다니까……'라고 실감나는 대답을 해주었다.

어제 반응한 것만 봐도 그녀와 그녀의 고용주는 여자 괴물 선배 때문에 꽤 고생을 많이 한 것 같다.

"자, 이제."

대형 크리스탈에 손을 대고 메뉴를 띄웠다.

전직할 수 있는 직업 일람 중에서 바로 [황기병]을 발견했다.

그것을 선택하기 전에 다른 직업도 확인했다.

리스트에는 [정비사(메카닉)]와 [기술사(엔지니어)], [조종사(드라이버)] 등의 드라이프 특유의 직업도 있었다. ……〈유적〉의 출토품을 떠나서 이 크리스탈의 존재가 전략적으로 큰 의미를 가지고 있을 것 같은데.

"하지만 그런 직업을 가져봤자 왕국에서는 운용할 수 있는 기반이 없으니 말이다."

"그렇긴 하네."

기술의 노하우는 하루아침에 얻을 수 있는 것이 아니다. 직업만 얻어봤자 왕국이 드라이프의 영역에 도달하려면 오랜 시간과 연구가 필요할 것이다.

"뭐, 그런 선택은 나라가 할 일이지."

나는 나 자신에 맞는 전직을 하자.

대형 크리스탈에 손을 대자 직업을 바꾸기 위한 메뉴가 떴다.

망설임 없이 [황기병]을 선택해서 전직을 실행했다.

빛과 소리가 나오는 것 같은 연출도 없이 떠 있던 간이 스테이터스 메뉴의 직업 표시가 [황기병]으로 바뀌며 전직이 끝났다. 정말 간단했다.

상급 직업인 [성기사]를 얻을 때는 빛이 나오곤 했는데, 그런 생각이 들었다.

형이나 마리의 이야기를 들어보니 초급 직업을 얻을 때는 더화려한 모양인데, 그런 걸 볼 기회는 없으려나?

[메인 직업의 변경으로 인해 사용할 수 없게 된 스킬이 있습니다.]

그런 생각을 하고 있자니 알림이 떴다. 그러고 보니 전직하면메인 직업과 계통이 다른 직업 스킬을 쓸 수 없게 되는 거였지.

나는 어떤 스킬을 쓸 수 없게 되었는지 확인했다.

계속 사용할 수 있는 것 중에는 당연하게도 《승마》가 있었다.

그리고 《성기사의 가호》와 《성별의 은광》도 건재했다.

이것들은 [성기사]의 스킬이고, [성기사]가 약간이나마 기병 계통의요소를 가지고 있기 때문에 아직 사용할 수 있는 것 같다.

하지만 회복마법 관련 스킬은 전부 다 사용할 수 없게 되었다.

이것들은 사제 쪽 요소도 있는 [성기사]라서 습득할 수 있게된 스킬이지만, 원래는 사제 계통의 스킬이다. [황기병]으로전직하면 접점이 사라져서 사용할 수 없게 되는 모양이었다.

……뭐, 어쩔 수 없지. 원래 회복마법은 회복량에 문제가 있어서 써먹기도 불편해졌고, 《가호》나 《은광》이 남아 있다는 걸운이 좋았다고 생각해야겠다.

"허나 앞으로는 회복 아이템이 얼마나 남았는지 예전보다 더주의해야 할 게다."

"그래야겠지."

사용할 수 없게 된 스킬은 제쳐두고, 새로 얻은 스킬이 있나 확인해보았는데…… 아직 아무것도 없었다.

역시 [성기사]가 되었을 때와 마찬가지로 레벨을 올려야 하는 것 같다.

"다 끝났어?"

"그래. 이제 내 볼일은 다 끝났어. 이제 아즈라이트를 도울게."

"고마워."

"괜찮아. 그런데 이제 어느 쪽으로 갈 거야? 통로가 네 군데나 있는데."

입구였던 곳을 빼면 세 군데인가?

"정보에 따르면 지하 쪽으로 나아가는 길은 저 문 너머에 있는 모양이야."

아즈라이트는 그렇게 말한 뒤 통로 중 한 곳을 막고 있는 문을 손가락으로 가리켰다.

보아하니 자동문인지 〈마스터〉와 티안들이 그곳을 드나들고 있었다.

그리고 문 크기를 보아하니 통로의 천장 높이가 5미터는 넘는 것 같고, 폭도 넓다.

"저 통로에서는 괜찮을 것 같은데, 실버."

나는 아이템 박스에서 실버를 꺼내 올라탔다.

[황기병]이 된 뒤로 처음 타보는 건데 지금은 딱히 변한 것이 없는 것 같았다.

"[황기병]의 스킬 습득에 관련이 있을지도 모르니까, 나는 실비를 타고 이동할게."

"그건 상관없긴 한데……."

응? 왜 그러지?

"당신만 괜찮다면…… 뒤에 태워줄 수 있을까? 예전부터 오리지널을 타보고 싶었는데, 스승님은 의례를 진행할 때만 빌려줬거든."

뭐, 랑그레이 씨가 사용했던 [골드 썬더]는 국보였던 모양이니 쉽사리 빌려줄 수는 없었겠지.

다른 이유가 있었는지도 모르겠지만.

"그럼 뒤에 탈래? 몬스터하고 마주쳐서 응전할 때는 내릴 필요가 있겠지만, 그 전까지는 타도 괜찮을 테니까."

"……그래도 돼?"

"그래."

아니, 뭔가 문제라도 있나?

"나는 어디에 타지? 그대의 앞에 탈까?"

아, 그렇구나. 네메시스가 앉을 곳이 문제구나.

"그래. 아니면 무기로 변해도 되고."

"흐음. 그렇다면 던전 안이기도 하고 뭐가 튀어나올지도 모르니 먼저 상태이상을 대비해 흑기부창으로 변하도록 하지."

네메시스는 그렇게 말한 뒤 흑기부창으로 변했다.

나도 머리에 기습을 당할 경우를 대비해 [흑전투] 후드를 써야지.

그런 다음 아즈라이트가 '실례할게'라고 하면서 내 뒤에 앉았다.

잘 생각해보니 사람 두 명 말고도 중량급 무기인 네메시스까지 합치면 꽤 무거울 텐데, 황옥마인 실버는 아무렇지도 않게 걸어가고 있었다.

꽤 쾌적하게 〈유적〉 통로를 달려갔다.

"역시 황옥마! 이대로 가면 생각했던 것보다 빨리 안쪽에 도착하겠어!"

"그래!"

실버를 보고 놀란 사람에게 부딪히지 않게끔 조심하면서 우리는 〈유적〉 안쪽을 향해 나아갔다.

여담이지만…… 이날, 〈유적〉을 탐색하던 사람들 사이에서 '어둠의 깃발을 치켜든 검붉은색의 기분 나쁜 무언가와 가면을 쓴 기괴한 여자가 은빛 말을 타고 뛰어다니는 모습을 보았다'는 소문이 퍼졌다고 한다…….

거대 크리스탈이 있던 넓은 방에서 실버를 타고 달려온지 30분, 이미 주위에는 우리 말고 다른 사람들이 보이지 않게 되었다.

그래도 갑자기 통로에서 사람이 뛰어났을 때 대처할 수 있는 속도로 실버를 타고 가는 중이었다.

"그래서, 〈유적〉 안쪽에 도착하면 우선 뭘 할 거야?"

"우선 이 〈유적〉에서 다루고 있는 기술부터 조사할 거야."

"〈유적〉에 따라서 뭐가 나올지 모른다고 했었나?"

"그래. 그리고 〈유적〉 중에도 두 종류가 있어. 창고와 공장, 이렇게 두 종류."

창고와 공장?

"창고는 선선대 문명의 아이템이 들어 있는 곳. 하지만 아이템이 있다 해도 생산 설비는 없으니 기술 그 자체를 얻는 건 힘들어."

아즈라이트는 '아이템을 해석해서 부분적으로 얻어내는 게 불가능하진 않지만'이라고 덧붙여 말했다.

"그리고 공장은 선선대 문명의 아이템을 생산하는 거점. 설비가 살아 있으면 곧바로 아이템을 생산할 수 있고, 망가져 있다 해도 어떻게 만들었는지는 조사할 수 있어."

그렇구나. 개인이라면 격납고 쪽이 알아보기 쉬운 보물 더미겠지만, 나라에게는 제조 공장 쪽이 더 좋다는 건가?

"직감으로 대답해도 상관없는데, 이 〈유적〉은 어느 쪽일 것 같아?"

"공장이네."

나는 딱 잘라 말하듯이 대답했다.

"어제 이 〈유적〉을 탐색했던 사람들이 마리오 선생님에게 가져왔던 물건들은 인공 다이아와 강판처럼 그대로 쓸 수 있는 게 아니라 생산 소재로 사용할 수 있는 물품들이 많았어. 그것들이 비축되어 있던 생산 소재고, 이 〈유적〉이 그것들을 아이템으로 가공하는 공장일 가능성이 클 것 같아."

"그것만 놓고 보면 창고일 가능성도 부정할 순 없겠네."

"그래. 그러니까 넓은 방에 있었던 거대 크리스탈이라는 조건도 추측에 넣어야지."

"……그렇구나."

여자 괴물 선배와 국교의 종교시설이 사제 계통의 크리스탈을 확보하고 있다는 실제 사례가 있다.

그것과 마찬가지라고 생각하면, [기술사]나 [정비사] 직업으로 전직이 가능한 그 크리스탈은 여기서 일할 사람의 직업을 확보하기 위한 목적으로 놓여 있었던 거라고 생각할 수 있다.

아니면, 그런 크리스탈이 있던 곳에 공장을 지었거나.

『보아하니 〈유적〉의 벽에 부식된 부분은 없다. 이곳이 공장이라면 설비도 망가지지 않고 남아 있을지도 모르겠구나.』

"그래. 그럴 가능성은 커."

1000년 단위로 시간이 지났는데도 가동시킬 수 있는 공장이 남아 있다. 그 사실을 통해 선선대 문명의 기술력을 실감할 수 있었다.

문명 자체는 이미 멸망했지만, 이런 상황이 되니 오히려 '어째서 선선대 문명이 멸망해버렸을까'라는 것이 신경 쓰였다.

예전에 유고에게 들은 이야기로는 한 신과 열세 권속이 멸망시켰다고 했는데, 선배의 말에 따르면 같은 시기에 선대 문명도 멸망했다.

그 부분이 마음에 좀 걸렸다.

"그런 내용까지 오늘 밤에 마리오 선생님에게 물어볼까?"

고고학자인 마리오 선생님이라면 그런 질문도 대답해줄……?!

"윽!"

그 순간—— 통로 안쪽에서 무언가가 빛난 것이 보였다.

나는 재빨리 [흑전투]를 펄럭이며 얼굴을 가렸다.

그 직후, [흑전투] 표면에 무언가가 흡수된 느낌이 들었다.

"레이!"

"무사해! 그런데 앞쪽에 뭔가가 있어!!"

우리의 진로 위에 지금까지 모습을 드러내지 않았던 몬스터가 나타났다.

나타난 몬스터 두 마리는 어제 샤리를 습격했던 기계장치 몬스터와 비슷하게 생겼다.

머리 위에 뜬 이름이 [고블린 워리어]와 [퍼시 래빗], 그렇게 외모와 전혀 맞지 않는 것까지 포함해서.

한 마리는 어제 본 [티르 울프] (가칭)처럼 화기를 장비하고 있었지만, 다른 한 마리는 극단적으로 머리가 컸고 그곳에 에너지 파이프 같은 관이 잔뜩 달려 있었다.

"방금 광선을 쏜 녀석인가!"

재빨리 판단하고 거리를 계속 벌리고 있으면 위험하다는 생각에 실버를 가속시켰다.

그러자 화기를 장비한 몬스터가 총탄과 포탄을 연달아 날렸지만, 실버의 고삐를 잡아당겨 실버에게 벽을 달리게 함으로써 피했다.

광선형도 다시 우리를 노렸지만, 처음 날렸을 때와 마찬가지로 빛을 보니 날아오는 타이밍을 알 수 있었다.

"오오!!"

상대방의 사선을 가로막는 듯이 [흑전투]를 뻗어 그 광선을 차단했다.

그렇게 상대방의 원거리 공격을 돌파한 뒤 근접전으로 들어갔고.

《복수는 나의 것(벤전스 이즈 마인)》!!"

나는 광선형([고블린 워리어])의 머리에 《복수는 나의 것》을 때려 넣었다.

그와 동시에 아즈라이트가 아침에 이야기했었던 《레이저 블레이드》인 것 같은 스킬로 화기형([퍼시 래빗])을 두 동강 냈다.

몬스터 두 마리의 움직임이 멎었고, 내부에서 빛의 먼지를 뿜어내며 기능이 정지되었다.

"⋯⋯휴우."

갑작스러운 기습으로 시작된 전투를 마친 뒤, 나는 안도의 한숨을 쉬었다.

『지금까지 한 마리도 보이지 않았으면서 갑자기 레이저를 쏘다니, 참으로 징그럽구나.』

그래, [흑전투]가 없었다면 머리가 날아갔을지도 모르겠다.

《샤이닝 디스페어》 충전도 방금 그 공격 덕분에 조금 진행되었다. 불행 중 다행이다.

"아즈라이트는 무사해? 도탄이나 유탄을 맞지는 않았어?"

"그래, 나도 괜찮아. 그건 그렇고 저 이름이 신기한 몬스터는⋯⋯

내가 백작 부인에게 들었던 몬스터야."

나와 아즈라이트는 격파한 몬스터 두 마리를 보았다. 이미 머리 위에 떠 있던 이름이 사라진 상태였고, 내부에서 빛의 먼지가 나온 걸 보니 죽은 것 같다.

그런 부분까지 어제와 똑같다.

"이거, 어제 내가 싸웠던 녀석과 같은 형태인데. 샤리를 구해 줬을 때 싸웠던 녀석이야."

"……다시 말해 〈유적〉 안에 있던 몬스터가 바깥으로 새어 나 갔다는 거야?"

딱히 이상하지는 않다. 〈유적〉은 분류로 따지면 자연 발생 던 전, 내부의 몬스터가 입구나 계층을 이동하지 않는 신조 던전이 아니다. 몬스터가 유출될 수도 있다.

입구 말고도 어딘가에 길이 있어서 그쪽으로 새어 나갔는지도 모르겠다.

그래서 그건 이상하지 않은데…… 그래도 이 몬스터는 너무 부자연스럽다.

"미리 듣기는 했는데…… 신기하네. 몬스터인데 왜 남아 있는 걸까?"

아즈라이트도 나와 같은 의문을 품은 모양이었다.

일반적으로 골렘 등에 해당되는 비생물 몬스터라 해도 쓰러지 면 빛의 먼지가 된다. 카스미가 소환한 [벌룬 골렘]이 사라지는 모습을 여러 번 봤으니까 틀림없다.

그에 비해 이 기계장치 몬스터는 잔해를 남겼다.

드랍 아이템……과도 다르다. 어제 경험으로 볼 때, 이건 정말 망가진 것이 그대로 남아 있는 거니까.

주워봐도 창에는 '미지의 기계 잔해'라고만 떴다.

혹시 고고학에 정통한 마리오 선생님이라면 뭔가 알아낼 수 있을까?

"우선 이 잔해를 가지고 가보자."

아즈라이트가 그렇게 제안하자, 나는 고개를 끄덕이고 두 마리의 잔해를 아이템 박스에 넣었다.

◇

기계장치 몬스터와 전투를 벌인 지 십몇 분.

우리는 통로의 상황을 보고 꽤 놀랐다.

왜냐하면…….

"아무래도 아까 그 두 마리는 우연히 남아 있었던 것 같구나."

우리가 나아가던 방향 곳곳에 부서진 기계가 잔뜩 굴러다니고 있었기 때문이다.

그것들은 좀 전에 싸웠던 화기형이나 레이저형이었는데…… 각각 열 대는 넘게 있었다.

"부서진 흔적이 오래되지 않았고, 단면에서 불꽃도 튀고 있어. ……아직 쓰러진 지 시간이 얼마 지나지 않은 모양이야."

아즈라이트가 말한 것처럼 파괴된 기계는 전부 다 상처가 난 지 시간이 얼마 지나지 않은 것 같았다.

평행하게 난 세 줄기의 상처, 두 동강 낸 듯한 한 줄기의 상처, 수없이 박힌 화살 등, 상처의 종류는 다양했다.

마치 다양한 무기를 다루는 것이 특기인 투사 계통하고 전투를 벌인 것 같았다.

그리고 또 하나.

"이건…… 함정인가?"

벽과 천장에서 어떤 기계가 삐져나온 채 파괴되어 있었다.

대부분 총 같은 형태였는데, 그중에는 통로 위를 이동하는 렌즈 같은 장치도 보였다.

……이거, SF 영화 같은 거에 나오는 '레이저로 사람을 절단하는 함정'인가?

"함정도 작동한 흔적이 있네."

"떨어져 있는 게 없는 걸 보니 빠져나간 모양이네."

티안이라면 시체나 핏자국이 남을 테고, 〈마스터〉라 해도 데스 페널티를 받으면 랜덤으로 아이템을 드랍하지만 이 현장에는 아무것도 남아 있지 않았다.

다시 말해 이곳을 지나간 사람은 이렇게 많은 적과 함정이 있었는데도 불구하고 앞으로 나아갔다는 뜻이다. 그런 게 가능할 것 같은 사람은, ……!

"……레이!"

아즈라이트가 소리쳤고, 나는 고개를 끄덕이며 대답했다.

"전투를 벌이는 소리야."

『으음, 통로 안쪽에서 울리고 있구나.』

100미터 정도 앞쪽 통로의 모퉁이 너머에서 누군가가 싸우고 있는 것 같은 기척이 들렸다.

"확인해보자."

나는 실버를 타고 전투가 벌어지고 있는 곳으로 향했다. 실버는 눈 깜짝할 새에 모퉁이에 도착했고, 우리는 그 너머에 펼쳐진 광경을 보았다.

그곳은 거대한 크리스탈이 안치되어 있는 방과 비슷한 공간이었다.

높은 천장과 넓은 면적, 여섯 면이 금속으로 둘러싸인 공간.

그곳에는── 기계장치 몬스터가 50마리 정도 늘어서 있었다.

하지만 그것들은 모두 우리를 보고 있지 않았다.

바닥을, 벽을, 천장을, 고속으로 이동하는 무언가를 노리며 총탄과 레이저를 흩뿌리고 있었다.

그렇게 떠들썩한 전장 안에서…….

『──파도치는 곳에 그리말킨..』

『──바람의 끝자락에 그리말킨..』

어디선가 시를 읊는 목소리가 들렸다.

총탄을 난사하는 소음 속에서 신기하게도 잘 들렸다.

『──나뭇잎 아래에 그리말킨..』

『──불똥 그늘에 그리말킨..』

그 시가 들린 곳은 전투병기들이 총탄을 날리고 있는 곳.

노리고 날려서 쓰러뜨리려 하지만…… 결코 잡아내지 못하고 있는 것.

그것은── 머리에 고양이를 얹고 있는 어떤 남자.

『──별의 저편에 그리말킨.』

『──마음속에 그리말킨.』

왕국 결투 랭킹 2위이자 선대 결투왕── [묘신] 톰 캣이 그곳에 있었다.

『──자, 춤추자.《묘팔색(그리말킨)》.』

그렇게 말한 것과 동시에 트레이드 마크인 고양이── 그리 말킨이 톰 씨의 머리에서 뛰어내렸다.

그리말킨은 네 발로 바닥에 착지한 뒤 두 발로 일어섰다.

그뿐만이 아니라 등을 펴고 털을 오므린 뒤…… 눈 깜짝할 새 에 **톰 씨**로 변했다.

변화는 그뿐만이 아니었다. 원래 있던 톰 씨와 그리말킨으로 변한 톰 씨가 '증식'하여 톰 씨 두 명은 네 명이 되었다.

그리고 네 명이 여덟 명으로 늘어났다.

『──이별을 고하는, 그리말킨.』

그 직후, 톰 씨 여덟 명이 기계장치 몬스터를 공격하기 시작했다.

우리는 그 움직임을 제대로 볼 수가 없었다.

피가로 씨와 신우 같은 톱클래스 결투 랭커가 초음속으로 움직이는 모습은 이미 체감한 바가 있다.

모의전을 거듭한 덕분에 어느 정도까지는 그 속도에도 익숙해졌다.

톰 씨가 가지고 있는 초급 직업, [묘신]도 초음속 기동이 가능한 AGI형 초급 직업일 테니, 그 정도는 볼 수가 있을 텐데.

증식한 여덟 명 모두가 초음속 기동을 하지만 않았어도.

여덟 명은 각자 바닥을 달리고, 벽을 박차고, 하늘로 뛰어올랐다.

톰 씨 본인과 분신 일곱 개가 보여주는 초음속 입체기동. 모두가 움직임이 전혀 뒤처지지 않았다.

여덟 분신의 궤도가 잔상을 만들어냈고, 잔상이 다시 시각적 분신을 만들어냈다.

두 손에 발톱 수갑을 장비한 사람, 장검을 겨눈 사람, 활을 당기고 있는 사람, 그렇게 무기가 다양했고, 눈으로 보기에는 몇 배나 더 많아 보이는 것처럼 늘어난 상태였다.

나중에는 넓은 방 전체에 톰 씨의 잔상이 생겨나 있었다.

그 공간의 대세를 톰 씨가 잡고 있었다.

분신을 이용한 초음속 맹공을 가해 눈 깜짝할 새에 기계장치 몬스터들을 파괴해 나갔다.

"……'괴물 고양이 저택'."

'괴물 고양이 저택' 톰 캣.

처음 본 나도 그 별명의 의미를 이해했고, 납득해버렸다.

너무나도 대단한 분신 능력.

마리의 [절영(데스 섀도우)]이 지니고 있는 직업 스킬로도 분신 자체는 가능하다.

하지만 그것은 하나만 만들어도 본인의 스테이터스 중 절반이 되고, 분신의 숫자에 따라 스테이터스가 줄어든다.

그렇게 생각하면 아무리 〈엠브리오〉의 필살 스킬이라 해도 본체와 같은 능력을 지닌 것으로 추정되는 분신을 일곱 개나 만들어내는데다 시각 분신까지 만들어내는 톰 씨의 그리말킨이 얼마나 무시무시한지 알 수 있다.

내 눈으로는 전부 다 파악할 수 없다.

하지만.

"오른쪽, 위, ……착지."

옆에 있던 아즈라이트를 보았다.

무언가를 쫓는 듯이 고개를 살짝 움직이고 있었다.

마치 가면 너머로 무언가를 계속 바라보고 있는 것처럼.

"본체인 톰 씨를 아직 알아볼 수 있는 거야?"

"아슬아슬하게."

상급 직업일 텐데 파악할 수 있는 건가? 역시 스테이터스나 스킬에 의존하지 않는 전투 기술은 티안이 더 뛰어날지도 모르겠다.

……뭐, 형이나 피가로 씨 같은 예외도 있긴 하지만.

"그건 그렇고, 레이. 당신, 그렇게 말하는 걸 보니 '괴물 고양이 저택'하고 아는 사이야?"

"그래, 조금. 아즈라이트도 아는 사이구나."

"그런 건 아니야. 하지만 왕국의 결투왕 자리에 몇 년 동안 계속 머물러 있었던 남자를 모를 리가 없잖아."

"그야 그렇겠네."

피가로 씨에게 져서 그 자리에서 물러날 때까지 결투장의 절대적인 왕은 톰 씨였으니까.

티안에게도 그 이름은 잘 알려져 있겠지.

……어라?

그러고 보니 피가로 씨가 결투 1위가 된 건 아직 제6형태였을 때고, 이쪽 시간으로도 2년이 넘게 지났을 텐데.

그렇다면 톰 씨는 언제부터…….

"……윽! 레이!"

"어?!"

생각에 잠기려던 참에 아즈라이트의 목소리를 듣고 톰 씨와 몬스터가 있는 전장으로 의식이 다시 돌아왔다.

몬스터는 거의 전멸된 상태였고, 이미 결판이 난 상황이었다.

그런데 그때, 공간의 벽에서 잔뜩— 총기의 총구와 렌즈가 박혀 있는 것 같은 물체가 삐져 나오고 있었다.

그것은 통로에 잔해가 남아 있던 트랩—— 센트리 건이라 불리는 무기다.

이 넓은 방에 나타난 센트리 건은 먼 옛날의 〈유적〉에 설치되어 있었던 무기라 그런지 제대로 움직이는 것은 절반 정도…… 하지만 그걸로도 충분했다.

──100개가 넘는 레이저가 일제히, 눈 깜짝할 새에 톰 씨의 분신을 꿰뚫기 시작했다.

아무리 초음속이라 해도 레이저의 속도와 센트리 건의 숫자에는 대처하지 못했는지 시각 분신뿐만이 아니라 그것의 기반인 실체 분신까지 레이저에 꿰뚫렸다.

"……본체도 맞았어!"

"뭐?!"

시각 분신과 실체 분신이 차례차례 사라지기 시작하는 가운데 아즈라이트가 손가락으로 가리킨 곳.

그곳에서는 양손에 발톱 수갑을 장비한 톰 씨의 정수리가 뚫려 빛의 먼지가 되었고.

──**뚱뚱한** 고양이로 변한 뒤 '야아옹'이라고 한 번 울음소리를 낸 뒤 사라졌다.

"……어라, …………어?"

"……분신이 맞은 거 아닐까?"

"아, 아니야. 분명 본체였을 텐데…… 어라?"

다시 톰 씨를 보니 시각 분신이 사라져서 혼자 남아 있었다.

하지만 그 한 사람이 다시 두 사람으로 증식했고── 그 직후에 내가 봐도 **원래 있었던 쪽**이라는 것을 알 수 있는 톰 씨가 레이저로 인해 벌집이 되었다.

하지만 본체일 텐데 다시 고양이로 변해 '야아옹'이라고 운 뒤 사라졌다.

그리고 분신인 톰 씨가 세 번째 증식을 시작했다. 다시 여덟 개의 실체 분신이 되어 초음속 기동으로 시각 분신을 만들어내며 센트리 건을 파괴해 나갔다.

"……저게, 뭐야."

아즈라이트가 이해할 수 없는 것을 보았다는 눈초리로 톰 씨를 보고 있었다.

하지만 나는 대충 톰 씨의 필살 스킬의 정체를 이해할 수 있었다.

저것은 같은 능력의 '**분신**'을 만드는 스킬이 아니었다.

——'**본체**'를 여러 개 만드는 스킬이다.

분명 '본체'의 의식은 한 사람.

하지만 그 의식이 담겨 있는 '본체'가 쓰러지면 다른 '본체'에게 의식이 넘어간다.

그리고 '본체'였던 몸은 '분신'이 된다. 여덟 명을 모두 증식하기 전에 쓰러뜨리지 않으면 살아남아서 다시 증식한다…… 절대로 쓰러뜨릴 수 없는 필살 스킬.

그것이 선대 결투왕 톰 캣의 엠브리오, 그리말킨의 힘.

"아즈라이트도 몰랐어?"

"분신을 만든다는 것밖에 몰랐어. ……직접 시합을 본 적은 없었으니까."

그렇구나. 나도 처음 보는 거라 충격을 받았다.

『저렇게까지 생존능력이 뛰어난 〈엠브리오〉도 그리 많지는 않을 게다.』

그래.

……그리고 저런 능력을 보니 피가로 씨가 이긴 흐름도 추측할 수 있겠다.

아마 피가로 씨는 저 초음속 맹공을 견뎌내며 계속 버텼을 것이다.

그리고 시간에 비례해서 강화되는 힘을 최대한 사용해서 다시 증식할 기회를 주지 않고 단숨에 모두 쓰러뜨렸을 것이다.

그런 반면, 줄리엣이 현재 3위인 캐시미어가 실력이 더 뛰어나다 해도 상성차이 때문에 이길 수 없다고 말했던 이유는 분명 저 분신이 다시 증식하기 전에 쓰러뜨릴 수 있는 수단이 없기 때문일 것이다.

마찬가지로 나도 승산이 전혀 없을 것 같다.

"〈초급〉이 아닌 게 신기할 정도네……."

내가 한 말에 네메시스가 무기 상태로 고개를 끄덕인 것을 느끼며 우리는 톰 씨가 그 방을 정리하는 것을 관전했다.

◇

실내에 있던 기계를 정리한 뒤, 톰 씨는 통로에 있던 우리를 보았는지 손을 흔들며 걸어왔다.

"아~, 레이 군하고…… 낯선 가면을 쓴 아가씨. 안녕~."

"야옹~."

몇 번이나 사라졌던 그리말킨도 당연하다는 듯이 톰 씨의 머리 위에 올라가 있었다.

"고생하셨어요. ……엄청난 전투던데요."

"뭐~, 그렇지~. 숫자가 좀 많아서~. 열심히 싸웠지~."

톰 씨는 그렇게 말하고 나서 몸을 앞으로 굽히며 '휴우~', 숨을 크게 내쉬었다.

"솔직히, 피곤해~."

"…………."

말 그대로 피곤하긴 하겠지만, 머리 위에 고양이가 있으니 '고양이의 무게에 졌습니다~'라고 하는 것처럼 보이기도 했다.

"나는 오늘 탐색을 여기까지만 하고 여관으로 돌아갈래~. 아, 이 방은 탐색해도 돼. 함정도 저게 전부일 테니까~."

"아, 감사합니다."

"……고마워. 그런데 당신은 탐색 안 해도 돼?"

아즈라이트가 한 말을 듣고 나도 고개를 끄덕였다. 톰 씨는 몬스터와 함정을 정리하기만 했을뿐, 매직 아이템 같은 걸 찾지도 않았다.

그러기는커녕, 쓰러뜨린 몬스터가 남긴 저 잔해도 회수하지 않았다.

"응. 나는 저거 필요 없으니까~. 마음대로 해~."

"야옹~."

톰 씨는 그렇게 말하고 나서 손을 살랑살랑 흔들며 떠나갔다.

그 모습이 통로 모퉁이를 지나 보이지 않게 되자 네메시스가 조용히 중얼거렸다.

『저 녀석은 여기 뭐하러 온 게지?』

나도 네메시스 같은 의문이 들긴 했지만, 지금은 조사하기 위해 호의를 받아들이기로 했다.

우리는 실버 위에서 내려 방안을 탐색했다. 네메시스도 인간 형태로 돌아와 있다.

이곳저곳에 기계의 잔해가 굴러다녀서 걸어 다니기 힘들었지만, 그 방은 크리스탈이 있던 방과 비슷했다.

이 방 안에서 가장 눈길을 끄는 것은 벽에 크게 장식된 벽화일 것이다.

하지만 그것은 벽에 그려져 있다고 하기보다는 열을 가해 인쇄된 것처럼 보였다.

벽면에는 수많은 사람들과 수많은 짐승들이 맞부딪히는 광경과 성 같은 것의 위에 수많은 짐승들이 서서 울부짖는 광경이 이어져서 묘사되어 있었다.

그 아래에는 어떤 글자가 적혀 있었지만, 거리에서 볼 수 있는 글자처럼 자동으로 번역될 낌새는 보이지 않았다.

뭔가 중요한 것 같은데.

"아즈라이트는 뭐라고 적혀 있는지 읽을 수 있어?"

"……모르겠어."

티안인 아즈라이트도 모르는 걸 보니 이건 〈Infinite Dendrogram〉의 일반적인 언어가 아니라 선선대 문명의 고대어 같은 건가?

그렇다면…… 지상에 있는 마리오 선생님 같은 사람에게 읽어 달라고 할 수밖에 없다.

"아즈라이트. 카메라 같은 거 없어? 가능하면 폴라로이드나 디지털 카메라로."

"폴라로이드나 디지털 카메라가 뭔지는 모르겠지만……, 바로 현상할 수 있는 마법 카메라는 있어."

아즈라이트는 그렇게 말한 다음 아이템 박스에서 폴라로이드 카메라와 비슷한 물건을 꺼냈다. 역시 조사하러 온 거라 여러모 로 준비한 모양이었다.

아즈라이트는 곧바로 사진을 몇 장 찍은 다음 벽 전체를 찍은 사진과 글자 부분을 확대해서 찍은 사진을 내게 건넸다.

"그 고고학자에게 보여줄 거지?"

"그래. 그럴 생각인데……"

"상관없긴 한데, ……번역 결과는 나한테도 알려줘야 해?"

"그야 물론이지."

나는 사진을 받아들었다.

그런데 아즈라이트는 마리오 선생님이 뭔가 마음에 걸리는 구 석이 있는 것 같다. 어제 '고고학자가 지금 있는 게 이상하다'라 는 말을 하기도 했고, 의심하는 건가?

하지만 지금은 고고학자가 마리오 선생님밖에 없으니 어차피 이 글의 내용을 알아내려면 마리오 선생님에게 물어봐야만 한다.

"아즈라이트는 마리오 선생님을 믿을 수가 없어?"

"믿을 수가 없다기보다는, 솔직히 말해서 외부인이 너무 관여하지 않았으면 좋겠어. 더 몰래 조사할 수 있었다면 좋았을 텐데, ……지금 왕국의 기관에는 고고학에 정통한 사람이 거의 없으니까."

"그렇구나."

"그래. 선생님…… [대현자]께서 그쪽으로도 지식을 가지고 계셨는데, 저번 전쟁 때 돌아가셔버렸어. 지식을 가지고 있던 그의 제자도 전쟁 때, 그리고 그 전에 [글로리아]의 습격 때 죽어버렸으니까……."

"그래……."

릴리아나에게 기사단이 큰 피해를 입어서 힘들다는 말은 예전에 들은 적이 있는데, 기사단 말고도 너덜너덜한 상태구나.

"이 〈유적〉은 생각했던 것보다 넓은 것 같고, 고대문자도 전문용어가 많아서 어려워. 외부의 협력이 없으면 여기가 어떤 공장이었는지 모르겠네."

"그래? 여기서 뭘 만들고 있었는지는 이미 알잖아?"

"……뭐?"

아즈라이트는 뜻밖이라는 표정을 지었지만, 이미 알고 있는 사실을 통해 그것을 추측하는 것은 그리 어렵지 않다.

마리오 선생님에게 감정하러 가져왔던 매직 아이템급의 튼튼함을 자랑하는 강판과 레이저 발사 장치용 인공 다이아.

그리고 2000년 이상 지난 문명의 〈유적〉을 지키고 있는 것치고는 기계장치 몬스터들의 움직임에 전혀 문제가 없었다.

마찬가지로 〈유적〉을 지키고 있던 센트리 건은 절반 정도가 움직이지 못하게 되었는데, 우리와 톰 씨가 벌인 전투를 생각해 보면 녀석들의 무기는 동작 불량을 일으키지도 않았다.

그러니까 여기서 만들었던 것은 십중팔구…….

"여기는 기계장치 몬스터를 양산하는 공장. 다시 말해 병기 공장이야."

우리가 쓰러뜨린 것은 옛날부터 여기를 지키고 있던 경비원이 아니다.

최근에 만들어진 신형이었던 것이다.

"병기, 공장……."

아즈라이트는 내 추측을 듣고 생각에 잠긴 듯이 이마에 손을 짚었다.

여기가 병기 공장이라면 잘만 사용하면 분명히 왕국의 전력이 될 것이다.

국력, 군사력을 키우려면 더할 나위가 없다.

하지만…… 한 가지 문제가 있다.

"레이……. 여기가 병기 공장이고 이 기계장치가 제품이라면, 의문이 한 가지 생기는데."

"그래. 나도 알아."

아즈라이트가 무슨 말을 하고 싶은지, 나도 잘 알고 있다.

이 기계장치 몬스터에 대해 처음 드는 의문은…….

"[티르 울프]나 [고블린 워리어]처럼 상관이 없는 이름이 뜨는 이유를 모르겠다는 거지?"

"그래."

일반적으로 몬스터는 종족 이름이 머리 위에 뜨게 된다. 그것은 골렘 등의 몬스터도 마찬가지다.

하지만 이 녀석들은 다르다. 겉으로 보기에는 두 종류인데 머리 위에 뜨는 이름은 제각각이다. 그것도 기계와는 전혀 관련이 없을 것 같은 이름이다.

그것을 통해 답을 생각해본다면, 그 기계장치는 생산하는데 다른 몬스터를 재료로 삼을 필요가 있을 가능성이 있다.

처음에 쓰러뜨렸던 기계 안쪽에서 모피가 삐져 나왔던 것도 그렇고, 그럴 가능성이 크다.

하지만······.

"그렇게 조작한 몬스터는······ 소재와는 이름이 다르게 변하지 않았는고?"

"······그렇단 말이지."

프랭클린의 개조 몬스터가 이해하기 쉬운 사례다.

몬스터를 기반으로 만들었고, 이름이 달랐다. 이곳이 몬스터를 재료로 삼아 기계장치 개조 몬스터를 만드는 공장이라면 이름이 원래대로 남아 있다는 것이 걸린다.

어떤 기계의 종류에 따라 통일된 이름을 지니게 될 텐데.

그리고 개조 몬스터라 해도 쓰러지면 전부 다 먼지로 변할 텐데, 기계가 남는다. 영문을 알 수가 없다.

"그건 그렇고 이 녀석들은 유고의 〈마징기어〉와 비슷하게 생겼구나."

"뭐, 그건 그 망할 백의네 클랜에서 만든 거지만, 기술은 드라이프의 기술이니까. 드라이프의 기술 자체가 선선대 문명의 기계를 해석한 거니까 그런 관계 때문에……!"

그렇게 말하던 도중에…… 깨달아버렸다.

〈마징기어〉.
선선대 문명의 기술.
실버와 레플리카.
동력로의 유무.
공장의 〈유적〉과 기계장치 몬스터.

그 키워드들이 머릿속에 떠올라서 하나로 이어지는 감각.
그리고 나온 결론을 생각하고…… 나는 입을 막았다.
"레이? 왜 그러는 게냐?"
"안색이 안 좋은데."
두 사람이 걱정스러운 듯이 이쪽을 보고 있었다.
안색이 정말 급하게 안 좋아진 모양이었다.
하지만 내가 그렇게 되더라도 이상할 게 없다는 생각이 들 정도로 이 결론은 지독하다.
이 느낌은 고즈메이즈 산적단의 아지트 지하에 들어갔을 때와 비슷하다.
…………속이 뒤집힐 것 같다.
"……레이, 뭔가 알아내었는가?"

"이 녀석들, 몬스터가 아니야……."

네메시스의 물음에 그렇게 대답했지만, 두 사람은 고개를 갸웃거렸다.

그래서 나도 계속 말했다.

이 〈유적〉의 답을, 말했다.

"이 녀석들은……, 여기에 굴러다니는 기계는 전부…… **특수장비**야."

"뭐?"

아즈라이트는 그 말을 듣고 마찬가지로 특수장비인 내 실버를 보았다.

네메시스는 눈을 깜빡이면서 〈마징기어〉를 떠올리고 있는 것 같았다.

"그래도 아까는 머리 위에 이름이."

"**장비하고 있던** 몬스터가 죽어서 사라진 거야. 그리고 특수장비만 남은 거지…… 그게 다야."

"그렇다면 몬스터가 무장해서 습격했다는 건가?"

"아니야. 그랬다면 [고블린 워리어]하고 [퍼시 래빗] 같은 완전히 다른 종족 몬스터끼리 연합할 리가 없지. 그리고 톰 씨는 50마리가 넘는 적과 동시에 싸우고 있었는데, 그때 그 녀석들이 서로 싸웠던가?"

"…………아니."

그렇지 않았다.

"녀석들은 마치 하나의 의지에 통솔되는 것처럼 완벽한 연계를 이루며 톰 씨와 싸우고 있었어."

그렇다, 통솔되고 있었다. 안에 들어 있는 몬스터 따위는
상관없이.

"레이, 설마……."

내가 무슨 생각을 하고 있는지 눈치챘는지, 네메시스가 멍하게
주위의 잔해를 보았다.

그리고 내가 이 녀석들의 정체에 대해 말했다.

"이 녀석들은—— **장착한 자의 몸을 뺏는** 특수장비라고."

"?!"

내가 한 말을 듣고 아즈라이트는 매우 큰 충격을 받은 것 같았다.

하지만 이 생각은 틀림없을 것 같았다.

장비는 장착한 자에게 도움이 되는 효과만 주는 것만 있는 게 아
니다. 이미 흔적도 없이 사라져버렸지만, 예전에 사용하던 장비의
원형이었던 [커스드 블러디 리제네레이트 아머]도 그랬다.

"저주받은 특수장비…… 아니, 원래 구조가 그런 식인가?"

"잠깐, 레이. 잠깐……!"

내가 한 말을 받아들일 수가 없는지, 아즈라이트가 물었다.

"어째서 그런 특수장비가 있는 거지?"

"……내 실버는 오리지널 황옥마야. 내부에 스스로 MP를 만
들어내는 기관이 있으니까 달리는데 MP를 소비하지 않지."

예전에 유고에게 들었던 이야기다. 선선대 문명의 기계는 MP를

스스로 만들어냈다고.

실버는 정식 기체가 아니라 시험제작기나 실험기인 모양이지만, 탑재된 시스템은 마찬가지일 것이다.

하지만 오리지널이 아닌 레플리카 황옥마는 그렇지 않다고 선배가 말했다.

"그에 비해 레플리카 황옥마는 탄 사람의 MP를 소비해서 움직이지. 아마 레플리카는 비용 문제 때문에 그렇게 만들었을 거야. 양산형에는 MP를 만들어내는 기관을 탑재하지 못했던 거지."

그렇게 성능이 뛰어나니까.

할 수만 있었다면 오리지널을 더 많이 만들었을 테고, 더 많이 남아 있었을 것이다.

하지만 남아 있던 것은 거의 대부분 레플리카…… 양산형이라고 한다.

"그럼 이 녀석들은?"

"……!!"

"우리가 마주친 것만 해도 벌써 수십 개가 부서진 이 녀석들은 그 기관을 탑재한 고급품일까, 아니면 양산형일까."

"…………."

"알겠지? 이 녀석들은 양산형이야. 그래서…… **연료**로 사용할 다른 생물을 필요로 하는 거지."

그래, 전투병기로만 따지면 우수하다.

오리지널 황옥마처럼 고급스럽게 만들지 않아도 된다.

숫자도 꽤 많이 마련할 수 있다. [퍼시 래빗]이나 [티르 울프]

같은 약한 몬스터에 **장착시켜도** 충분히 움직일 수 있을 정도로 MP 효율도 좋다.

'전력이 되지 않는 것'이 어엿한 전력으로 바뀐다는 것까지 포함해서, 병기로서 우수하다 할 수 있을 것이다.

구역질이 난다.

"……내가 어제, 처음 이 기체를 봤을 때, 그 녀석은 샤리를 공격하고 있었어. ……하지만, 죽이려 하지는 않았지."

내게는 갑자기 화기로 공격했는데, 샤리에게는 그러지 않았다.

〈마스터〉는 공격했는데, 티안에게는 그러지 않았다.

"그건…… 사로잡으려 했기 때문이야."

"……설마?!"

아즈라이트가 매우 초조해하는 목소리로 말하자 나는 고개를 끄덕였다.

그리고 구역질이 날 것 같은 대답을 했다.

"이 녀석들, 인간(티안)도 연료로만 보는 거라고."

■어떤 병기의 개발에 관하여

황옥인.

그것은 지극히 인간에 가깝고, 인간을 뛰어넘은 힘을 지닌 자동 인형이다.

기술이 뛰어난 선선대 문명에서도 황옥인은 기술적인 도달점 중 하나라고 칭해졌다.

마도 기계공학과 마도 생물학의 완전한 융합이자 조형미와 기능미의 극치라고.

아름다운 인형이자 사람과 이야기를 나눌 수 있는 지성을 지녔고 움직임은 훈련된 사람과 비슷하다.

전투를 벌이더라도 전투 계열 초급 직업에 필적하거나 능가하는 성능을 자랑한다. 그것은 당시의 [초투사]가 [다이아몬드 슬레이어(금강석지말살자)]라는 황옥인에게 생채기 하나 내지 못하고 패배했다는 사실로도 알 수 있다.

전투 계열 초급 직업이 탑승하는 기체로 널리 알려진 황옥마와 더불어 황옥인은 명공 플래그맨이 손수 만든 작품 중에서도 손꼽히는 존재였다.

그렇기 때문에 황옥마와 마찬가지로 양산이 검토된 것은 지극히 당연하다 할 수 있다.

물론 양산화 과정에서 제거한 기능도 많다. 황옥마의 경우에는 비용이 많이 들기 짝이 없는 동력로를 탑재하지 않고 탑승자에게 마력 공급을 받는 방식을 채용했고, 특수기능을 제거함으로써 양산을 가능케 했다.

그렇다면 황옥인의 경우에는 어떨까.

우선 양산함에 있어서 동력로를 제거하는 것은 황옥마와 마찬가지다.

하지만 사람이 탑승하는 것이 전제인 황옥마와는 달리 원래 황옥인은 독립적으로 운용하는 것을 전제로 삼고 있다. 인간이 탑승하여 마력 공급을 한다면 그 시점에서 황옥인의 원래 컨셉이 무너진다.

또한 조형을 놓고 보더라도 플래그맨이 손수 만든 것과는 달리 사람과 비슷하면서도 사람을 뛰어넘는 아름다움은 바랄 수 없다.

그리고 당연히 각 황옥인이 지니고 있는 특수기능도 탑재할 수가 없다.

결과적으로 완성된 설계도에 그려지게 된 것은 '사람이 탑승하여 마력을 공급하고', '조형도 투박한 인간형 기계와 비슷하고', '특수기능을 부여하지 않고 외부 무장으로 커버하는' 기체.

대충 따지자면 2000년 뒤에 드라이프 황국에서 운용되고 있는 인간형 기체인 〈마징기어〉와 유사하다 할 수 있다.

황옥인과는 전혀 비슷하지 않은 별개의 기체.

설계도를 완성한 플래그맨 자신도 불만이었기에 양산 계획은 일단 동결되었다.

실제로 기체도 제작하지 않았기에 후세에 드라이프 황국이 〈유적〉의 기술과 부산물로부터 〈마징기어〉를 개발하기 시작했을 때도 전차형이나 갑주형은 존재했지만, 인간형은 없었다.

하지만 동결된 황옥인의 양산 계획은 '화신'의 침공으로 인해 다시 움직이기 시작한다.

모든 인류의 생존을 건 싸움…… 조금이라도 전력이 필요했다.

큰 전력은 황옥룡 등, 새롭게 만든 거대 병기가 맡고 있었지만, 숫자가 너무나도 부족했다.

여러 개 있던 보병사단은 한없이 많은 '짐승의 화신'으로 인해 괴멸당했다.

대량으로 마련할 수 있고, 양산형 황옥마와는 달리 단독으로도 전력이 될 수 있는 존재가 필요했다.

동결되었던 양산형 황옥인이 다시 빛을 보게 된 것은 그 때문이다.

플래그맨은 양산형 황옥인, 즉 황옥병을 다시 설계하고 자동 생산 플랜트를 급하게 건조했다.

하지만 그때 한 가지 문제가 생겼다.

초기에 세운 계획에서 황옥병은 훈련된 [조종사]가 운용할 것을 상정하고 있었다.

하지만 '화신'의 침공으로 인해 많은 병사들을 잃었기에 병사가 될 인재도 부족했다.

이대로 가다가는 황옥병을 많이 만든다 해도 파일럿이 부족하게 된다, 플래그맨은 그렇게 고민했다.

고갈된 인재, 그것은 해결할 수 없는 문제로 보였지만 천재 플래그맨은 어떤 해법을 찾아냈다.

——사람을 태울 필요는 없다.

황옥병에 사람을 태우려는 이유는 비용이 많이 들어 양산할 수가 없는 동력으로 대신 마력을 공급할 자가 필요했기 때문이다.

하지만 마력을 공급하기만 하는 거라면 다른 방식도 있다.

몬스터로 대표되는 비인간 범주 생물을 마력의 공급원으로 격납시키면 된다.

안에 들어 있는 공급원이 조작할 필요는 없다, 전투 행동은 프로그램으로 대처하면 된다.

플래그맨에게는 빛이 보였다. 희망이 보였다.

하지만 그때, 어떤 문제에 직면하게 된다.

그것은 '공급원, 그리고 적성 대상의 식별을 어떻게 할 것인가' 이다.

항상 지휘관과 기술자가 컨트롤하는 방법도 있지만, '화신'의 침공은 매우 거셌기에 지휘자가 전멸할 우려도 있었다.

이 시스템을 원활하게 움직이려면 철저한 무인화가 필요하다.

가능하다면 플랜트 하나만 있으면 자동으로 양산을 진행하고, '화신'과 계속 싸울 수 있는 것이 바람직할 거라고 플래그맨은 생각했다.

하지만 양산기였기 때문에 그렇게까지 고도로 설정할 수는 없다.

그러자 플래그맨은 두 가지의 단순한 설정으로 이 문제를 해결했다.

한 가지는 '현재 대륙에 살고 있는 모든 인간 범주 생물의 종류를 등록하고 공급원 및 적성 대상에서 제외한다'는 설정.

다른 한 가지는 '적성 대상의 위협도를 측정하여 C 이상이라면 섬멸하고, D 이하라면 공급원으로 삼는다'는 설정.

"이렇게 하면 자동적으로 공급원을 확보하며 '화신'과 위험한 비인간 범주 생물과 싸우는 자를…… 영원한 희망이 될 병사를 만들 수 있다."

플래그맨은 그렇게 생각하며 황옥병의 자동 생산 플랜트를 완성시켰다.

하지만 바로 가동시키면 '화신'에게 들켜서 플랜트가 바로 파괴당하게 될 것이라고도 생각했다.

그렇기 때문에 슬립 모드로 대기시키고 '화신'에게 들키지 않게 천천히 황옥병을 양산하게끔 세팅했다.

그리고 몇 가지 조건이 겹쳐졌을 때, 공급원을 확보하기 위해 움직이고…… '화신'과 싸우게끔 했다.

그렇게 다른 〈유적〉과 마찬가지로 황옥병의 자동 생산 플랜트가 미래로 남겨졌다.

이러한 과정 중에 황옥병 자동 생산 플랜트가 '에러'로 변한 이유, ……그 천재의 가장 큰 설계 미스가 존재한다.

그것은 '공급원 및 적성 대상' 설정이다.

〈유적〉이 남겨진 것은 2000여 년 전이다. 황옥병에 설정되어 있던 프로그램의 '비인간 범주 생물'의 **인종 리스트**도 2000여 년 전 것이다.

——2000년이라는 시간이 지나면 인간(티안)이라 해도 인종 리스트와 다른 점이 생긴다.

게다가 '화신'의 침공으로 인해 대기의 마력 변화를 비롯한 환경 이상이 거세진 시대 이후다.

극도로 추운 지역에 사는 사람이 세대를 거쳐 털이 많이 나게 되는 것처럼, 환경에 적응하기 위해 인간(티안)이 환경에 적응하여 약간이나마 진화하더라도 이상하지는 않다.

그리고 황옥병의 프로그램은 진화로 인한 약간의 차이를 **이해하지 못한다.**

인종 리스트와 차이가 난다면—— **인간이 아니라고** 판단한다.

황옥인이었다면 이해할 수 있었겠지만, 양산형인 황옥병에게 그 정도의 지성은 없다.

결론을 말하자면, 인간을 지키기 위해 남겨진 황옥병은—— 인간(티안)을 마력 공급원이나 적성 대상으로만 간주하게 되었다.

□[황기병] 레이 스탈링

이 기계가 '티안을 연료로만 본다'고 말한 다음, 아즈라이트는 파랗게 질린 얼굴로 잔해를 보고 있었다.

그녀는 이 〈유적〉에 왕국의 위기를 타파할 수 있는 계기를 찾으러 왔다. 그런데 발견된 것이 인간을 연료로 삼아 움직이는 살인기계 공장이었으니 충격을 받을 만도 하다.

"레이가 추측한 게 사실이라면, 이것들은 마치 고즈메이즈 산적단 같구나……."

네메시스가 무슨 말을 하려는 것인지는 이해가 된다.

몬스터든 티안이든, 이 녀석들에게는 상관이 없다.

생명을 그저 동력원으로만 보고 있다.

그렇기 때문에 바깥을 돌아다니며 모아서 동료의 안쪽에 연료로 던져넣고 있다.

그때 눈치채지 못했다면 샤리도 마찬가지로 연료가 되었을 것이다.

……그런 상상을 하는 것만으로도 소름이 끼쳤다.

혹시나…… 이미 희생된 사람도 있을지 모른다.

"…………속이 뒤집힐 것 같네."

사람을 도구로만 보며 그 생명을 연료로 삼는다.

정말…… 고즈메이즈 산적단의 [대사령(리치)] 메이즈와 비슷했다.

그 녀석도 어린애를 소재와 돈으로만 보았다.

이 기계의 정체를 눈치챈 내가 기분이 나빠진 가장 큰 이유가 그것 때문이다.

이것들은 그 최악의 기억과 너무 비슷했다.

나는 한숨을 쉬고 발치를 내려다보았다.

"……아."

그렇게 내려다본 곳에 있었던 것은 공교롭게도 내가 떠올린 것과 깊은 관계가 있는 것—— [자원주갑 고즈메이즈]였다.

예전에 고즈메이즈 산적단이라 자칭하며 기데온을 공포에 떨게 하고 죽은 뒤에도 [원령우마]로서 마구 날뛰었던 존재.

지금은 마찬가지로 특전무구로 변한 [갈드랜더]가 '아무런 의지도 남아 있지 않다'라고 딱 잘라 말한 그들의 말로.

이것은 내게 그 지하에서 최악의 기억을 연상케 만드는 장비이기도 하다.

"……하지만."

하지만…… 이 [자원주갑]이 없었다면 그날 밤 기데온에서 프랭클린이 꾸민 게임을 이겨낼 수 없었을 것이다.

원래는 최악의 힘이었던 [자원주갑]과 선선대 문명이 남긴 실버가 있었기 때문에 그 무시무시한 [RSK]를 쓰러뜨릴 수 있었다.

원래는 무시무시하고 역겨운 존재였지만, 그것이 없었다면 개척할 수 없었던 미래도 있었다.

"……고즈메이즈 산적단과 마찬가지라고."

이 [자원주갑]의 힘은 그 [원령우마]와 마찬가지지만, 해낸 일은 정반대였다.

……그렇다면 이 〈유적〉도 마찬가지일지도 모른다.

"아즈라이트."

"…………레이."

아즈라이트는 왠지 불안한 듯이 이쪽을 돌아보았다.

"이곳의 조사에 대해서 내 의견을 말해도 될까?"

"……부탁할게."

"현재 가동 중인 것 같은 이 공장을 멈추고, 움직이고 있는 기계장치는 박살 내야 한다고 생각해."

"…………그럴 수밖에, 없겠지."

이 〈유적〉은 너무나도 위험하다.

이곳이 공장인 이상, 방치하면 그만큼 그 기계가 늘어날 우려가 있다.

그와 동시에 연료가 되는 희생자도 늘어날 것이다.

게다가 그 속도는 분명 빠를 것이다. 내부에 있던 몬스터가 생존해 있었던 것을 고려하면 기계가 지상에 나타나기 시작한 것은 최근일 테고.

추측하자면 이 〈유적〉이 발견된 계기인 지각 변동 직후일 것이다.

그 때문에 지상으로 길이 이어졌고, 기계가 외부로 나와 공급원을 확보하기 시작했다.

그렇게 짧은 기간만에 이렇게 많은 숫자가 가동되고 있다. 방치하면 저장되어 있던 기계가 더 움직이기 시작할 것이고, 양산되어 지상으로 나올 가능성도 크다.

빠르게 생산을 멈출 필요가 있다.

그리고…….

"그런 다음에 이 〈유적〉의 기술을 이용할 방법을 검토하면 돼."

"…………뭐?"

내가 한 말을 듣고 아즈라이트는 깜짝 놀란 표정을 지었다.

"이 〈유적〉의 기술을, 쓴다고?"

"아즈라이트는 그럴 생각으로 여기를 조사하러 온 거잖아?"

"그래……. 하지만 이 〈유적〉은 위험하고 무시무시한 힘이잖아?"

"그건 나도 알아. 그러니까 지금 움직이고 있는 기계를 부술 거고, 공장도 부숴서라도 멈출 거야."

그것은 이미 확정된 사항이다.

이런 식인, 살인기계를 방치할 정도로 뒷맛이 씁쓸한 일은 별로 없다.

"하지만, 나중에 이곳의 기술이나 도구로부터 왕국…… 사람을 위해 사용할 수 있는 것을 찾을 수도 있을 거야."

몬스터에게 입혀서 사용할 수도 없을 테고, 티안이 사용하기에도 문제가 많으니 그대로 사용할 수는 없겠지만.

그래도 이곳은 선선대 문명 기술의 보고다.

과거 사람들이 미래의 사람들을 위해 희망을 남긴 장소.

그 안에 사람을 구할 것이 전혀 없지는 않을 것이다.

……아니, 나 자신이 그랬으면 좋겠다고 생각하는 건가?

"그래도 이건 위험해. 올바르게 사용할 수 있을지는 모르겠어……."

아즈라이트가 하고 싶은 말은 충분하고도 남을 만큼 이해가 된다.

나도 반쯤 그렇게 생각하고 있다. 이곳은 틀림없이 위험하니까 정말로 아무것도 남기지 않고, 아무것도 가져가지 않고 없애버려야 할지도 모른다.

하지만…….

"어떤 힘이라 해도 올바르게 사용할 수 있을지는 아무도 몰라. 하지만, 어떤 힘이라 해도…… 올바르게 사용하려고 하는 건 잘못이 아니야."

"……!"

이 〈유적〉이 만들고 있는 기계는 최악이다.

하지만 혹시나 이 최악이 미래를 개척할 열쇠가 될지도 모른다.

예전에 [고즈메이즈]가 그랬듯이.

"힘 자체에 선악은 없고, 힘을 사용하는 의지에만 선악이 있다…… 지금은 그렇게 생각해. 그러니까 지금은 생물을 연료로 간주하며 사냥하려 하는 그 의지(시스템)를 파괴하자. 그런 다음에는 왕국의 의지로 힘을 어떻게 다룰지 정하면 되겠지."

"힘과, 의지…….."

"결국 힘을 사용하는 녀석이 잘못되었는지 아닌지…… 아니, 무엇을 하고 싶은지가 중요하니까."

"…………."

아즈라이트는 내가 한 말을 들은 뒤 나와 네메시스를 보았고, ……그런 다음 어젯밤에도 그랬던 것처럼 그녀의 검을 보았다.

"그건…… 당신들도 마찬가지구나."

당신들이라는 말이 나와 네메시스, 그렇게 두 사람을 칭하는 말이 아니라는 것은 알 수 있었다.

아마도 〈마스터〉와 〈엠브리오〉, 그 자체를 일컫는 말일 테고.

〈마스터〉의 힘(엠브리오)은 예전에 드라이프의 의지에 따라 왕국을 유린했다.

하지만 다른 의지를 지닌 같은 힘(엠브리오)으로 그것을 막으려 한 〈마스터〉도 있다.

그래, 똑같은 거다.

"……알겠어."

아즈라이트는 그렇게 말한 뒤 발걸음을 돌려 통로 쪽으로 걸어갔다.

"일단 지상으로 돌아가야지. 카르티에 라탱 백작 부인하고도 이야기를 나누어야 하니까……. 당신의 의견도 포함해서 말이야."

"……그래!"

우리는 넓은 방을 나와서 왔을 때와 마찬가지로 실버의 등에 타고 지상으로 향했다.

그렇게 돌아가던 도중에.

"레이."

뒤에 앉아 있던 아즈라이트가 내 등을 향해 중얼거리는 듯이 말을 걸었다.

"내게 희망을 줘서 고마워. 지금도…… 그리고 그때도."

그녀가 말한 '그때'가 언제인지 나는 알 수가 없었다.

하지만 그렇게 말한 그녀의 목소리는…… 조금이나마 좀 전보다는 기운이 담겨 있었다.

◇

지상으로 돌아온 뒤, 우리는 모험자 길드로 향했다.

그 이유는 그 기계에 대한 정보를 전달하기 위해, 그리고 주변 지역을 돌아다니고 있는 기계를 파괴하고 〈유적〉을 감시하는 퀘스트를 의뢰하기 위해서다.

아즈라이트는 왕국 명의로 퀘스트를 발주하는 권한도 맡고 있는 모양이라 긴급 의뢰로 발행한다고 했다.

〈마스터〉를 대상으로 돌아다니는 기계를 토벌하는 퀘스트가 고액의 보수와 함께 인원수 무제한으로 발주되었고, 길드 안에 있던 〈마스터〉들이 곧바로 수주해갔다.

〈유적〉의 감시는 길드의 숙련된 티안이 맡을 모양이었다.

"그것들 하나하나는 상급 직업 전투 계열 〈마스터〉라면 고전할 정도는 아니야. 바깥을 돌아다니면서 연료를 모으고 있는 자동 기계가 사라지면 새로운 자동 기계가 움직이기 시작하지도 않을 테니…… 이제 시간은 좀 벌었네."

기계의 피해에 대해서는 우선 안심해도 될 것 같다.

그리고 〈유적〉 내부의 공장으로 이어지는 길의 탐색도 퀘스트로 발행되었다.

우리가 도착한 그 넓은 공간은 거기서 막혔다. 그리고 돌아오는 길에도 기계가 추가로 나오지는 않았다.

공장은 우리가 지나간 곳이 아닌 다른 길이나 그 입구 말고 다른 출입구 너머에 있을 가능성이 크다.

공장을 정지하기 위해서라도 우선 공장 그 자체를 발견해야만 한다.

"그쪽은 발견되기까지 기다릴 수밖에 없나."

"그래. 오늘 밤 안에라도 공장이 발견되면 내일 아침에 정지 퀘스트를 발행해서 사람들을 움직일 거야. 이건 백작 부인과 의논할 필요가 있으니까 나중에 가자."

"그래."

아즈라이트의 안색은 지하에 있을 때보다 꽤 좋아진 상태였다.

〈유적〉의 위험에 대책을 세운 것과 〈유적〉에 대한 희망을 품을 수 있었던 것이 크게 작용한 거겠지.

모험자 길드를 나선 뒤, 아즈라이트와 다시 백작 부인에게 갔다. 이번에는 나도 같이 저택 안으로 들어가 〈유적〉 안에서 본 기계와 그것이 얼마나 위험한지 증언했다.

"그래요……, 실은 오늘 주변 지역에서도 '낯선 기계장치 몬스터가 돌아다니고 있었다'는 신고가 들어왔어요. 〈유적〉 안에서 발견된 것과 같은 종류겠지요."

우리의 보고를 듣고 나서 백작 부인도 새로운 정보를 알려주었다.

"〈유적〉 바깥으로 나와 있었던 게 레이가 말했던 개체뿐만이 아니었구나."

"이미 가동되고 있었던 소수가 연료로 삼을 생물을 확보했기 때문에 다른 기체가 움직일 수 있게 되었는지도 몰라. 이대로 가다간 가동되는 기체가 점점 늘어나서……, 잠깐."

"레이?"

그렇게 이야기하면서 어떤 사실을 깨달았다.

연료를 손에 넣었기 때문에 그 녀석들의 숫자가 늘어났다.

그래, 연료…… 내부에 생물을 넣지 않으면 그 녀석들은 움직일 수 없다.

그렇다면…….

"저기, 〈유적〉이 나타난 직후, **연료가 아예 없었을 때**, 처음에 움직인 기체는 어떻게 움직였을까?"

"!"

움직일 수가 없을 텐데.

하지만 실제로 그 녀석들은 움직이기 시작했고, 지금도 조금씩 가동되는 숫자를 늘리고 있다.

우연히 〈유적〉 안으로 들어간 생물을 넣었나?

아니면…….

"다른 생물을 쓰지 않아도 움직일 수 있는 녀석이 있나?"

예를 들면…… 실버와 마찬가지로 동력로를 탑재한 녀석이라든가.

"지휘관기라는 건가? ……있을 것 같아?"

"………."

있을지도 모른다.

그 기계를 통솔하는 양산형이 아닌 리더 기체가.

그렇다면 공장을 정지시키는 데 어려움을 겪을 것이다.

그런 의문 때문에 그 자리의 분위기가 무거워지기 시작했고.

"냠냠. 오독오독."

……옆에 있던 네메시스가 분위기를 파악하지 못하고 차려놓은 쿠키를 먹고 있었다.

"……네메시스."

"어, 어쩔 수 없었다! 오늘은 〈유적〉에 들어갔을 때 여러 가지 일들이 생겨서 점심 식사도 못했고……!"

뭐, 그야 그렇지만.

"〈유적〉에 들어가기 전에 다과회에서 가볍게 식사도 했지?"

"가볍게다! 가볍지 않느냐!"

……너, 이때다 싶으면 식욕의 화신으로 변하는구나.

게다가 이번 한 달 동안 착실하게 그 빈도가 늘어나고 있다.

"후훗."

그때, 우리들이 이야기하는 게 우스웠는지 백작 부인이 웃고 있었다.

아즈라이트도 쓴웃음을 짓고 있었다.

"저희 대식가가 폐를 끼쳐서 죄송합니다……."

"대식가는 무슨! 대식숙녀다!"

숙녀는, 그렇게, 많이 먹지 않아.

"아뇨아뇨. 괜찮아요. 네메시스도 분위기를 바꾸려고 그런 거겠죠."

분명히 그런 게 아닐 텐데.

"으, 으음! 그렇다!"

얹혀가지 마.

"이 쿠키는 제가 구운 건데, 맛은 어때요?"

"정말 맛있구나!"

네메시스는 멋진 미소를 지으며 그렇게 말했다.

그런데 백작 부인이 구운 쿠키란 말이지. 오늘 와 있던 고아원 아이들을 위해 구운 건가?

"그럼 나도 하나……, 없잖아."

접시 위에는 쿠키가 하나도 남아 있지 않았다.

부스러기조차 남아 있지 않아서 여기에 정말 쿠키가 있었는지조차 확인할 수가 없는 상태다.

네메시스…….

"♪～."

휘파람을 불면서 얼버무리려 해도 용의자는 너밖에 없거든.

"쿠키는 아직 더 있는데요, 가지고 가시겠어요?"

"으음!"

백작 부인이 그렇게 말하자, 네메시스는 곧바로 대답했다.

……이번에는 나한테도 나눠줘야 한다?

◇

239

약간 콩트가 섞이긴 했지만, 백작 부인에게 보고를 마쳤다.

그런 다음 나는 여관에서 쉬라는 말을 듣고 그곳에서 헤어졌다. 아즈라이트는 백작 부인과 둘이서 구체적인 대책을 세울 모양이었다.

길드의 우두머리와 이야기를 나눴을 때처럼 관계자들끼리만 할 수 있는 이야기도 있을 것이다.

그리고 여관의 상황을 말하자면, 어제부터 손님의 숫자가 꽤 많이 줄어들었다.

긴급 의뢰를 받고 바깥으로 나간 사람이 많아서 그럴 것이다.

저녁 식사를 하러 간 식당도 어제와 비교하면 사람이 적었다.

그런 상황이긴 하지만, 식당에 인접해 있는 응접실에 낯익은 사람이 두 명 있었다.

한 사람은 톰 씨. 〈유적〉에서 돌아와서 그리말킨과 함께 탐색하며 쌓인 피로를 온천에서 느긋하게 풀고 저녁 식사를 한 모양이었다.

지금은 마법 안마의자에 앉아 '아~. 고전적인 안마의자지만 평소에 과로로 쌓였던 피로가 조금 가시네~'라고 말하며 느긋하게 지내고 있었다.

그리고 다른 한 사람은 백작 저택에서 만났던 벨도르벨 씨였다.

그도 자신의 〈엠브리오〉들과 함께 휴게실에 있었다. 왜 이 여관에 있는지 물어보니 백작 부인이 추천하는 여관이라며 여기를 소개해준 모양이었다.

참고로 톰 씨의 그리말킨과 벨도르벨 씨의 호른이 왠지 모르겠지만 서로 노려보며 꿈쩍도 하지 않았다. 둘 다 고양이라서 그런가?

"음~. 저녁 식사는 필요 없다는 손님이 너무 많네요. 무슨 일이 생겼나요?"

여주인분, 그리고 레프티와 함께 서비스로 차와 과자를 가져온 샤리가 그렇게 물었기에 '〈유적〉에서 기계 몬스터가 나와서 토벌 긴급 퀘스트가 공포되었으니 그걸 달성하느라 바쁘겠지'라고 자세한 내용은 숨기며 대답했다.

"그 몬스터가 저를 공격했던 몬스터인가요?"

"그래, 같은 종류야."

"왠지 무섭네요."

"괜찮아요, 아가씨. 〈마스터〉분들이 열심히 싸워주고 계시니까요."

어제 있었던 일을 떠올리며 겁을 먹은 샤리를 레프티가 그렇게 말하며 안심시키고 있었다.

"그런데 참, 녀석들을 토벌하는 게 퀘스트로 나온 건 좋네~. 그 녀석들은 숫자가 너무 많으니까."

톰 씨가 이야기를 듣다가 안마의자에 앉으며 그렇게 말했다.

숫자가 너무 많다고는 해도 톰 씨는 거의 혼자서 안쪽의 넓은 방까지 있던 기계와 함정을 부쉈다.

그가 길을 터준 덕분에 우리도 그곳에 도착했고, 〈유적〉의 정체를 눈치챌 수 있었기에 오늘 공이 제일 큰 사람은 톰 씨일지도 모른다.

"여관의 상황을 보니 퀘스트를 받은 사람이 꽤 많은 것 같은데?"

"네. 토벌 상금도 많은 편이고, 기계가 그대로 남으니 '그걸 팔면 돈도 벌 수 있겠다'고 생각한 〈마스터〉도 있었죠. 왕국 쪽에서 사들이기 시작한 것 같고……?"

문득 〈유적〉에서 들었던 의문이 다시 떠올랐다.

네메시스가 말했던 '톰 씨가 뭘 하러 〈유적〉에 왔는가'라는 의문.

그때, 톰 씨는 쓰러뜨린 기계를 회수하지 않았다.

어젯밤에 만났을 때는 캐시미어와 벌일 시합에 대비해 다시 단련하고, **돈을 벌기 위해** 탐색한다고 했었다.

하지만 오늘, 성과물인 기계를 쓰러뜨린 뒤 곧바로 전부 두고 가버렸다. 그리고 넓은 방의 적을 전부 쓰러뜨렸는데도 탐색을 하지 않았다.

그게 조금 신경 쓰였다.

"흐음. 기계 몬스터라면 인간형에 가까운가?"

그때, 그렇게 생각하고 있자니 벨도르벨 씨가 물었다.

"네."

"그렇다면 이 카르티에 라탱으로 오기 전에 쓰러뜨린 것과 같은 종류일지도 모르겠군."

벨도르벨 씨는 그렇게 말하고 아이템 박스에서 기계의 잔해를 꺼냈다.

그것은 그 화기형의 머리가 분명했다.

"네. 이거예요. ……쓰러뜨리신 건가요?"

벨도르벨 씨는 비전투 직업인 음악가일 텐데.

"뭐, 방법은 있지. 그리고 싸우지도 못하면 몬스터가 돌아다니는 지역에서 여행도 할 수가 없으니까."

"역시 [주악왕(킹 오브 오케스트라)]이라고 해야 하나~."

벨도르벨 씨의 말을 들으며 '그렇긴 하지'라고 생각하고 있자니 톰 씨가 그렇게 말했다. [주악왕]?

"흐음. 《간파》인가? 기척이 나지는 않았다만."

"뭐, 이쪽도 [묘신]이니까~."

"아, 자네가 그 '괴물 고양이 저택'이었나? 그럼 다시 자기소개하지. 지휘자 계통 초급 직업, [주악왕] 벨도르벨이다."

"고양이 특화 초급 직업인 [묘신] 톰 캣. 뭐, 잘 부탁해~."

……고양이 특화 초급 직업이라니, 그게 뭘까.

전투 스타일하고 고양이가 그렇게까지 밀접한 관계는 아니잖아요?

"흐음. 초급 직업이 두 명인가. 꽤 든든하구나."

"든든하다니?"

네메시스가 그렇게 중얼거리자, 벨도르벨 씨가 물었다.

그 물음에는 내가 대답했다.

"그 〈유적〉은 위험한 기계를 자동으로 만들어서 계속 움직이게 만들고 있어요. 그래서 지금 움직이고 있는 기계를 파괴하고 내부에 있는 공장을 정지시킬 필요가 있죠. 공장으로 가는 길만 알아내면 당장 내일 아침에라도 〈유적〉의 공장 시설을 향해 돌입하기로 했고요."

"그렇구나~. 갈 멤버가 필요하다는 거지? 응, 그런 이야기가 있다면 나도 참가할까~? 한가하니까~."

톰 씨는 그렇게 말하며 흔쾌히 참가하겠다고 말해주었다.

"흐음. 나도 그 모험담에 흥미가 없는 것은 아니다만, 내일은 좀 힘들겠군."

"무슨 일 있으신가요?"

"오늘 다과회에 왔던 아이들이 보채서 말이다. 내일 다시 연주를 들려주게 되었지. 오늘은 아파서 오지 못했던 아이도 있는데 음악을 정말 좋아하는 아이라서 분명 연주를 매우 듣고 싶어 할 것 같다더군."

벨도르벨 씨는 그렇게 말하며 부드러운 미소를 지었다.

"뭐, 이 녀석들의 연주를 그렇게까지 높게 평가해주고 기뻐해줬으니까. 앙코르에 응하는 것도 나쁘지 않을 것 같더구나."

"네. 저도 그러시는 게 나을 것 같아요."

초급 직업이라는 벨도르벨 씨가 도와준다면 고맙다.

하지만 방금 이야기한 약속도 중요할 거라는 생각이 들었다.

그렇게 이야기하고 있자니 휴게실에 있던 손님들에게 차를 내주고 있던 여주인분이 이렇게 말했다.

"그건 그렇고 〈유적〉에서 그런 몬스터가……. 또 [에델바르사] 때처럼 되려나……."

"[에델바르사]?"

낯선 단어인데, 무슨 고유명사 같은 건가?

"30년 정도 전에 나온 몬스터인데, 〈유……〉 어쩌고 하는 강한 몬스터였던 모양이라. 당시에는 나도 어렸으니까 기억이 잘

안나네. 그러니까…… [무, 무…….]"

"[무명군단 에델바르사]."

여주인분의 말을 대신 이어받은 사람은 차에 담긴 차를 후후 불면서 마시고 있던 톰 씨였다.

"아시나요? 톰 씨."

"응. 지금으로부터 30년 정도 전에 왕국과 황국의 국경지대에 나타난 〈UBM〉이야. 랭크는 신화급. 당시의 몬스터로서는 최악이라 할 수 있었지~. 아쁘뜨……."

30년 전에 나타난 신화급.

지금은 형이 [키문카무이]를 쓰러뜨린 것처럼 신화급도 쓰러뜨릴 수 있는 존재가 되었다.

하지만 이쪽 시간으로 30년 전은 〈초급〉이 없을 때다.

〈초급〉은커녕, 〈마스터〉도 없었을 것이다. (혹시나 베타 테스터가 있었을지도 모르겠다고 마리가 말한 적이 있었지만, 있었다 해도 극소수일 것이다)

티안만 있는 상황에서 신화급 〈UBM〉이 나타난다면 재앙이라고 할 수밖에 없다.

"[에델바르사]는 군체형 〈UBM〉이었으니까~. 식물이든 광물이든 전부 다 재료로 삼아서 수하인 인형 몬스터를 계속 생성하는 괴물. 핵인 본체를 쓰러뜨리지 않는 한, 끝없이 계속 늘어나기 때문에 골치 아픈 〈UBM〉이었어."

"톰 씨, 잘 아시네요."

이쪽 시간으로 30년이나 지났는데, 마치 보고 온 것처럼 설명

해주었다.

"응, 아는 사람 중에 ⟨UBM⟩을 잘 아는 사람이 있거든~."

비 쓰리 선배에게 여자 괴물 선배가 그렇듯이, 독자적인 데이터 베이스를 가지고 있는 친구라도 있는 건가?

"맞아요, 맞아. [에델바르사]는 그런 몬스터였어요. 그게 나타났을 때가 마침 백작 부인님의 남편분하고 아드님이 황국에 사절로 향하던 도중이었고…….."

"네?"

"제가 알고 있는 건 당시에 나온 발표나 신문에 나온 내용뿐이지만요…….."

여주인분은 예전에 있었던 사건에 대해 이야기해주었다.

그것은 지금으로부터 30년 전에 일어난 사건이다.

왕국의 카르티에 라탱 영지와 황국의 바르바로스 영지는 두 나라의 국경을 사이에 두고 인접해 있었기에 교류가 활발했고, 매우 우호적인 관계를 맺고 있었다.

그리고 왕국과 황국도 당시에는 동맹국이었고, 레전더리아까지 포함해서 서방 삼국이 한데 뭉쳐 있었다고 한다.

그런 배경 때문에 두 나라 사이에서는 가끔 사절이 오가곤 했다. 사절단의 단장은 카르티에 라탱 백작 부인의 남편. 그는 원래 왕국의 외교관이었던 모양이다.

그리고 그렇게 집무를 보러 갈 때, 태어난 지 1년이 지나 바깥으로 데리고 나갈 수 있게 된 카르티에 라탱 백작 부인의 아들도 동행했다.

나중에 카르티에 라탱 백작 가문과 바르바로스 변경백 가문끼리 혼인을 맺기로 약속했었기 때문에 조금 일찌감치 서로 얼굴을 봐두게 하려는 목적도 있었던 모양이다.

갓난아이를 데리고 떠나긴 했지만, 두 나라를 잇는 길에는 딱히 강한 몬스터가 나타나지 않았기에 안전했다.

그리고 왕국은 최고의 호위를 붙여주었다.

[성염기(세이크리드 블레이저)] 아스란 팔드리드.

[대현자], [천기사], [교황(하이어로펜트)]에 버금가는 왕국 네 번째 초급 직업이 호위를 맡고 있었다.

[성염기] 아스란은 원래 방랑하던 사람이었지만, 실력과 고결한 성품, 그리고 충성심을 높게 평가받아 당시의 국왕 직속 가신으로 중용된 인물이었다.

그런 그에게 호위를 맡긴다는 것은 그만큼 왕국이 황국과의 국교를 중시했다는 증거이기도 하다.

그리고 아스란 자신도 사절단과 동행하기를 희망하고 있었다.

그 이유는 아스란과 바르바로스 변경백 가문의 차기 당주인 [충신(衝神, 더 램)] 로나우드 바르바로스가 친한 친구이자 좋은 라이벌 관계였기 때문이다.

이번에도 호위로 동행한 다음 바르바로스 영지 안에 있는 결투 시설에서 실력을 겨뤄볼 예정이었다.

그렇기 때문에 모두에게 좋은 교류를 위한 여정이었고, 앞날이 밝았다.

──국경의 완충지대에 갑작스럽게 신화급 〈UBM〉이 나타나지만 않았더라면.

그 〈UBM〉이 어째서 그 타이밍에 국경에 나타난 것인지는 모른다.

우연이었는지, 누군가의 의도가 있었는지도 알 수 없다.

하지만 어떤 이유라 해도, 신화급── [무명군단 에델바르사]는 왕국의 사절단을 습격했다.

아스란은 사절단을 지키기 위해 최전선에 서서 천 마리가 넘는 인형군단을 베었다.

하지만 [에델바르사]의 부하 중 천 마리를 잃은 상황에서도 그것의 몇 배가 넘는 인형들이 남아 있었다.

그야말로 중과부적. 수없이 많은 인형들이 구름떼처럼 밀어닥쳤다.

아스란이 쳐둔 방위망을 빠져나가 사절단을 습격했고, 사절단의 피해는 커져만 갔다.

아스란도 인형을 계속 쓰러뜨리며 어떻게든 본체를 해치우려 했지만, 전력 차이가 너무 컸다. 그대로 밀려나며 쓰러지기만을 기다리게 될 거라 생각했을 때, 황국에서 장군 한 명이 달려왔다.

그 장군은 [충신] 로나우드 바르바로스.

친구와 사절단이 위기에 처하자 그 누구보다 먼저 움직여 홀로 달려온 것이다.

그렇게 두 초급 직업이 힘을 합쳐 신화급이라는 강대한 적에 맞섰다.

"……그래서 어떻게 되었나요?"

"원군으로 간 바르바로스 영지 군대가 도착했을 때는 전부 다 끝난 상황이었고……. [에델바르사]는 쓰러졌지만, 아스란 님과 로나우드 님은 돌아가셨다고 합니다. 조사를 마친 황국의 발표에 따르면 사절단도 전멸했다고……."

……동귀어진했다는 건가?

다과회 자리에서 백작 부인이 남편을 잃고 아들이 행방불명되었다는 이야기를 들었다.

그런데 설마 신화급 〈UBM〉에게 피해를 입었을 줄이야…….

"…………응?"

그때, 벨도르벨 씨가 뭔가 생각났다는 듯이 고개를 갸웃거렸다.

"그 [에델바르사]라는 녀석이 인형을 사용했다고 했나?"

"맞아~. 인형을 만들어서 조종하는 〈UBM〉이야~."

"그런가. 그렇다면 마치……, 허나, 30년 전에는…… 그럴 순 없겠지."

"왜 그러시나요?"

내가 묻자, 벨도르벨 씨가 쓴웃음을 지으며 이렇게 대답했다.

"드라이프에 특전무구의 힘으로 인형을 만들어서 부리는 티안이 있어서 말이지. 능력이 비슷하니 신경이 쓰이는군. 하지만 그는 아직 젊어서 30년 전에…… 게다가 신화급 〈UBM〉의 MVP를 따내는 것은 불가능한 나이였어. 분명 다른 〈UBM〉에게 얻은 거겠지."

"그래. 능력이 비슷한 〈UBM〉도 있으니까~. 몬스터나 아이템을 생성하는 특전무구도 그럭저럭 있는 편이고~."

그런 흐름으로 그 이야기가 마무리되었다.

그런데 이유가 뭘까.

그 이야기에서…… 내가 뭔가 큰 걸 놓치고 있는 것 같다는 느낌이 들었다.

◇

여주인분의 이야기를 들은 다음, 바로 휴게실에 있던 사람들은 자신들의 방으로 돌아갔다.

하지만 나는 휴게실에 남아 책장에 있던 책들을 차례대로 훑어보고 있었다.

방금 들은 사건에 대해 뭔가 관련된 책이 있을까 싶었는데, 보이지 않았다.

"이곳의 도서관이라면 모를까, 여관의 휴게실에 있을 리가 없잖느냐."

"그렇긴 하네."

오늘은 도서관이 이미 문을 닫았을 테고, 내일은 〈유적〉에 대처해야 한다. 도서관에서 조사를 할 시간은 없겠지.

나는 들고 있던 책을 책장에 꽂았다.

"……?"

그러다 어떤 그림책 한 권이 눈에 들어왔다.

"……[성검왕(킹 오브 세이크리드)]의 전설?"

아이들이 보는 그림책인 것 같은 그 책이 눈길을 끌었던 이유는, 방금 들은 이야기에 나왔던 [성염기]와 비슷한 단어였기 때문이다.

손에 들고 보니 표지에는 푸른 검을 든 사람을 아담하게 그린 일러스트가 있었다.

그 푸른 검을 보니…… 아즈라이트가 들고 있던 검이 떠올랐다.

"이건?"

"응? 이 나라에서 가장 유명한 그림책이었을 게다. 실화를 기반으로 그린 그림책이었던가? 예전에 기데온에서도 본 적이 있다."

"……어라? 그런 적이 있었어?"

"그래. 내가 혼자서 군것질을 할 때."

……그러고 보니 이 녀석, 어젯밤에 먹은 야식뿐만이 아니라 용돈으로 맛집 탐방을 하고 다녔지.

아무튼, 이야기를 듣고 보니 흥미가 생겼다.

……예전에 릴리아나에게 제2왕녀인 엘리자베트를 모른다고 해서 깜짝 놀라게 해버린 적도 있다. 그런 경우를 줄이기 위해서 왕국에 있으면서 당연히 알아야 할 지식을 얻어두는 게 바람직할지도 모르겠다.

나는 그림책의 페이지를 넘기고 처음부터 읽기 시작했다.

줄거리는 다음과 같았다.

◇

옛날 옛적에, 수백 년 전에. 대륙의 서쪽 평야에는 나라가 많이 있었습니다.

그 많은 나라들은 전쟁을 벌이며 줄어들거나 늘어나곤 했습니다.

그러던 와중에 정말 정말 무서운 [사신(邪神, 디 이빌)]이 나타났습니다.

[사신]은 무시무시한 권속을 잔뜩 거느리며 많은 나라를 멸망시켰습니다.

전쟁을 벌이던 나라들은 각자 맞섰지만, 사신을 당해낼 나라는 없었습니다.

하지만 그때, 어떤 왕이 일어섰습니다.

그 왕은 이제 막 생긴 작은 나라의 젊은 왕이었습니다.

더 큰 나라도 [사신]에게 멸망당했습니다.

보통은 작은 나라의 왕이 이길 수는 없습니다.

하지만, 작은 나라의 왕은 보통이 아니었습니다.

작은 나라의 왕은 원래 목동이었습니다.

그런데 어느 날, 흙 속에 파묻혀 있던 칼 한 자루를 손에 넣었습니다.

그것은 특별한 성검이었고, 모든 것을 자를 수 있는 신기한 검이었습니다.

목동이었던 그는 검을 손에 넣음으로써 특별한 직업과 매우 강한 힘을 얻었습니다.

그리고 목동을 그만둔 뒤 모험자가 되었습니다.

모험자가 된 그는 많은 모험을 하며 많은 사람들을 구해주었습니다.

때로는 전쟁에 참가하여 영웅이 된 적도 있었습니다.

그러던 동안에 그의 주위에 동료들이 모여들었습니다.

사람들이 모여들자 모험자였던 그는 어느새 왕이 되었습니다.

그렇습니다. 이제 막 생긴 작은 나라의 왕은 그 누구보다 강한 영웅, [성검왕]이었던 것입니다.

그리고 [성검왕]은 동료들과 함께 [사신]에게 도전했습니다.

수많은 [사신]의 권속들과 무시무시한 시련이 기다리고 있었지만, 그는 결코 물러서지 않았습니다.

그리고 드디어 무서운 [사신]을 해치웠습니다.

많은 사람들이 그를 찬양했습니다.

열심히 싸워 [사신]을 쓰러뜨린 [성검왕]은 울면서 그 목소리에 대답했습니다.

그리고 다른 많은 나라의 왕들이 부탁했습니다.

부디 우리의 왕이 되어주십시오, 라고.

그 부탁을 들은 [성검왕]은 고개를 끄덕이고 예전에 [사신]을 쓰러뜨린 곳에 왕도를 지었습니다.

그리고 새로 생겨난 큰 나라에 자신의 모든 모험을 함께 한 검…… [알티]라는 이름을 붙였습니다.

이렇게 알티 왕국의 역사가 시작된 것입니다.

◇

그림책이 두꺼워서 읽다 보니 시간이 꽤 지났다.

휴게실 안에는 내가 페이지를 넘기는 소리와 네메시스가 조용히 다과를 먹는 소리만 들렸다.

조용히 먹는 이유는 내 독서를 방해하지 않게끔 배려해주기 위해서일 것이다.

굳이 그럴 필요까지는 없는데, '안 먹는다는 선택지는 없나?'라는 생각도 들긴 했다.

그건 그렇고, 그림책의 내용은 대충 이해했다.

판타지 같기도 하고 신화 같기도 한 내용인데…… 그게 전부는 아닐 것 같다는 생각이 들었다.

예전에 형에게 들은 적이 있는데, 〈Infinite Dendrogram〉에는 **역사**가 존재한다.

그것은 설정된 역사일지도 모르고, 아니면 시간 가속…… 지금 걸려 있는 세 배가 아니라 그보다 훨씬 빠르게 가속되어 실제로 이어져 왔을 가능성도 있다고 한다.

그리고 나는 추측이긴 하지만 후자라고 생각한다. 좀 전에 들은 30년 전 이야기도 그렇고, 당시의 분위기를 알고 있는 사람의 실감이라는 것을 여주인분에게서 느낄 수 있었다.

그래서 〈Infinite Dendrogram〉의 역사는 실제로 티안들이 이어왔을 것이다.

그리고 이 동화의 내용은 역사상 사실일 것이다.

예전에 [성검왕]이라는 (아마도)초급 직업이 있었고, 모험을 한 끝에 [사신]이라는 초급 직업과 싸워 승리했다. 그 결과 내가 소속되어 있는 알터 왕국이 탄생한 것이다.

건국 영웅담. 이 나라에서 가장 유명한 이야기일 만도 했다.

그런데…… 한 가지 신경 쓰이는 것이 있었다.

"……왜 운 거지?"

가장 큰 적인 [사신]을 쓰러뜨린 [성검왕].

사투 끝에 찾아온 달성감으로 인해 눈물을 흘렸다고 할 수도 있다.

하지만 왠지 나는 그게 아닐 거라는 생각이 들었다.

그 이유는…… 전혀 모르겠지만.

휴게실에서 그림책을 다 읽은 다음 어제 그랬던 것처럼 여관 주위를 산책했다.

산책이라고 해야 하나, 지금 일어나고 있는 일들이나 이번 며칠 동안 얻은 정보가 머릿속에서 마구 뒤섞여 있었기에 기분전환을 할 겸 나온 것이다.

참고로 네메시스는 지금이 여탕 시간이라 온천에 가 있다.

좋은 기회라고 생각한 건 아니지만, 네메시스가 자리를 비운 사이에 백작 부인에게 받은 쿠키 중 내 몫을 꺼내 산책하며 먹고 있었다. 맛이 부드러워서 형이 만든 것과는 다른 쪽으로 맛이 좋았다.

"응?"

산책하고 있자니 마리오 선생님이 보였다. 전망대에 설치된 나무 벤치에 앉아 카르티에 라탱 거리를 내려다보고 있는 것 같았다.

이미 해가 져서 어둡기도 했기에 얼굴을 보고 무슨 생각을 하고 있는지는 알 수가 없었다.

"……오, 레이 씨. 안녕하세요우."

"안녕하세요, 마리오 선생님."

마리오 선생님도 나를 보고 인사를 나누었다.

"맛있을 것 같습니다아."

마리오 선생님은 내가 먹고 있던 쿠키를 보며 그렇게 말했다.

"드실래요?"

"오, 그럼 감사히."

내가 쿠키 봉투를 내밀자 마리오 선생님은 그렇게 말하며 하나를 집어 입에 넣었다.

"왠지 부드러운 맛이군요우. 여주인분이나 샤리가 만들었습니까아?"

"아뇨, 백작 부인이 직접 만든 거예요. 아까 〈유적〉에 대해 보고하러 들렀을 때 받았어요."

마리오 선생님이 묻자, 나는 그렇게 대답했다.

그냥 사실에 대해 말했을 뿐인데.

"——."

왠지 모르겠지만 마리오 선생님은 말문이 막힌 것 같았다.

깜짝 놀란 것도 아니고, 왠지 내가 알 수 없는 감정이 움직인 것 같다는 느낌이 들었다.

"··········이게. ··········이런 맛, 이었나······."

마리오 선생님이 작은 목소리로 중얼거린 그 말은 잘 알아들을 수 없었다.

"마리오 선생님?"

"······! 아니, 깜짝 놀랐습니다아. 갑자기 백작 부인께서 직접 만드신 거라고 하니 깜짝 놀라서 심장이 멎을 뻔했거든요우."

뭐, 놀랄 만도 하지.

마리오 선생님의 반응이 너무 극적인 것 같다는 느낌도 드는데······.

"그건 그렇고, 오늘 밤에는 다들 바쁘신 것 같네요우. 감정도 별로 들어오지 않아서 산책하고 경치를 구경하는 것 정도밖에 할 일이 없었습니다아."

"〈유적〉 쪽에서 움직임이 생겼으니까요."

"네, 이미 들었습니다아. 위험한 〈유적〉이었다고요우."

아즈라이트를 따라하는 건 아니지만, 마리오 선생님은 정말 소문이 빠르다.

"······아, 그렇지."

나는 아이템 박스에서 마리오 선생님에게 보여주려고 가져온 그 벽화의 사진을 꺼냈다.

"〈유적〉을 탐색하다가 신경 쓰이는 벽화를 발견했는데요, 글자를 읽을 수가 없어서요. 마리오 선생님은 이 글자를 읽으실 수 있나요?"

"흐음, 잠시만 기다려주시길."

마리오 선생님은 아이템 박스에서 랜턴을 꺼내 주위를 비추었다.

하긴, 이렇게 어두우면 글자를 판독하기 힘들겠지.

"그럼 보겠습니다아. ……흐음."

마리오 선생님은 안경을 벗고 흔들리는 랜턴 불빛으로 벽화의 글자를 읽어나가기 시작했다.

그 눈의 색은 역시 카르티에 라탱 백작 부인과 비슷했다.

"안경을 벗어도 읽으실 수 있나요?"

"네. 오히려 주시할 때는 걸리적거리거든요우."

근시용 안경이 아니었나?

"…………다 해독했습니다아. 내용은 다음과 같네요우."

마리오 선생님은 그렇게 말한 다음 벽화의 글자를 소리 내어 읽기 시작했다.

"『'짐승의 화신'으로 인해 보병사단 네 개가 괴멸되었다는 것이 아직도 생생하게 기억난다. 지평선을 뒤덮은 '짐승의 화신'에게 맞서기에 우리는 질과 양이 모두 부족했다. 이것은 우리의 패배인가? 아니다, 우리는 아직 끝나지 않았다. 희망은 있다. 이 시설에서 황옥병을 양산, ……을 완수하여 언젠가 반드시 수천, 수만의 '짐승의 화신'을 구축하리라. 이 맹세를 가슴에 품고 굳이 패배를 이곳에 새긴다.』"

마리오 선생님은 사진에 나온 글자를 바라보며 그렇게 줄줄 읊었다.

평소에 들려주던 말투는 온데간데없는 발음이었다.

"이 벽화에는 이렇게 적혀 있습니다아. 이 벽화는 일종의

기념비로군요우."

"굳이 패배를 이곳에 새긴다, 란 말이죠."

일본에서도 유명한 미카타가하라 전투에서 다케다 신겐에게 크게 패한 도쿠가와 이에야스가 진 뒤에 자신에게 주는 교훈으로 그림을 그려 남겼다는 사례도 있으니 그런 거겠지.

그런데…….

"수천, 수만의 '짐승의 화신'?"

"어라, 뭔가 마음에 걸리시나요우?"

"아뇨, 예전에 친구가 선선대 문명이 멸망했을 때 이야기를 해줬는데 그 이야기보다 꽤 많이 늘어났다 싶어서요."

고즈메이즈 산적단 아지트로 뛰어들기 전에 유고와 이야기를 했을 때다.

"'과학 문명으로 인해 거만해진 인간들이 신의 분노를 사서 신과 열세 권속들이 문명을 멸망시켰다'고요."

그 이야기도 선배에게 '선대 문명도 동시에 멸망했다'는 이야기를 듣고 이해가 잘 되지 않고 있지만.

"아, 그건 후세의 종교까지 합쳐진 일반적인 가설이군요우. 문명이 붕괴할 때 벌어진 일에 대해 기록된 후세의 서적에는 그렇게 적혀 있습니다아."

"종교?"

"네. 그런데 레이 씨는 왕국 국교의 종교관에 대해 알고 계십니까아?"

"'사제의 힘으로 사람들을 치료한다'. 직업을 주체로 삼은 교의죠?"

"네. 기본적인 종교관인 신은 예전에 신앙의 대상이었지만, 지금은 없는 것으로 취급하고 있고 있다 해도 천벌신으로만 간주하고 있지요우. 그리고…… 직업 중 [신(더 원)] 시리즈가 있고요우."

신이 '없는 것으로 취급한다'는 것과 [신] 시리즈는 이해가 된다. 그래도…….

"천벌신?"

"네. 방금 레이 씨께서 말씀하신 것처럼, 예전에 선선대 문명이 멸망한 건 신의 천벌이라고 생각하며 교훈으로 전해져 내려오는 것입니다아."

"…………."

하긴, 다시 신의 분노가 내리지 않게끔 드라이프와 그란바로아를 제외한 나라들은 의식적으로 기계 문명을 봉인한다고 했지. 왕국은 위기를 타파하기 위해 손을 쓰려는 참이지만.

……그런데 천벌신이라. 네메시스도 모티브는 거기서 따왔을 텐데.

"하지만 그건 어디까지나 종교로 따진 것이고, 사실은 다릅니다아. 실제로 붕괴 당시에 기록된 역사적 자료에 따르면 다른 측면이 보이지요우. 선선대 문명과 선대 문명이 동시에 멸망했다는 이야기를 들은 적 있으신지?"

"있어요."

"당시의 자료에 따르면 우리가 선선대 문명, 선대 문명이라 부르는 것은 각자 다른 대륙에서 발전된 문명이었던 모양입니다아."

다른, 대륙?

"이곳 말고 다른 대륙이 있나요?"

"있었다, 라고 해야겠지요우. 어떤 사정 때문에 대륙이 가라
앉고 그곳에서 탈출한 비행선 한 척…… 그것이야말로 선대 문
명이라 불리는 것입니다아. 역사서에 따르면 가끔 '이대륙선'이
라는 단어가 나오니까요우."

"'이대륙선'……."

대륙이 하나 사라지고 남은 것이 배 한 척뿐이라.

"그들은 이 대륙에 도착했습니다아. 하지만 이 대륙에 번영하
고 있던 문명은 그들을 받아들이지 않았지요우. 받아들이기는
커녕 대륙 동부에 있던 나라들은 특이한 기술덩어리인 배를 빼
앗기 위해 공격했다고 합니다아. 그 때문에 배 한 척과 대륙 전
체가 전쟁을 벌이게 되었지요우. 예전에 이 서방에 있었다는 츠
바이어 황국처럼 당시에는 그 공격과는 상관이 없었던 나라들
도 휘말리게 되었으니 참 민폐라 생각했을 겁니다아."

바다를 건너와 만난 다른 문명들이 마주치게 된 불행한 접촉.

그것은 지구의 역사에서도 여러 번 있었던 일이다.

"선선대 문명이 공격하자, 선대 문명의 배도 반격하러 나섭
니다아. 그들은 숫자가 적긴 했지만 '화신'이라 불리는 지극히
강대한 전력을 지니고 있었지요우."

"그건 어느 정도 강한가요?"

"자료에 적혀 있는 것이 사실이라면…… 추측컨대 [글로리아]나

그것을 뛰어넘는 전력입니다아."

〈SUBM〉 중 한 마리, [삼극룡 글로리아]. 예전에 형과 피가로 씨, 여자 괴물 선배와 〈월세회〉가 쓰러뜨린 왕국 사상 최강의 몬스터.

나는 그 몬스터에 대해 이야기만 들었지만, 그 멤버가 모두 모여 싸웠고, 마지막으로 서 있었던 사람이 형 한 명밖에 없었다는 시점에서 얼마나 무시무시한지 이해할 수 있었다.

"'화신'은 〈UBM〉, 또는 〈엠브리오〉처럼 각자 다른 힘을 발휘하는 존재라고 전해져 내려오고 있습니다아."

이른바, 수천, 수만의 무기를 허공에서 꺼내 들고 하늘을 뒤덮는 자.

이른바, 수천, 수만의 짐승으로 증식하며 땅을 뒤덮는 자.

이른바, 수천, 수만의 배를 바다까지 통째로 삼키는 자.

이른바, 수천, 수만의 미지의 힘을 행사하는 구체와도 같은 자.

선대 문명은 수많은 규격 외의 힘을 배 한 척 안에 담고 있었다고 한다.

석비에 적혀 있던 수천, 수만의 '짐승의 화신'도 그중 하나.

그 힘인…… '화신'의 숫자는 열셋.

후세의 자료에서 신이라 다루고 있는 '이대륙선' 그 자체를 포함해도 열넷.

열넷의 힘으로 그들은 대륙 전투를 압도했다.

"그 싸움으로 인해 선선대 문명은 완전히 붕괴했지요우. 그리고 선선대 문명이 붕괴했기 때문에 자세한 내용이 남아 있지는 않습니다만, 무슨 사건이 일어나서 선대 문명도 소실되었습니다아. 이렇게 두 문명은 불행한 접촉을 거친 뒤에 양쪽 다 멸망한 것이지요우."

그렇게 마리오 선생님의 이야기는 끝났다.

나는 그 이야기를 듣고 많은 것들을 생각했고, 다시 의문이 생겼다.

"하지만 선대 문명이 그렇게 대단한 힘을 지니고 있었다면, 그 이전에 선선대 문명과 접촉했을 텐데⋯⋯."

'이대륙선'과 '화신'이 그 정도의 힘을 지니고 있었다면 대륙을 건너가는 정도는 아무렇지도 않았을 것이다.

"그렇지요우. 그건 학자들 사이에서도 뜨거운 감자입니다아. 하지만 배가 한 척밖에 없었으니 뭔가 불가피한 사정이 있지 않았을까 하지요우. 그건 종교적인 이유일 수도 있고, 지정학적인 이유일 수도 있습니다아. 어찌 됐든, 선대 문명의 〈유적〉이 발견되기라도 하지 않으면 답은 알 수 없지요우. 선선대 문명의 〈유적〉만 발견되고 있지만 말입니다아."

'선선대 문명과 비교하면 선대 문명은 애초에 배 한 척밖에 없었으니까요우'라고 마리오 선생님이 말했다.

"선대 문명의 발상지인 가라앉은 대륙도 그란바로아가 해저 탐사를 통해 찾고 있다고 하네요우."

"찾아낼 수 있을까요?"

"글쎄요? 하지만 대륙의 흔적은 어딘가에 있을 겁니다아. 그렇지 않다면 '다른 대륙이 없는데도 **어딘가에서 왔다**'는 게 되니까요우."

하긴. 그렇겠네.

하지만 선대 문명은 비행선을 타고 왔다고 했다.

그렇다면 혹시 우주에서 왔을지도……, 그럴 리는 없나?

아무리 그대로 그건 불가능하겠지.

『여기를 **단순한 게임**이라고 생각하는 녀석은 바보든가, 설명을 진지하게 받아들이는 어린애겠지.』

『이게 '무엇'인지는 나도 몰라. 내 예상으로는 국가…… 아니, 세계 규모의 가상세계 구축계획의 인체실험단계가 아닐까 하는데.』

예전에 그 판데모니움 위에서 프랭클린이 했던 말이 떠올랐다.

그 녀석이 한 말이 사실이라 해도 우주의 끝까지 만들어낼 수 있을 리도 없고, 만들 이유도 없다.

……그러고 보니 그 녀석은 그때, 그것 말고도 뭔가…….

"저도 한 가지 질문을 해도 괜찮을까요우?"

그때, 마리오 선생님이 한 말이 내 생각을 가로막았다.

"네, 뭔데요?"

"이 석비에 나와 있는 황옥병이라는 존재에 짐작 가는 거 없으신가요우?"

"〈유적〉 안하고 주변 지역에서 단독으로 움직이는 기계 갑주를 보았어요. 몬스터나 티안을 안에 격납시켜서 연료로 삼는 구조를 지닌 갑주고요. 아마 그거겠죠."

"흐음, ……생물을 유사 MP 탱크로 삼는 자동 병기란 말이지…… 말입니까아."

"?"

방금 왠지 분위기가…….

"사양 자체는 마치 드라이프의 〈마징기어〉같군요우. 뭐, 그 기체에는 자동 조종 시스템은 없습니다만."

"그렇죠. 하지만 그 시스템은 위험하니 가동되고 있는 것들은 부수고, 빠르면 당장 내일이라도 〈유적〉에 있는 공장의 생산기능을 정지시킬 겁니다."

"네, 길드 같은 곳의 소문을 들어 알고 있습니다아. 안타깝기 그지 없네요우. 하지만 수확은 있었으니 충분하겠어요우."

마리오 선생님은 그렇게 말하고 방긋 웃었다.

아직 안경을 벗고 있었기에 랜턴의 불빛을 받고 지친 듯한 눈과 푸른 눈동자가 정면으로 똑똑히 보였다.

……잘 살펴보니 좌우의 눈 색이 약간 다르다.

하지만 양쪽 다 푸른색이다.

"왜 그러시나요우?"

"마리오 선생님은 왕국 귀족의 피를 이어받았나요?"

"…………어째서 그렇게 생각하시지요우?"

"오늘 만난 카르티에 라탱 백작 부인의 눈 색이 마리오 선생님과 많이 닮았거든요. 그 눈 색은 카르티에 라탱 백작 가문의 특징이라 들었고요."

그리고 백작 부인은 오른쪽이 푸른색, 왼쪽이 녹색인 오드아이.

카르티에 라탱 백작 가문의 피를 이어받았다는 아즈라이트의 눈동자도 백작 부인의 오른쪽 눈과 비슷하다.

그것은 마리오 선생님의 눈도 마찬가지다.

"그렇군요. ……네, 제게는 왕국 귀족의 피도 흐르니까요우. 그중에 카르티에 라탱 백작 가문의 피도 섞여 있다고 합니다아. 하지만 제 대에서는 이미 왕국 귀족이 아니지만요우."

"선조가 왕국 귀족이었지만, 지금은 갈라져 나와서 그렇지 않게 되었다는 건가요?"

"대충 그런 겁니다아."

그럼 낮에 백작 저택 근처에 있었던 이유는 선조님의 집을 보러 왔기 때문인가?

그때 '이제 분명 상관없겠죠'라는 말도 이해가 된다.

……왠지 **응어리** 같은 위화감이 들긴 하지만.

그리고 좀 전에 쿠키 이야기를 들었을 때 보여준 반응도 조금 신경 쓰인다.

"그리고 저는 귀족 행세 같은 것보다는 일을 할 때 더 마음이 편합니다아. 이렇게 바깥으로 나와서 일을 하면 사무를 볼 때 쌓였던 피로가 가시는 것 같지요우."

"사무?"

"네. 항상 책상 앞에서 예산안이나 신청서를 보곤 합니다아. 저는 그런 일보다 혼자서 돌아다니는 게 더 맞는 것 같은데,

높은 사람이 되니 고생이 많네요우."

"그런가요?"

"그렇습니다아."

그렇게 말하는 걸 보니 마리오 선생님은…… 어떤 학술기관의
교수 또는 학장인지도 모르겠다.

그러고 보니 어디 사람인지는 물어보질 않았지.

"…………."

대충 예상은 된다.

그래서 직접 물어보기로 했다.

"마리오 선생님은 **드라이프 사람**이죠?"

□[황기병] 레이 스탈링

"——어떻게 그걸?"

내 질문에 마리오 선생님은 그렇게 되물었다.

'무슨 소리냐'고 얼버무리지 않았고, 입막음을 하려고 들지도 않았다.

그저 이유만을 물어보고 있다.

마리오 선생님의 푸른 눈은 나를 알아보려 하고 있었다.

"어제 이야기를 했을 때부터 예상하고 있었어요."

"어제?"

"드라이프에서 발견된 황옥마 [제이드]에 대해서 알고 계셨잖아요. 제가 아는 사람 중에 데이터를 잘 파악하고 있는 사람이 있는데요, 그 사람도 어제까지는 몰랐어요. 그러니까 평소에는 [제이드]가 발견된 드라이프에서 활동하는 사람인가 하는 의문이 들었죠."

"그것 말고도 있지요우?"

"네. 지금 선선대 문명을 연구하고 있는 나라는 드라이프와 그란바로아, 이 두 곳밖에 없죠. 그러니까 연구기관에서 '사무'를 볼 필요가 있는 마리오 선생님은 대대적으로 연구하고 있는 그 두 나라 중 한 곳에 소속된 사람일 가능성이 크고요."

이것이 첫 번째 이유와 두 번째 이유.

그리고 세 번째.

"그리고 왕국 귀족의 피가 흐르고 있다고 하셨죠? 왕국과 황국은 지금 전쟁 상태이긴 하지만, 예전에는 사이가 좋은 동맹국이었던 모양이니까요. 그렇다면 드라이프 사람에게 왕국 귀족의 피가 흐르더라도 이상하지는 않을 것 같고요."

그리고 이건 굳이 말하지 않았지만, 마리오 선생님을 보는 아즈라이트의 태도도 있다.

왕국 상층부 중 누군가의 밀정인 그녀가 학자인 마리오 선생님을 경계하고 있었다.

아즈라이트는 드라이프가 움직이고 있다는 것을 알고 있었고, 드라이프 쪽 사람이 〈유적〉에 오는 것을 경계하고 있었기 때문에 그런 반응을 보였는지도 모른다.

"1등급입니다아. 당신의 추리는 맞았어요."

1등? 제일 먼저 정답을 맞췄다는 건가? 아니, 제일 뛰어난 등급이라는 건가?

예전에 성적을 매기던 기준 같다.

"말씀하신 대로 저는 드라이프 쪽 사람입니다아. 이 〈유적〉을 조사하러 왔지요우. 이 〈유적〉에 담겨 있는 것에 따라서는 황국 쪽에도 중대한 영향을 미칠 수 있으니까요우."

"……그래서, 어떻게 하실 거죠?"

"황국은 이 〈유적〉에서 발견된 황옥병을 확보할 필요는 없다고 판단할 겁니다아."

내 질문에 마리오 선생님은 시원스럽게 대답했다.

"어째서요?"

"이미 비슷한 것이 있으니까요우. 당신도 알고 계신 프랭클린, 그들 〈예지의 삼각〉이 만들어낸 [마셜Ⅱ] 말입니다아."

"아."

"황옥병의 장점은 자동 조종 시스템입니다만, 현재 상황을 보아하니 적을 늘리기만 할 것 같습니다아. 자동 조종 시스템을 장악하고 개조하기까지는 많은 시간이 걸리겠지요우. 선선대 문명의 프로그램은 지금 사용하는 프로그램과는 다르니까요우. 그렇게 하지 못하면 숫자를 많이 마련하지도 못할 테고, 그렇다면 [마셜Ⅱ]가 더 낫습니다아."

다시 말해, 황국 쪽에서 황옥병을 단순한 병기로 볼 때, 이미 비슷한 것을 가지고 있기에 지금 억지로 입수할 필요도 없다는 건가?

"반대로 왕국이 손에 넣는다면요? 자동 조종 시스템이 인간을 습격하는 문제까지 해결하다면 말이지만요."

"아무런 노하우도 없는 왕국이 그 문제를 극복하기까지 몇 년이나 걸릴지?"

"……그렇군요."

다시 말해 황국 쪽은 왕국이 그 문제를 해결하기 전에 전쟁의 결판을 내고 왕국을 병탄할 수 있다고 생각하는 것이다. 아직 해석이 끝나지도 않은 자동 조종 시스템에 대해서도 병탄한 뒤에 느긋하게 해석하면 된다는 건가?

"황국에게 중요한 것은 여기에 황국에서도 손에 넣지 못한 미지의 초기술이 있는지. 아니면 즉시 사용 가능한 병기가 안치되어 있고, 그것을 왕국이 전쟁에 사용하지 않을지, 입니다아. 양쪽 다 부정적이라면 손을 댈 이유가 없으니까요우. 이해하셨습니까아. **아가씨.**"

내가 아니라 엉뚱한 방향을 보며 그렇게 말한 마리오 선생님에게.

"……《진위판정》으로 봐도 거짓말은 하지 않는 것 같네."
그쪽에서 모습을 드러낸 아즈라이트가 그렇게 말했다.

"아즈라이트……."
언제 백작 저택에서 돌아온 걸까.
아즈라이트가 말하기 전까지 눈치채지 못했다.
"이미 《진위판정》을 하셨다면 굳이 말할 필요도 없겠지요우, 아가씨. 아니, 왕국의 밀정 씨라고 해야 할까요? ……아니면 왕국의."
"그런 당신은."
아즈라이트는 그렇게 말한 다음.

"──학자가 아니잖아."
그 순간, 눈에 보이지도 않는 속도로 달려온 아즈라이트가 푸른 검을 휘둘렀다.

"으!"

나는 마리오 선생님이 두 동강 나는 광경을 환상으로 보았지만, 실제로는 검의 간격에서 몇 발자국 뒤로 피해서 멀쩡했다.

그 칼날을 피한 순간, 마리오 선생님이 푸른 눈으로 우리를 보았다.

왠지 모르겠지만── 그 시선에서 형이나 피가로 씨와 비슷한 압력이 느껴졌다.

"……정말, 살벌하신 분이네요우."

"그래. 하지만 학자가 방금 그 일격을 피할 수 있을 리가 없겠지?"

……그렇구나, 아즈라이트는 마리오 선생님의 정체를 확인하기 위해서 선수를 치며 공격했고…… 잠깐잠깐!

"……아니아니아니! 마리오 선생님이 진짜로 학자였다면 어쩌려고!!"

싹둑 잘렸을 텐데?!

"괜찮아. 이 검도 **지금은** 벨 수가 없으니까 머리를 노리지만 않으면 분쇄 골절에 그칠 거야."

"그러니까 그런 발상은 뇌가 근육질 같다고 했잖아?!"

피가로 씨 정도는 아니지만!

그 사람은 일단 사슬로 정수리를 뚫어버릴 것 같으니까!

"그래서, 당신의 정체는 황국의 특무병인가?"

"특무병?"

들어본 적이 없는 단어라 의아해하자 아즈라이트가 대답했다.

"드라이프 특수임무 병사단. 통칭 '특무병'. 전투 계열 직업을 최대한 단련한 사람이나 초급 직업 같은 단독 전투력이 뛰어난 사람만으로 구성된 그룹이야. 잠입 임무가 특기인 사람도 많다고 듣긴 했는데."

초급 직업과 만렙 상급 직업 집단.

……왕국으로 따지면 전쟁 전에 완전한 상태였던 근위기사단이 비교적 비슷하려나?

"네. 그렇다고 할 수 있죠우."

"그 마리오라는 이름도 본명이 아니지? 무엇보다 말투가 잠입임무를 하기에는 너무 눈에 띄어. 아니, 그게 아닌가? 그밖에도 뭔가 **숨겨야만 하는 것**이 있어서 위장하기 위해 그런 식으로 말하는 거야?"

"……틀리지는 않았습니다아."

아즈라이트가 그렇게 지적하자, 마리오 선생님은 고개를 끄덕였다.

"하지만 한 가지 정정하자면, 학자라는 것은 사실입니다아. 고고학 분야에서 박사 학위도 얻었으니까요우. 마리오도 본명은 아니지만, 학자로서는 그쪽 명의를 사용하고 있습니다아."

다시 말해 '마리오 선생님'이라는 것은 사실인 모양이다.

"뭐, 이렇게 정체도 들켜버렸으니 물러날 때인 것 같군요우. ……아 참, 그렇죠우."

마리오 선생님은 품속에서 무언가를 꺼내 던졌다.

재빨리 왼손으로 받아보니 짤랑거리는 소리를 냈다.

"이건?"

"여관 숙박비입니다아. 여주인분에게 전해주시겠습니까아? 그리고 '식사도 맛있고, 온천도 정말 기분이 좋아서 평소에 쌓인 피로를 풀 수 있었던 좋은 시간을 보냈습니다'라는 말도 함께 전해주시면 감사하겠군요우."

"……네."

마리오 선생님은 황국의 특무병이고 잠입한 군인이었지만…… 좋은 사람이라는 것은 분명했다.

"……그것이 폭탄이었다면 아무렇게나 받아든 레이는 다시 외팔이가 되었겠지."

"아."

그럴 가능성은 생각하지 못했다.

"레이는 참 잘 속을 것 같네."

"아니, 그렇지는 않아. 동료 중에 정체를 숨기고 있었던 PK가 있었고, 형이 [파괴왕]이라는 걸 기데온 사건 전까지 몰랐고, 프랭클린이 회복약하고 함께 미지의 약품과 슬라임을 먹이긴 했지만."

"…………정정할게. 당신, **정말** 잘 속을 것 같아. 사람이 좋은 것도 정도가 있지."

아즈라이트가 뭐라 할 수 없는 표정으로 나를 보았고, 마리오 선생님은 우리가 그렇게 이야기를 나누는 것을 들으며 부드러운 미소를 짓고 있었다.

"아쉽지만 슬슬 물러가도록 하겠습니다아."

"놓칠 것 같아?"

아즈라이트가 검을 겨누며 그렇게 말하자.

"이미 놓쳤다."

마리오 선생님이 그렇게 말한 직후, 그곳에서 마리오 선생님의 모습이 사라졌고…… **작은 새** 한 마리만 남아 있었다.

"어?!"

"……이 새는."

나는 그 새를 본 적이 있었다.

기데온에서 사건이 벌어졌을 때 프랭클린이 사용했던 자신과 상대방의 위치를 바꾸는 스킬——《캐슬링》에 특화된 개조 몬스터. 그 사건 이후로 기데온의 〈마스터〉들이 '키메라의 날개'라 불렀던 녀석이다.

"드라이프의 군인이라면 그 녀석의 개조 몬스터를 지급받았다 해도 이상하지는 않겠지."

《캐슬링》으로는 그렇게 멀리 갈 수는 없겠지만, 아즈라이트의 검을 피할 정도로 재빠르기도 하다. 다시 잡는 건 힘들 것이다.

"놓쳐버렸네. ……특무병이라면 〈유적〉이나 이 부근에 뭔가 함정을 파두었을 가능성이 있어. 어서 탐사 능력이 뛰어난 사람에게 조사해달라고 할 필요가 있겠네."

"마리오 선생님이, 아니 드라이프가 뭔가 하려고 할까?"

"그래, 그럴 거야. 그리고 처음부터 드라이프가 움직일 거라는 전제가 있었기 때문에 내가 여기 있는 거니까."

"?"

드라이프가 움직이기 때문에 아즈라이트가 여기에 있는 거라고?

드라이프가 움직일 거라는 정보를 아즈라이트가 알고 있었다는 건 나도 예상하고 있었지만.

그렇기 때문에 아즈라이트가 여기에 있는 거라는 말은 무슨 뜻일까.

"……그건 그렇고 당신, 황국의 특무병에게 너무 많이 보여준 거 아니야? 벽화의 사진도 그렇지만, 황옥마는 〈유적〉이 아니더라도 노릴 만한 가치가 있잖아?"

"뭐, 원래 오리지널 황옥마는 누가 노리더라도 이상하지 않은 모양이니까."

비 쓰리 선배도 '자신이 현역 PK고, 나와 알고 지내는 사이가 아니었다면 습격했을 것이다'라고 했다.

"어차피 실버는 시간 문제야. 그것보다 실버의 정체를 분석해 주었으니 오히려 고맙지."

"그렇게 되는 건가?"

"내 마음속에서는. 그리고 그 사람은 드라이프 쪽 사람이지만, 나쁜 사람은 아닌 것 같아."

적국의 〈마스터〉인 내게도 선선대 문명에 대해 많은 것을 가르쳐주었다.

거짓 정보를 가르쳐줄 수도 있었을 텐데, 아즈라이트의 반응을 보니 그는 거짓말을 하지 않았던 것 같다.

그런 이유까지 포함해서 적대시하고 있는 나라의 군인이지만 악당은 아니다, 그런 인상이다.

"당신도 참, 사람이 좋구나……. 나도 황국에 친구가 있으니까 그 말을 부정하진 않겠지만."

내가 한 말을 듣고, 아즈라이트는 그렇게 말하며 쓴웃음을 지었다.

"아즈라이트도 황국에 친구가 있어?"

"그래. 전쟁을 하기 전까지는 동맹국이었고, 나는 황국에 유학을 갔었으니까. ……아, 지금은 예전 이야기를 할 때가 아니구나."

한순간, 예전 시절을 그리워하는 듯한 눈빛을 보인 다음 아즈라이트는 그렇게 말했다.

이야기가 다른 곳으로 좀 빠지긴 했다.

"다시 본론으로 돌아오자면, 그 특무병이 말했던 내용은 《진위판정》으로 알아본 바에 따르면 거짓말이 아니었지만, 경계할 필요는 있을 거야."

"그러고 보니 언제부터 들었던 거야? 마치 전부 다 듣고 있었던 것 같은데."

"그래, 처음부터 듣고 있었어. 당신에게 말을 걸려고 했는데 그 특무병하고 이야기를 나누기 시작하길래."

……전혀 눈치채지 못했다.

"그렇게 이야기한 내용 중에 거짓말은 전혀 없었어. 하지만 그건 '거짓말을 하지 않으면서 진실을 숨기는' 방식이야. 《진위판정》을 회피하는 초보적인 방식. 군인, 그것도 특무병이라면 당연히 습득하고 있는 기술이지."

"그렇구나. 나도 마리오 선생님이 거짓말을 한 것 같지는 않지만 뭔가 숨기고 있을 것 같긴 해."

아마도 그 벽화에 대해서.

그 벽화에 대해 이야기할 때 약간 위화감이 들었으니까.

"생각해볼 수 있는 가능성은……."

드라이프는 그 자동 기계, 황옥병이 필요 없다고 했다. 그것은 거짓말이 아니다.

하지만 그것은 어디까지나 마리오 선생님 개인의 의견이기에 드라이프라는 나라는 탈취하기 위해 움직일 수도 있다.

그리고 혹시나…….

"황옥병 말고도—— 〈유적〉에 **무언가**가 잠들어 있을지도 몰라."

■카르티에 라탱 산속

"……속일 필요도 없었나?"

《캐슬링》용 몬스터와 위치를 맞바꾸어 산속으로 이동한 마리오 ——라 자칭하던 남자는 그렇게 혼잣말을 했다.

그 말투는 사라졌지만, 이쪽이 그의 진짜 말투다.

"그자들은 내가 뭘 숨기고 싶었는지도 눈치챘겠지."

그가 숨긴 것.

그것은 레이가 그에게 보여준 벽화의 사진 속에 있다.

그 벽화의 문구 중에…… 마리오가 레이 앞에서 **해독하지 않**

279

았던 문장이 있다.

『이 시설에서 황옥병을 양산──하고 대 '화신'용 결전병기 [아크라 바스타]의 개발──을 완수하여 언젠가 반드시 수천, 수만의 '짐승의 화신'을 구축하리라.』

일부러 읽지 않았던 부분.

거기에는 황옥병보다 훨씬 강대한 병기의 존재가 숨겨져 있었다.

애초에 〈유적〉 안에 강대한 병기가 보관되어 있다는 것 자체는 다른 탐색자들이 가져온 물품을 감정하는 동안 파악하게 되었지만.

"선선대 문명의 결전병기. [엠펠스탠드]와 동격이거나 그 이상⋯⋯이라."

그는 탄식했다.

그런 것에 손을 대야만 하는 것을.

그리고 손을 대지 않고 방치할 수는 없다는 것을.

"황국을 위해서⋯⋯ 그런 것이 왕국의 손에 넘어가게 둘 수는 없겠지."

특무병은 그렇게 말하고⋯⋯ 〈유적〉이 묻혀 있는 산을 보았다.

눈동자의 색은 선명한 푸른색이었지만, 눈초리는 선명한 것과는 거리가 멀었다.

레이가 마음속으로 지친 눈이라 평가를 내렸던 그것은──
마치 죽은 사람 같은 눈이었다.

그는 아이템 박스에서 통신마법용 아이템을 꺼내 지정된 번호로 연결했다.

"——로건, 도착했나?"

『그래, 현재는 근처 산속에 있다. 그쪽은?』

연락을 받은 상대는 [마장군] 로건 고드하르트.

그의 협력자이자 지금부터 실행할 작전에서의 유일한—— 그리고 **수많은** 아군이다.

"내가 특무병이라는 것을 들켰다."

『……이봐.』

"하지만 나라는 것은 눈치채지 못한 것 같다. 문제는 없어."

『……황왕이 결정된 뒤에 일어난 내란 때문에 특무병 생존자는 **유일하게 황왕에게 붙었던** 네놈밖에 없으니까. 뭐, 황국의 내부 상황을 왕국 녀석들이 알 수 있을 리가 없지.』

"예정대로 내일 아침에 작전을 결행한다. 작전 목표는 〈유적〉 내부에 잠들어 있는 [아크라 바스타]라는 결전병기, 그것을 탈취하거나 파괴하는 것이다."

『알겠다. 그런데 야습은 안 하나? 내 악마들은 밤눈이 밝은데.』

"아직 [아크라 바스타]가 격납되어 있는 곳을 왕국 쪽에서도 알아내지 못했다. 그리고…… 나도 준비할 필요가 있고."

『……그렇군, 그건가.』

"그래, [**에델바르사**]의 인형이다. 몇 대 가지고 오긴 했지만 숫자가 부족하다. 지금부터 《마리오네트 플래툰 크리에이션》을 사용하면 내일 아침까지 내가 동시에 조작할 수 있는 한계치인 1000대를 마련할 수 있다. 그쪽도 최소한 아롱 클래스를 2000마리 정도는 마련해다오."

『……처음 예정으로는 그렇게 많은 전력을 내보낼 계획이
아니었을 텐데.』

"필요하다고 판단했다. 〈유적〉의 황옥병이나 왕국의 [묘신],
그리고…… '언브레이커블' 같은 뜻밖의 전력도 있다. 지나치다
싶을 정도가 딱 좋지."

『…………』

로건은 특무병이 한 말을 듣고 '이 [마장군]만 놓고 봐도 지나
치게 많은 전력인데 말이야'라고 생각했다. '왕국의 결투 2위와
장래가 유망한 루키, 〈유적〉의 기계가 어느 정도 있다 해도 나를
당해낼 수는 없다', 로건은 그렇게 생각하고 있었다.

"전력이 늘어나긴 하겠지만, 작전은 변경하지 않는다. 미리
정한 대로 기술과 부산물은 내가 확보한다. 로건은 왕국 측 방
어 전력을 교란해라."

하지만 로건은 마음 속으로 생각한 것을 굳이 말하지 않고 그의
제안을 받아들였다.

『알겠다. 네놈의 판단을 존중하여 그 퀘스트 내용을 수락하도록
하지――**기프티드 바르바로스 원수**.』

◇ ◇ ◇

□[황기병] 레이 스탈링

그 〈유적〉에는 황옥병 말고도 다른 병기가 잠들어 있다.

황옥병이 필요 없는 황국도 다른 원하는 것이 있다면 움직일 것이다.

백작 부인이나 길드에는 바로 통신마법으로 드라이프가 개입할 가능성이 있다고 연락했다. 좀 전에 길드에 갔을 때, 길드의 통신마법용 매직 아이템 보조장치를 아즈라이트가 맡아두고 있었기에 도움이 되었다.

"그런데 드라이프 쪽 움직임에 따라 도움이 되는 게 한 가지 있어. 드라이프가 공격한다면 제2의 병기가 존재한다는 것이 거의 확실해지지. ……더욱 거대한 위험요소를 놓치게 될 가능성이 줄어드니까."

그렇게 볼 수도 있구나.

"그런데 일이 점점 커지는구나……."

공장에서 계속 생산되고 있을 황옥병.

〈유적〉 어딘가에 잠들어 있을지도 모르는 제2의 병기.

그리고 그 병기를 노리고 움직이기 시작한 드라이프 황국.

지금까지 최대의 난관이었던 프랭클린이 일으킨 사건을 뛰어넘을지도 모르는 골칫거리다.

그래도…… 역경이 다가온다면 맞설 수밖에 없겠지.

"마리오 선생님은 내일 〈유적〉을 정지시킬 예정이라는 걸 알고 있었어. 드라이프가 공격한다면 시간을 언제로 잡을까?"

〈유적〉을 정지시키기 전에 가동 중인 상태일 때 수확하러 오든지.

아니면 〈유적〉을 정지시킨 뒤에 오든지.

전쟁이 일어날 때까지 오지 않을 수도 있다.

생각해볼 수 있는 경우는 몇 가지 있다.

"지금 드라이프의 영지에서 군대가 움직이고 있는 것 같은 낌새는 없다고 해. 그러니까 〈유적〉을 정지시키려는 때 전후로 공격한다면…… 소수 정예로 전격전을 펼치겠지."

"소수 정예……."

"그 마리오라고 자칭한 사람을 비롯한 특무병, 그리고 전투 실력이 뛰어난 〈마스터〉겠지."

기데온에서 프랭클린과 유고가 그랬던 것과 마찬가지……는 아니다.

그것은 기데온의 〈마스터〉와 큐코의 능력의 상성, 그리고 〈초급 격돌〉이라는 이벤트를 이용하여 왕국의 전력을 가두어두는 작전이었다.

이번에는 그런 함정이 없을 테니…… 순수하게 전력으로 밀어붙일 것이다.

"하지만 숫자는 많지 않을 거야. 이 〈유적〉이 발견되고 나서 아직 사흘밖에 지나지 않았어. 기데온에서 벌어졌던 사건처럼 용의주도하게 준비할 시간이 없었을 테니까."

"〈마스터〉라 해도 그렇게까지 급하게 상황에 맞출 수 있는 녀석도 별로 없다는 건가……."

하지만 그건 이쪽도 마찬가지다.

이 카르티에 라탱에는 〈유적〉을 탐색하기 위해 왔던 소수의

〈마스터〉와 원래 이 카르티에 라탱을 거점으로 삼고 있던 〈마스터〉밖에 없다.

만약 상대방이 기데온에서 그랬던 것처럼 〈초급〉을 전력으로 내보낸다면 전력 중에 대항할 수 있는 것은 전 결투왕이었던 톰 씨 정도밖에 없다.

아니면…….

"어찌 됐든, 경계할 필요는 있겠지."

"그래. 왕국 쪽 〈마스터〉는 어느 정도나 있어?"

"……〈유적〉을 정지시키기 위해 의뢰한 〈마스터〉가 있긴 한데……."

아즈라이트는 그렇게 말한 뒤 말꼬리를 흐렸다.

하지만 그녀가 무슨 말을 하고 싶은 건지…… 아니, 하고 싶지 않은 건지는 알 것 같았다.

어제 들었던 대로, 그녀는 〈마스터〉를 전쟁에 끌어들이고 싶어하지 않는다. 〈유적〉을 탐색하거나 정지시키는 것까지는 허용할 수 있어도 드라이프와 직접적으로 전투를 벌이는 것…… '전쟁'에는 끌어들이고 싶지 않다고 생각하는 것이다.

지금부터 시작될 전쟁의 전초전이라 할 수 있는 이 싸움에도 〈마스터〉를 내보내고 싶지 않은 것 같다.

"……방어는 나를 중심으로 한 티안을 내세울 거야. 그러니까 당신까지 포함한 〈마스터〉들은 〈유적〉을 정지……."

눈앞에 처한 상황과 자신의 생각 때문에 고뇌하면서 그녀는 그렇게 말했을 것이다.

하지만 그것에 대해 내가 결정한 답은 다르다.

"아니, 나는 지상에 남아서 드라이프의 〈마스터〉와 싸울 거야."

"레이!"

내가 한 말을 듣고 나무라는 듯이 아즈라이트가 내 이름을 큰 소리로 불렀다.

하지만 나는 계속 말을 이어나갔다.

"어제 말이야. 여차하면 〈마스터〉들이 왕국에 협력할 거라고 했잖아?"

"……그래."

"나도 그럴 거라고도 했고. 그러니까 내일도 습격해 올 드라이프의 〈마스터〉하고 싸울 거야."

어젯밤에 말했던 이유로 인해 나는 내일 싸우는 걸 선택한다.

"그러니까 그건 내 역할이고, 조사라면 모를까, 전쟁까지 당신들 〈마스터〉에게……!"

"말해줘."

"……뭐?"

아즈라이트가 거절하는 이유를 모르고 있는 지금은 나 자신이 싸워야 한다고 생각한다.

그러기 때문에 싸우기 전에 들어야만 한다.

아즈라이트의 이유를.

"어째서 네가 그렇게까지 〈마스터〉의 참전을 거부하는지. 그 이유를…… 네 마음을 말해줘."

"내, 마음?"

"어째서 〈마스터〉를 전쟁에 내보내고 싶어하지 않는 거야?"

그 이유를 듣지 않으면 나도 그녀의 마음을 받아들이는 선택을 할 수가 없다.

그런 마음을 담은 내 질문을 듣고 아즈라이트가 입을 다물었다.

할 이야기가 없는 것이 아니라…… 어떤 생각을 하며 고민하는 침묵이라는 것을 알 수 있었다.

하지만.

"…………알았, 어."

그리고 아즈라이트는 천천히 이야기하기 시작했다.

"이유는, 두 가지 있어. 한 가지는 〈마스터〉에 대한 불신이야."

그것은 나도 알고 있었다.

왕국의 티안 중 일부는 저번 전쟁 같은 이유로 인해 〈마스터〉를 신뢰하지 않는다.

스승인 랑그레이 씨나 선생님이라 불렀던 [대현자].

그들 말고도 다른 누군가를 잃었을지도 모르는 그녀가 〈마스터〉들을 믿지 않는 것은 어쩔 수 없다.

"하지만 당신의 협력을 거부하는 이유는…… 그게 아니야. 레이를 믿지 못하는 게 아니니까."

그 말은 그녀가 믿어주고 있다는 뜻이다.

하지만 그와 동시에 믿으면서도 거절하고 있다는 뜻이기도 하다.

"거절하는 이유는…… 돌아가신 아버지께서 하신 말씀이야."

"아즈라이트의, 아버지?"

"그래, 아버지께서는…… 왕국의 정치 중심에 계시면서 4, 5년 전부터 〈마스터〉가 증가한 것에 대해 많은 생각을 하셨어."

4, 5년 전…… 〈Infinite Dendrogram〉이 서비스를 시작했을 때인가?

형을 비롯한 선발대가 로그인해서 여러 사건을 일으키거나 해결하기 시작했을 때다.

"아버지께서는 죽지 않고 강력한 힘을 지닌 〈마스터〉들이 계속 늘어나고 힘을 계속 키우게 되면 어떻게 될지 계속 생각하셨어."

"위험하다고 생각했다는 거야?"

"아니야. 오히려 정반대…… 아버지께서는 〈마스터〉를 인간이 아니라 인간을 보다 좋은 미래로 이끌면서 세계를 변혁하는 자. 그야말로 전설에 나오는 신의 사자 같은 거라 생각하셨어."

"……신의 사자란 말이지."

그런 예를 들면서 〈마스터〉 이야기를 하는 건 처음 들었네.

……그 '이대륙선', 신과 권속들의 이야기와는 다른 뜻이겠지만.

"그래서 아버지께서는 전쟁을 위해 〈마스터〉를 고용하려 하지 않으셨어. 많은 돈을 주고 〈마스터〉를 고용해서 전쟁에 이용하는 것이 당연해지고, 〈마스터〉가 전력이라는 생각이 널리 퍼지게 되면 세계에 미래가 없다고 생각하셨으니까."

"…………."

그것은 〈마스터〉라는 존재를 높게 평가하는 사고방식이다.

하지만 대다수의 〈마스터〉들에게 그 생각은 들어맞지 않을 것이다.

왜냐하면 나를 포함한 모든 〈마스터〉들이 처음 시작한 이유는 놀이였기 때문이니까.

나처럼, 또는 내가 아는 사람들처럼, 이쪽을 접하는 동안 이 세계의 생명을 소중하게 여기게 된 사람들이 있다고 해도…….

처음부터 '이 〈Infinite Dendrogram〉 세계를 좋은 방향으로 이끌어간다'고 생각한 사람은 아무도 없었을 것이다.

종교 관계자인 그 여자 괴물 선배도 마찬가지일 것이다.

아즈라이트의 아버지라는 사람이 정치의 중심에 있었다면, 어떤 의미로는 그렇게 어긋난 인식이 현재 상황을 만들어낸 이유 중 하나다.

〈마스터〉는 결코…… 신의 사자가 아니니까.

"아즈라이트는 그렇게 생각하지 않잖아?"

"……그래. 하지만 나는 아버지께서 하신 말씀을 계속 지킬 거야. 그것이 아버지와의 마지막……."

그리고 아즈라이트는 말을 하지 않았다.

아즈라이트의 아버지가 죽은 것은 저번 전쟁 때였을 것이다.

아직 1년도 지나지 않은 기억이 가슴에 박혔고, ……아즈라이트는 더 이상 아무 말도 할 수 없게 되었을 것이다.

"…………."

죽은 사람의 마음에 사로잡혀 있다고 말하는 건 쉽다.

하지만 그녀가 그 추억을 소중하게 여기고 있다면, 그 말은 결코 해선 안 된다.

그래서 나는…… 그녀의 마음에 참견하지 않는다.

그저…….

"……내가 이쪽으로 오기 전에 어떤 녀석이 이렇게 말했어."

"뭐?"

내…… 〈마스터〉의 이야기를 하기로 했다.

"'영웅이 되거나 마왕이 되거나, 왕이 되거나 노예가 되거나, 선인이 되거나 악인이 되거나, 뭘 하거나 아무것도 하지 않거나, 〈Infinite Dendrogram〉에 있거나 〈Infinite Dendrogram〉을 떠나거나, 뭐든지 자유야. 할 수만 있다면 뭘 하든 좋아'."

그것은 관리 AI인 체셔에게 들은 말.

내가 〈Infinite Dendrogram〉에서 뭘 하면 되냐고 물었을 때 들은 말이다.

"그 말은……?"

"내가 〈마스터〉로서 이 세계에 오기 직전에 들은 말이야. 아마 〈마스터〉들은 거의 대부분 이것과 비슷한 말을 들었겠지."

피가로 씨도 관리 AI가 '당신의 자유로운 나날에 축복 있으라' 라는 말을 들으며 보내주었다는 모양이었다.

분명 관리 AI에게, ……이 〈Infinite Dendrogram〉의 운영 측에게 중요한 것은 그런 거다.

즉…… '자유'.

"〈마스터〉는 자유롭고, 뭘 하든지 〈마스터〉 자신이 선택해. 〈마스터〉라는 '틀'에 따라 세계를 바꾸거나 멸망시키는 게 아니야."

"…………."

"모든 〈마스터〉는 자신의 의지로 자신이 어떻게 존재할지를 자유롭게 선택하지."

〈마스터〉는 자유롭다.

어떤 선택도 할 수 있다.

다른 사람의 사정을 제멋대로 외면하더라도 자유롭게.

그 선택에 따라붙는 책임이 있다 해도 선택하는 건 자유다.

많은 〈마스터〉들이 선택해 왔다.

나도 지금까지 지내면서 선택을 거듭했다.

그러니 지금도 마찬가지로…… 나는 선택한다.

"나라는 〈마스터〉가 지금 선택하는 건── 아즈라이트와
이 카르티에 라탱을 지키는 거야."

그것이 지금 내가 한 선택이다.

이것은 아즈라이트나 그녀의 아버지의 의지와는 어긋날지도
모른다.

하지만 이 선택은 밀어붙인다.

"……!"

"이건 〈마스터〉 전체의 공통된 의견도 아니고, 아즈라이
트의 아버지의 사상하고도 상관이 없어. ……그저 내 자유와
고집이야."

스스로 선택해서 거절하더라도 아즈라이트를 지킨다.

그것이…… 〈마스터〉의 '자유'라는 거겠지.

"……어째서 나를 그렇게까지 신경 써주는 거야?"

"실은, ……나도 잘 모르겠어."

바로 어제 만난 아즈라이트.

그런데 나는 어째서 그녀는 이렇게 신경 쓰고 있는 걸까.

"…………알몸을 봐서?"

"그건 아니야!! 내가 너를 지키고 싶다고 생각한 건……."

그 질문만은 확실하게 부정한 다음 이유를 머릿속으로 생각했다.

그렇게 몇 초가 지나자 답 같은 것을 찾아냈다.

"……내버려 둘 수가 없어서, 인가?"

"내버려 둘 수가, 없어?"

"너, 내가 지금까지 본 사람 중에 마음이 제일 긴장한 것 같은 사람이거든. 평범하게 이야기하면서도 한편으로는 계속 신경을 쓰고 있는 것 같고……."

그것을 제일 잘 느낀 것은 벽화가 있는 넓은 방에서 이야기를 나눴을 때, 그리고 지금이다.

이 녀석은 자기 자신에게 책무를 계속 맡기면서 부러질 것 같고 터져버릴 것 상태인데도 필사적으로 계속 달려가고 있다.

그래서 받쳐주고 싶어지고, 지켜주고 싶어진다.

이대로 이 녀석이 닳아 없어져버리는 모습을 보게 되면…… 분명 뒷맛이 씁쓸할 테니까.

"내 마음이 너를 받쳐주고, 지켜주고 싶다고 생각하기 때문이야. 다른 이유 같은 건 없어."

"…………그래."

"아무튼 내일은 나도 방어를 맡을 거야. 아즈라이트에게 지금 생각하는 거나 아버지가 남긴 뜻을 버리라고 하지는 않을 거고. 하지만 내 고집대로 내일은 네 곁에 있을 거야."

"······당신의 논리는 그럴싸한 건지 서투른 건지 모르겠네······,
모르겠어."

그렇게 말한 아즈라이트는······ 울고 있었다.

하지만 그녀의 입가는 웃고 있는 것 같았다.

"그래도·········· 고마워."

아즈라이트는──── 울면서 웃고 있었다.

몇 분 뒤, 두 사람은 그곳을 떠나 내일을 위해 움직이기 시작
했다.

이제부터 내일 아침에 〈유적〉의 공장을 정지시키고 드라이프에
대책을 세우는 등 해야 할 일이 많았기 때문이다.

하지만.

"··········."

두 사람이 떠난 그곳에 어떤 사람이 모습을 드러냈다.

"자유, 라."

그것은──── [묘신] 톰 캣.

그도 아즈라이트와 마찬가지로 기척을 지우고 그곳에서 이루
어진 대화를 듣고 있었다.

마리오와 나눈 대화, 그리고 레이와 아즈라이트가 나눈 대화를
모두 들은 그는.

"제대로 전해진 모양이네."

왠지…… 부드러운 미소를 짓고 있었다.

"그 말을 받아들여 준 건 [범죄왕(젝스)]과 [명왕(베네트나쉬)]에 이어 세 사람째인가? ……역시 레이 군은…… 응, 착한 아이야."

그렇게 다른 사람은 의미를 알 수 없는 말을 중얼거린 다음…… 그도 마찬가지로 그 자리를 떠났다.

□■카르티에 라탱 산속

〈유적〉이 있는 산에서 밤새 열몇 개의 파티가 움직이고 있었다.

그들은 모두 퀘스트를 받은 〈마스터〉들이었고, 지금도 카르티에 라탱의 산속을 돌아다니는 황옥병을 격파하고 회수하느라 바빴다.

"이제 일곱 대인가? 꽤 괜찮게 벌리는군."

"반대로 말하자면 우리들이 쓰러뜨린 것만 해도 일곱 대야. 이 산에 얼마나 있을지…… 소름이 돋는데."

방금 이야기를 나눈 파티도 그중 하나.

[강창사(스트롱 랜서)], [강궁수(스트롱 아처)], [사교(비숍)], 그렇게 균형 잡힌 3인조였다. 그들처럼 열심히 움직이는 파티들로 인해 산속에 있던 황옥병은 숫자가 줄어들기 시작하고 있었다.

"내일 아침부터 〈유적〉을 정지시키는 퀘스트도 시작되는 거지? 그쪽은 어떻게 할까?"

"물론 참가해야지. 이런 기계가 〈유적〉에서 쏟아져 나온다고 생각해봐. 카르티에 라탱(홈 타운)이 사라질 거라고."

"그렇죠. 전투력은 아룡과 비슷한 수준이지만, 티안에게는 위협적일 테니……."

그런 이야기를 하면서 그들은 다음 황옥병을 찾아 산속을 걸어갔다.

그런데 그런 그들 앞에 기묘한 광경이 펼쳐졌다.

"이봐, 이게…… 뭐지?"

"나무가 사라졌어?"

그 공간에는 구멍이 뻥 뚫린 것처럼 나무가 사라진 상태였다.

마치 지면까지 통째로 나무뿌리를 파헤친 것처럼 흙만 남아 있었다.

"그 기계가 나무를 파헤치기라도 한 건가? 아니면 다른 몬스터가?"

"모르겠어. 하지만 상황이 이러니 경계할 필요가 있겠는데."

[강창사]와 [강궁수]는 [사교]를 중심에 두고 양쪽에 서서 각자 사각을 커버하며 모든 방향을 경계했다.

[사교]도 마찬가지로 두 사람에게 필요한 지원 스킬을 바로 쓸 수 있게끔 준비하고 있었다.

그것은 파티로서 뛰어난 연계였고, '지원 직업이 포함되어 있다면 이런 상황에서는 당연히 이렇게 할 것이다'라는 견본이었고, ──매우 노리기 쉬운 표적이었다.

『페이즈 1.』

그 순간, 파헤쳐서 부드러워진 흙에서 튀어나온 것이 중심에 있던 [사교]에게 달라붙었다.

"……어?"

튀어나온 것, 나무를 뒤틀어 만든 것 같은── 실제로도 나무를 휘어서 만든 인형은 나무 한 그루에 맞먹는 자신의 무게로 [사교]를 쓰러뜨린 다음 오른손으로 들고 있던 나이프로 [사교]의 목을 갈랐다.

"──!"

목이 망가뜨려 스킬의 선언을 막은 다음, 정수리, 척추, 심장에 칼을 꽂아 숨통을 끊었다.

생명 기능이 철저하게 손상되어 소생 유예 시간이 눈 깜짝할 새에 지났고, [사교]는 빛의 먼지로 변했다.

인형의 너무나도 빠른 공격.

"어?!"

"이 자식!!"

튀어나온 인형을 보고 반응한 [강창사]와 [강궁수]는 곧바로 인형을 파괴했지만, 이미 [사교]가 데스 페널티를 받은 뒤였다.

쓰러진 숫자는 양쪽 모두 1.

하지만 정체를 알 수 없는 인형 하나와 파티의 생명줄인 [사교]. 손실의 차이가 크다.

"대체 뭐야, 이 인형은⋯⋯?!"

"이 녀석도 없어지지 않네. 설마 이것도 그 기계와 마찬가지로 〈유적〉에서 나온 건가?"

쓰러뜨려도 사라지지 않는 몬스터. 그렇게 이상한 상황을 보고 [강궁수]는 자신들이 이 산에서 사냥하고 있던 것과 같은 거라 생각했지만, 그 고찰은 엇나갔다.

하지만 그들이 그 고찰이 엇나갔다는 것을 눈치챌 여유는 없었다.

『페이즈 2.』

그들이 쓰러뜨린 인형을 신경 쓰고 있던 동안 그들의 북쪽과 동쪽 지면이 솟구쳤다.

나뭇잎과 진흙으로 위장하고 있었던 커버를 밀쳐내고――인형 20대가 모습을 드러냈다.

그 인형들은 전부 다 [장착형 총]과 [드라이프]의 기계 병기들이 사용하는 것 같은 [어설트 라이플]을 지니고 있었다.

그리고 상황을 파악하려던 그들의 허를 찔러 풀 오토 십자포화로 그들을 벌집으로 만들었다. [강창사]와 [강궁수]는 저항도 하지 못하고 곧바로 빛의 먼지가 되었다.

그리고 그곳에는 데스 페널티를 받은 〈마스터〉가 드랍한 아이템과 총기를 빈틈없이 겨누고 있던 인형 20대만 남았다.

『클리어.』

그런 인형 안에 같은 의지를 지닌 말이 생겨났다.

『이제 18명인가.』

그 목소리는 그곳에 있던 20대뿐만이 아니라…… 산속에 있던 1000여 대의 모든 인형 내부에 생겨나고 있었다.

『아직 두 시간밖에 안 지났는데, 오랜만에 **1000대를 동시에 조작**하니 조금 힘들군.』

내부에서 그런 목소리를 흘리며 그곳에 있던 〈마스터〉를 섬멸한 인형은 각자 최적의 보행 방식과 시야를 고정시키는 방식을 실행하며 산속을 이동했다.

그것은 이 20대뿐만이 아니라 산속에 있는 모든 인형이 실행하고 있는 행동이었다.

불과 한 사람이 인형 1000대를 동시에, **수동으로 조작**하고 있는 결과다.

1000대의 시각 정보를 수신하고, 1000대의 상황을 파악하고, 1000대를 각각 조작하고, 1000대로 연계를 이룬다.

그리고 가져온 드라이프제 [진동 나이프]와 [어설트 라이플]을 인형에게 들려주고 자신이 사용했을 때와 거의 비슷하게 다루게끔 했다.

결과적으로 한 명의 개인이 지닌 의지로 완전하게 통솔된 한 명과 1000대의 군대가 생겨났다.

물론, 평범한 사람이 해낼 수 있는 일이 아니다.

자동이라면 모를까, 수동으로 그렇게 조작하는 것은 인간의 범주가 아니다.

하지만 그는 그것이 가능하다.

현재 황국 원수, 기프티드 바르바로스.

무인 병기 지휘 특화형 초급 직업 [무장군].

그리고 30년에 걸쳐 신화급 특전 무구, [무명군모 에델바르사]를 사용해온 최강의 특무병.

그에게 인형의 조작은 **두 다리로 걷기도 전에** 시작했던 행동이니까.

그야말로 황국 최강의 군인.

아니, 1인 군대(원 맨 아미)다.

『왕국 측의 전력을 조금 더 줄여둘까.』

야간의 기습 전투는 인생의 대부분을 특무병으로 지내온 그의

특기다. 내일 아침에 [아크라 바스타]를 탈취하기 위해 왕국의
전력을 줄이는 인간 사냥을 속행했다.

◇ ◇ ◇

□[황기병] 레이 스탈링

다음 날, 어제와는 달리 우울해질 것 같은 흐린 날씨였다.

"……왠지 하늘이 우중충하구나."

"그러네."

결국 어제는 한숨도 못 자고 여관 밖에서 눈을 뜬 채 아침을
맞이했다.

드라이프 쪽에서 개입하는 것이 거의 확실해졌기 때문이다.

길드가 왕도에 지원을 요청하기 위해 장거리 통신마법을 사용
했는데…… 차단된 모양이었다.

"정말 골치 아프게 된 모양이다."

"그래, 그 사람도 꽤 하는데……"

아마도 마리오 선생님의 소행일 것이다.

어제 우리가 〈유적〉을 탐색하던 동안에도 그 사람은 계속
지상에 있었다.

그동안 통신을 차단하는 장치를 카르티에 라탱 이곳저곳에
배치해 두었고, 우리에게 정보를 받은 길드가 시끄러워진 것을
보고 통신 차단 장치를 기동시켰을 것이다.

불행 중 다행인 건, 장거리 통신은 연결되지 않지만, 이 카르티에 라탱 안에서 주고받는 단거리 통신은 가능하다는 점이다. 그게 연결되고 있었기에 더 늦게 눈치채게 되었다고 할 수도 있지만.

현재 통신 차단 장치가 얼마나 많이 가동되고 있는지는 알 수 없기에 그것을 없애는 것은 현실적이라 할 수 없다.

지금, 상급이고 AGI형인 〈마스터〉가 길드에서 퀘스트를 받아 전령으로서 왕도로 달려가고 있긴 하지만, 제때 맞춰서 도착할 수 있을지는 모른다.

애초에 중간에 전령이 당할 가능성도 있다.

아마 마리오 선생님은 그게 가능할 정도의 실력이 있을 것이다.

떠오른 것은 마리오 선생님이 아즈라이트의 검광을 피했을 때 보여준 그 움직임.

그것은 높은 AGI로 피한 것이 아니라 몸놀림의 일종이었던 것 같다. 그것도 차원이 다를 정도로 수준이 높은 몸놀림이다.

특무병, 드라이프에서도 최강의 병종이라고 아즈라이트가 말했는데…….

"레이. 그대의 감에 따르면 마리오의 실력은 어느 정도나 되는가?"

"……최소한 결투의 상위 랭커 클래스."

더욱 정확하게 말하자면 첼시나 비슈마르 씨가 이기는 모습이 상상도 안 될 정도라 할 수 있다.

자세한 정보를 수집한 결과는 아니고, 직감에 가깝다.

하지만 그 순간에 마리오 선생님이 뿜어낸 위압감이 형이나 피가로 씨……, 〈초급〉과 비슷했다는 건 틀림없다.

티안일 텐데도.

"경계를 하고 있었는데…… 밤에는 오지 않았구나."

통신을 차단했다는 것은 드라이프는 정보가 왕도로 전달되어 원군이 오기 전에 승부를 내려고 하기 때문이라 할 수 있다.

하지만 밤에 공격하지 않았다 해도 드라이프는 앞으로 몇 시간 이내에 습격할 것이다.

이쪽은 드라이프에게서 〈유적〉과 카르티에 라탱을 지키면서 황옥병 공장을 정지시키고 하나 더 존재하는 것 같은 병기를 확보하거나 파괴해야만 한다.

……참 힘든 상황이다. 형이나 피가로 씨, 기데온에 있는 동료들이 있다면 든든할 텐데, 공교롭게도 어젯밤부터 형과 연락이 되지 않아서 동료들에게 말을 전해달라는 부탁도 하지 못했다.

연락이 되어서 동료가 와준다고 해도 왕국 남쪽에 있는 기데온에서 북쪽에 있는 카르티에 라탱까지 오늘 안에 도착할 수 있을지는 미심쩍다.

그리고 선배도 이야기했던 집안 사정 때문이지 휴대폰을 꺼둔 모양이었고, 선배를 통해 여자 괴물 선배 쪽과 연락을 취할 수도 없었다.

〈마스터〉 중에는 게시판에 카르티에 라탱의 상황을 올리고 '도움 요청!'이라는 글을 올린 사람도 있는 것 같은데, 그쪽도 원군이 올지는 미지수다.

지금 상황에서는 이쪽의 전력이 늘어날 가능성은…… 적다.

"표정이 굳었네."

"아즈라이트……."

어느새 내 옆에 그녀가 서 있었다.

"일단 먹을 걸 가지고 왔는데."

아즈라이트는 그렇게 말하며 따뜻한 차와 샌드위치를 내게 건넸다.

"고마워. 이건 여관 사람들이 준 거야?"

"그래. 〈유적〉에 대처하는 사람들에게 주겠다고 말이야."

참 고마운 것 같다.

그때, 아즈라이트가 내게 음식을 주며 뭔가 하고 싶은 말이 있는 것 같아 보였다.

"상황에 변화가 생겼어?"

"예리하구나. ……좋은 소식과 안 좋은 소식이 있어."

한순간, '영화에서 자주 들어본 대사네'라고 생각했는데, 생각해보니 지금 상황은 꽤 그런 영화와 비슷했다.

"좋은 소식부터 말해줘."

"〈유적〉 안쪽으로 이어지는 것으로 보이는 길이 발견되었어. 산속에 있는 어제 들어간 곳과는 다른 구멍에서 황옥병이 빈번하게 나타나는 모양이야. 그 안쪽에 공장이 있겠지."

황옥병을 만드는 공장으로 이어지는 길을 찾아내야 아침에 정지시키기 위해 돌입할 수 있다고 했기에 좋은 소식이었다.

"방금 톰 캣을 비롯한 〈마스터〉 수십 명이 공략하러 갔어."

"그렇다면 그쪽은 괜찮겠구나."

톰 씨라면 어제 그랬던 것처럼 〈유적〉의 방어 시스템을 돌파하고 안쪽까지 도착할 수 있을 것이다.

"……그래서, 안 좋은 소식은?"

"산속에서 황옥병을 처리하고 있던 〈마스터〉들이 서른 명 정도 쓰러졌어."

"드라이프야?"

"그래. 〈마스터〉들과 함께 행동하고 있던 티안의 말에 따르면 나이프나 총기로 무장한 인형에게 습격당했다고 하던데."

나이프나 총기로 무장한 인형이라.

그러고 보니 어젯밤에 벨도르벨 씨가 드라이프에 인형 특전무구를 다루는 티안이 있다고 했었다.

그 사람이 특무병…… 마리오 선생님이었는지도 모르겠다.

그밖에도 마음에 걸리는 게 있긴 하지만…… 지금은 그것이 머릿속에서 뚜렷한 형태를 이루지 못했다.

"그런데 〈유적〉에 가지 않은 사람은 얼마나 돼?"

"카르티에 라탱 영지의 기사단이 200명, 〈마스터〉는 상급과 하급을 합쳐서 50명이 안 돼. 그리고 〈유적〉을 탐색하러 왔던 티안이 4~50명 정도."

"다 합쳐서 300명이 안 된다는 건가."

꽤 많은 숫자라 할 수 있겠지만, 상대방 쪽에는 적어도 하룻밤 만에 〈마스터〉 서른 명을 쓰러뜨린 마리오 선생님이 있다.

그리고 만약 프랭클린 같은 전력이 나올 경우…… 매우 위험하다 할 수 있다.

그런 위협에 맞설 수 있는 비장의 수는…… 있다.

"…………."

나는 두 손을, ……[장염수갑 갈드랜더]를 보았다.

그와 동시에 [자원주갑 고즈메이즈]도 내려다보았다.

이미 〈유적〉이 위험하다는 정보가 퍼졌는지 카르티에 라탱에서
조금씩 어두운 사념이 방출되고 있었고…… 그것이 [자원주갑]에
흡수되고 있었다.

조만간 드라이프가 습격을 가하면 더욱 늘어날 것이다.

비장의 수를 쓸 수 있는 상황이 될지도 모른다.

『이 스킬에는 세 가지 제약이 있, 거든?』

『그중 하나는 이미 달성했지만, 나머지 두 가지. 특히 사용한
뒤가 문제, 려나?』

이틀 전, [기절]한 동안 [갈드랜더]와 이야기를 나누었을 때
그 녀석이 한 말이 떠올랐다.

특히 사용한 뒤에 발생하는 **세 종류의 디메리트**에 대해.

디메리트의 확률은 1/3.

자칫하다가는 데스 페널티…… 또는 **그보다 더 안 좋은 상황이
될 수도 있다.**

그러니 불안요소가 없다고 하면 거짓말이다.

하지만 그것으로만 해결할 수 있는 상황이 생긴다면…….

"레이?"

"왜 그러는고? 뭔가 마음을 단단히 먹은 듯한 표정이다만……."

내가 생각에 잠기려던 참에 아즈라이트와 네메시스가 불렀고, 정신이 들었다.

……응?

"네메시스. 너, 내가 무슨 생각을 하고 있었는지 몰랐어?"

"으음. 왠지는 모르겠지만 읽지 못했다. ……망측한 생각이라도 하고 있었던 게냐?"

"그건 아니야."

[갈드랜더]가 그것에 대한 정보를 읽지 못하게끔 하는 건가?

……뭐, 지금은 [기절]하지도 않은 상태라 그 녀석과 이야기를 할 수가 없으니 확인할 방법도 없겠구나.

"그리고 아즈라이트. 방어를 맡을 수 있는 사람이 모두 합쳐서 300명이 안 된다는 건 알았는데, 어디에 어떻게 배치해서 방어할 거야?"

"그래. 지금은……."

그 뒤로 아즈라이트가 방어 태세에 대해 설명해주었다.

그런데 그 도중에…….

『……직, ……치직…….』

아즈라이트가 가지고 있던 통신용 매직 아이템이 노이즈를 내뿜었다.

원래 모험자 길드의 통신기니까 길드에서 들어온 통신일 것이다.

"나야. 무슨 일 생겼어……?"

『……아즈라이트 님! 〈유적〉에서 연락이!』

매우 허둥대는 목소리였는데, 어제 들은 적이 있었던 길드 직원의 목소리였다.

그 목소리는 통신 너머로.

『〈유적〉 내부에서 지금까지보다 훨씬 많은 황옥병이 쏟아져 나왔다고 합니다……! 그 숫자는 **1000대 이상**……!』

──뜻밖에도 불길한 소식을 전했다.

◆ ◆ ◆

■30분 전 · ???

[지르콘 리더(풍신자석지통솔자)가 전달.]

[근처 에리어에 큰 에너지 반응 있음.]

[위험도 판정── A++ 탐지.]

['화신'과 유사한 반응 탐지.]

[준 ■■■■■■■── **슈페리얼** 클래스로 단정.]

[본 시설에 침공하려는 의도 있음.]

[절대 방어 태세 발령.]

[모든 황옥병, 전투 태세.]

[[지르콘 파이어(풍신자석지포화)] 모든 재고── 2065대를 방어전 장비로 기동.]

[[지르콘 레이저(풍신자석지섬광)] 모든 재고── 898대를 방어전 장비로 기동.]

[대 '화신'용 결전병기, 상태 확인.]
[대 '화신'용 결전병기 3호 [아크라 바스타]── 완성도 37퍼센트.]
[선체 한정으로는 완성도 75퍼센트.]
[주 병장 및 보조 병장 미실장.]
[해석병기 중 한 종류는 완성, 탑재됨.]
[심의── 전선 투입 결정.]
[출격 준비를 개시.]
[전선 투입 시기는 [지르콘 리더]의 판단에 맡기고 대기.]
[결전병기 반입에 따라 연계 타진.]
[1호, 2호 격납 기지에 원군 요청 타진── 통신 연결되지 않음.]
[해당 위협에 대해 본 시설 단독으로 방어전을 결행함.]
[해당 위협의 배제 완료시까지 주변 지역에 대한 피해── 무관.]
[인류의 흥망, 이 일전에 달렸음.]

[──'이대륙선'의 위협을 일소하라.]

□[황기병] 레이 스탈링

"황옥병이⋯⋯?!"
1000대가 넘는 황옥병의 출현.
뜻밖에도 불길한 소식을 듣게 된 우리는 전율했다.

"연료로 삼을 생물을 어디서 확보했다는 게냐……!"

네메시스의 의문은 당연했다.

황옥병의 '생물을 격납시켜 동력원으로 삼아야만 하는' 사양을 고려하면 가동시킬 수 있는 한계는 산속에 돌아다니는 정도일 것이라 생각하고 있었다.

만약 기체의 재고가 수천 대 있다 해도 움직이지 않으면 의미가 없다.

만약 어제 추측했던 대로 동력로 탑재기가 몇 대 있다 해도 그것말고는 연료 없이 움직일 수 있을 리가 없다.

하지만…….

『나타난 황옥병은 모두 등에 관이 연결되어 있다고 합니다……!』

"관? ……윽!"

그 대답을 듣고 나는 수많은 황옥병이 움직이고 있는 이유를 알게 되었다.

"전원 케이블이구나!!"

정확히는 마력 케이블이라고 해야겠지만, 마찬가지다.

이번에 나타난 녀석들은 생물을 안에 넣는 것이 아니라……〈유적〉에게서 직접 움직이기 위한 에너지를 얻고 있다.

유선식인 이상 우리가 처음 만난 개체처럼 멀리 나올 수는 없을 것이다.

하지만 〈유적〉에서 벗어나지 않고 내부나 입구에서 방어한다면 그것만으로도 충분하다.

2000년이 지난 뒤에도 살아 있는 그 〈유적〉 자체의 동력을 사용하면 1000대가 넘는 황옥병을 기동시킬 수 있을 것이다.

"등에 달린 케이블, 아니 관을 절단하면……!"

『현장에서 그렇게 한 모양입니다만, 바로 멈추지 않았고……
스스로 다시 연결했다고 합니다.』

……그렇구나, 대책은 완벽하게 세워졌다는 거지.

그리고 짧은 시간 동안이라면 케이블로 충전(充매)한 분량으로
움직일 수 있다는 거고.

골치 아프게 만들어 놨네……!

"……그래서 톰 캣 일행, 〈유적〉의 돌입 멤버들의 소식은?"

『……갑자기 잔뜩 습격해 온 황옥병, 그리고 그 움직임에 연동되
어 있던 함정 때문에 절반이 쓰러졌다고 합니다. 남은 〈마스터〉들
중 대부분은 더 이상 나아가지 못하고 황옥병과 교착상태에 빠졌
다는 모양입니다.』

〈마스터〉는 강력한 전력이지만 〈유적〉 내부는 상대방의 영역
이고, 아룡과 맞먹는 적이 1000대 이상 있으니 쓰러질 만도 하다.

아무리 화력이 강한 〈마스터〉가 있다 해도 좁은 공간에 아군과
함께 있는 상황에서는 힘을 제대로 발휘할 수 없을지도 모른다.

하지만 그런 상황에서도 마음껏 움직일 수 있는 사람을 우리는
알고 있다.

"'대부분은' 그런 거라면 나아간 사람도 있다고?"

『[묘신] 톰 캣 씨가 홀로 황옥병 무리 속을 헤집으며 안쪽으로
갔다고 합니다.』

"톰 씨……!"

역시 톰 씨는 건재했다.

어제보다 적의 숫자가 훨씬 많은 상황인데도 아직 싸워주고 있다.

"알겠습니다. 저희도 지금부터 방어에 들어갑니다."

『알겠습니다. 다시 움직임이 생기면 연락드리겠습니다.』

그렇게 길드의 통신이 끊어졌다.

"……전혀 생각하지 못했던, 아니, 생각했어야 하는 요소일지도 모르겠어. 〈유적〉 방어 시스템의 위험에 대해서."

한 손으로 통신기를 들고 있던 아즈라이트는 침통한 표정이었다.

"이렇게 된 이상 공장을 정지시키는 것은 톰에게 맡길 수밖에 없을 것 같구나."

"……그래."

'아무리 그래도 톰 씨 혼자서는'이라는 생각과 어제 톰 씨가 전투를 벌이는 모습을 보고 든 '톰 씨라면'이라는 생각이 뒤섞여 있었다.

"……어찌 됐든 지금은 입구로 쏟아져 나온 황옥병부터 차례차례 격파할 수밖에 없어."

"으음."

그렇게 황옥병을 쓰러뜨리기 위해 〈유적〉으로 향하려 했을 때—— 방금 막 끊어진 통신기에 다시 통신이 들어왔다.

"무슨 일이야?"

『아즈라이트 님, 방금 〈유적〉에서 새로운 정보가 들어왔습니다……!』

그 목소리는 좀 전과 비슷하거나 그보다 더 당황한 것처럼 들렸다.

『〈유적〉에서 황옥병과 교전하고 있던 그룹의 뒤쪽에서 **나무 인형**이 대규모로 기습을 가했다고 합니다⋯⋯!』

"⋯⋯뭐?!"

인형.

그것은 분명히 산속에서 〈마스터〉를 서른 명이나 격파했다는 그 인형일 것이다.

그리고 아마도⋯⋯ 마리오 선생님이 조종하고 있는 인형이다.

"이 타이밍에, 기습을⋯⋯?!"

"⋯⋯이치에는 맞지. 지금이라면 왕국 쪽의 전력을 황옥병과 함께 **협공**할 수 있으니까. 그런 다음 황옥병을 제압하고 내부로 돌입할 셈일 거야."

왕국 쪽의 〈유적〉 돌입 전력을 해치우기에는 더할 나위 없이 좋은 기회라는 건가?

『아즈라이트 님. 백작 부인으로부터 카르티에 라탱 영지의 기사단이──.』

통신기 너머에 있던 사람이 어떤 말을 하려고 하던 참에 통신이 끊겼다.

"⋯⋯? 무슨 일이야?"

아즈라이트가 그렇게 물었지만 연결되지 않고 노이즈만 되돌아 왔다.

불안해져서 카르티에 라탱의 상황을 살펴보았지만, 그쪽에는 이상이 없었다.

아무래도 통신이 끊기기만 했을 뿐, 길드에 무슨 일이 생긴 것은 아닌 모양이었다.

"……통신 차단이라."

이미 확인된 장거리 통신 차단도 마리오 선생님이 꾸민 일이다.

그리고 장거리뿐만이 아니라 단거리 통신까지 포함한 차단으로 전환했을 것이다.

단거리 통신을 지금까지 사용할 수 있었던 이유는 장거리 통신을 사용할 수 없다는 것을 늦게 눈치채게끔 하기 위해서인 줄 알았는데, 그쪽에서도 단거리 통신을 사용했기 때문인지도 모르겠다.

그럴 필요가 없어졌기에 단거리 통신까지 막은 건가?

"아무튼, 〈유적〉으로 가자. 드라이프가 전력을 〈유적〉으로 보낸 이상, 우리도…… 아즈라이트?"

나는 실버를 꺼내 〈유적〉으로 향하려 했다.

하지만 아즈라이트는 카르티에 라탱을 바라보며 꿈쩍도 하지 않았다.

아니, 정확하게 말하자면—— 카르티에 라탱의 건너편을 보고 있었다.

"…………저기, 레이."

아즈라이트는 떨리는 목소리로 물었다.

공포로 인해 떨리는 것이 아니라…… 어떤 분노 같은 것을 참고 있는 것처럼 보였다.

"당신에게는…… **저게** 뭘로 보여?"

아즈라이트는 카르티에 라탱 거리…… 그 너머에 있는 산 위의 하늘을 손가락으로 가리켰다.

그 흐린 하늘 아래에는…….

◆ ◆ ◆

■카르티에 라탱 · 산속

〈유적〉이 있는 산과 카르티에 라탱 거리를 끼고 반대방향에 있는 산속에 어떤 남자가 있었다.

나이는 20대 전후. 푸른색과 흰색으로 장식되어 있어 마치 용사처럼 보이는 갑옷을 두르고 붉고 긴 머리카락이 등까지 내려와 있었다.

그 남자의 얼굴은 단정했고, 아는 사람이 보면 머리카락이나 갑옷까지 포함해서 2년 전에 히트를 친 RPG 주인공과 비슷하다고 생각했을 것이다.

그 남자의 이름은 로건 고드하르트.

황국의 〈초급〉 중 한 명이자 [마장군]이라는 직업을 지닌 자다.

초급 직업의 이름에는 어느 정도 법칙이 있다고 한다.

예를 들면 [파괴왕]이나 [복희(다운 프린세스)] 등으로 대표되는 [왕]은 직업마다 해당되는 특화 스테이터스와 숫자는 적지만 강력한 스킬을 갖추고 있다.

그 다음으로 [발도신(디 언시스)]이나 [지신(디 어스)] 같은 [신]은 스킬이 풍부하고 스킬 자체를 커스터마이즈하거나 새롭게 만들 수 있다.

[초투사]나 [대교수(기가 프로페서)] 같은 상급 직업의 이름이 격상된 명칭을 지닌 초급 직업은 그 직전의 상급 직업의 능력을 골고루 상승시켜주기에 어떤 의미로는 한곳으로 치우치지 않는 밸런스형 직업이라 할 수 있다.

그밖에도 [절영]이나 [경국(세이렌)] 등이 있지만, 그것들은 구분하기가 힘들다.

그렇다면 [무장군]이나 [마장군]으로 대표되는 [장군(제네럴)]의 직업 특성은 무엇일까.

그것은…… 《군단》이다.

《군단》은 '파티가 자신과 부하만으로 구성됨'이라는 조건 하에 발동시킬 수 있는 [장군] 한정 스킬.

효과는 『파티 칸을 대폭 확장시킨다』.

그 숫자는—— 최소한 1000.

스킬 레벨에 따라 증가하여 최대 10000에 달한다. (각 스킬 중에서도 스킬 레벨을 올리기 매우 힘든 스킬이기 때문에 끝까지 올리는 경우는 별로 없지만)

최소 1000여 개체로 구성된 파티와 파티 스테이터스 상승 스킬을 구사하여 숫자의 힘으로 싸우는 초급 직업. 그것이 [장군]이다.

물론 부하들은 스스로 모을 필요가 있다.

만약 몬스터로 부하를 갖추려 한다면 [주얼]을 가지고 다니거나 《환기》하는 것만 해도 매우 많은 수고가 들고, 비용도 많이 들 것이다. [무장군]인 바르바로스 원수도 부리는 인형은 **손수** 만들고 있다.

하지만 [마장군]은…… 정확히 말하자면 [마장군] 로건 고드하르트는 예외였다.

"시간이 되었군. 시작하도록 하지."

그의 앞에는 그가 소유하고 있는 지룡종 아룡 한 마리가 엎드려 있었다.

이번에 카르티에 라탱으로 오기 전에 바르바로스 영지에서 그가 마련한 아룡이었다.

로건은 그 아룡에게 손을 내밀면서 크게 영창하기 시작했다.

"'나, 이곳에 소유한 하나의 생명을 바친다'."

그 선언이 이루어진 순간, 아룡이 단말마를 지르며 빛의 먼지가 되었고, 로건의 시야에 들어온 직업 스킬 창에 『1250』이라는 숫자가 떴다.

이것은 제물을 바쳐 얻은 **포인트**이자 [마장군]의 스킬을 사용하기 위해 필요한 대가이다.

로건은 《군단》에 버금가는 [마장군]의 특성인 악마 소환을 마치 쇼핑 같다고 생각했다. 아이템이든 생물이든, 제물을 바침으로써 포인트를 얻고, 포인트를 소비함으로써 스킬이 발동된다.

스킬마다 소환할 수 있는 악마도 다르다. 그리고 스킬 중에는 소환할 악마의 스테이터스나 간단한 특성이 적혀 있는 것도 많다.

악마를 불러내는 데는 전부 다 시간제한이 있긴 하지만, 어떤 의미로는 만능이라고도 할 수 있다.

그중에서도 로건은《콜 데빌 레지먼트》라는 스킬을 애용했다.

《콜 데빌 레지먼트》: 소비 포인트『6000』
[솔저 데빌]을 100마리 소환. 30분간 부린다.

[솔저 데빌]은 하급 악마이고, HP와 LUC를 제외한 모든 스테이터스가 100으로 고정되어 있는 빈약한 악마다. (HP는 300, LUC는 10이다)

사용할 때 아룡 다섯 마리 정도의 제물이 필요한 데 비해 얻을 수 있는 전력은 숫자만 많을 뿐, 너무 약하다. 매우 가성비가 안 좋은 스킬이다.

──그것을 사용하는 사람이 로건 고드하르트가 아니라면.

"우선은 2000이다."
로건은『1250』이라고 적혀 있던 직업 스킬 창 안의 숫자를 손가락으로 그었다.

──그 직후, 수치가『12500』으로 바뀌었다.

그리고 로건은 스킬 설명 화면 중《콜 데빌 레지먼트》의 문구를 손가락으로 그었다.

《콜 데빌 레지먼트》: 소비 포인트 『6000』

[솔저 데빌]을 1000마리 소환. 300분간 부린다.

그리고 스킬 설명에 덧붙여져 있던 [솔저 데빌]의 설명도 손가락으로 그어 참고 스테이터스를 LUC를 제외하고 전부 **10배로 만들었다.**

"'지옥의 덮개를 열고, 기어 나오거라 군세' ——《콜 데빌 레지먼트》."

그와 동시에 지면으로부터 어둠이 거품처럼 솟구쳤고, 터지는 거품 속에서 악마가 나타났다.

그 숫자는…… 1000마리.

로건은 다시 스킬을 사용했고, 합계 2000마리의 악마가 그곳에 나타났다.

그것들은 원래 모습인 약한 악마가 아니라 아룡 클래스에 필적하는 스테이터스를 자랑했다.

아룡 한 마리를 대가로 바쳐 비슷한 악마를 2000마리나 불러낸 것이다.

술식의 계산이 너무나도 어긋나 있다.

그것이야말로 그가 '모순수식'이라는 별명을 지니고 있는 이유이자, 그의 〈초급 엠브리오〉—— TYPE : 어나더 룰, [기교개찬 룸펠슈틸츠헨]의 힘.

상시 발동형 필살 스킬 《나는 위증으로부터 황금을 자아낸다(룸 펠슈틸츠헨)》의 효과…… '자신의 직업 스킬 설명의 수치를 **동시에 최대 10개까지 10배로 만드는**' 힘이다.

파격적인 것들만 있는 〈초급 엠브리오〉 중에서도 더욱 파격적인 존재.

이 〈Infinite Dendrogram〉의 게임 밸런스마저도 무너뜨리는 비정상적인 능력이다.

"미리 받은 예산을 쓰면 열 배는 더 불러내고도 남겠지만, ……그럴 필요도 없겠지."

그는 그를 받들어 모시는 악마 2000마리를 보며 미소를 지었다.

악마들은 모두 그에게 충성을 맹세하는 것처럼 보였다.

실제로는 그렇지 않고, 애초에 소환된 악마에게 그렇게 뛰어난 지능은 없다.

이 〈Infinite Dendrogram〉에서 소환되는 악마는 엄밀히 말해 생물이 아니다.

일시적으로 스킬을 이용해 악마의 육체를 만들고 부릴 뿐이다. [소환사]가 다루는 소환 몬스터와 비슷하지만, 매체가 없기에 항상 1회용으로 취급하는 존재다.

소환자를 따르는 행동도, 가지고 있는 스테이터스, 스킬도, 소환자가 스킬로 만든 육체에 미리 갖추어져 있던 것이다. 말하자면 인스턴트 악마라 할 수 있다.

그렇기 때문에 스펙이 뛰어난 악마를 대량으로 마련하기는 힘들지만, 앞서 말한 대로 로건 고드하르트는 예외다.

그의 〈초급 엠브리오〉의 능력 특성인 직업 스킬 개찬은 [마장군]의 직업 스킬을 원래 능력과는 비교도 할 수 없을 정도로 강한 스킬로…… 아니, 사기 스킬로 만들었다.

"그럼── 결행이다."

황국의 〈초급〉은 웃으면서 악마들과 함께 날아올랐다.

이렇게 삼군이 모였다.

3000의 기계.

1000의 인형.

그리고 2000의 악마.

레이가 도착하고 사흘째 되는 날 아침. 카르티에 라탱은 삼군의 위협에 노출되었다.

그것은 조용히 2000년 이상의 세월을 보내고 있었다.

오랜 시간 동안 조금씩 몸을 만들며 그저 사명을 다할 날을 대비하고 있었다.

되풀이하기만 하는 2000년.

하지만 그날은 달랐다.

지휘권을 지닌 [지르콘 리더]가 말하고 있다.

그것 자신의 색적 능력도 호소하고 있다.

적이 왔다고.

계속 대비해 왔던 최대의 적이, 그것의 동류가, 그것이 잠든 땅을 습격했다고.

그것이 아직 완성되지 않았다 해도…… 그것을 사명을 다할 때가 왔다고.

그리고 그것은 주위에 있는 적성 세력…… [마장군]이 이끄는 아룡급 악마 2000마리와 카르티에 라탱에 있는 모든 〈마스터〉를 관찰하며 어떤 결론에 이르렀다.

——**현재의 완성도로도 섬멸 가능**.

그것은 적과의 전력 차이를 기반으로 그렇게 판단했지만, [지르콘 리더]가 발진 지시를 내릴 때까지 계속 대기했다.

그것은……, 선선대 문명이 남긴 결전병기(희망)는, 아직 잠들어
있다.

하지만 깨어날 때가 얼마 남지 않았다.

To be continued

우『후기 시간이다. 진행은 우, 즉 신우와.』

여우 "여우 씨, 즉 후소 츠쿠요가 진행할 거여~."

여우 "참고로 곰 군은 아직 감옥 안에 있고, 고양이는 출장 중이랑께~."

우 (그 덕분에 이상한 조합이 되어버렸군⋯⋯.)

여우 "근디, 우 쨩."

우『우 쨩?! 나를 부르는 건가?!』

여우 "물론이제~. 근디, 우 쨩. 이번 후기는 어쩐당가?"

우『이번에는 삽화의 장면에 대해 보충설명을 하지.』

여우 "목욕하는 장면 말이야?"

우『그거다. 자세한 내용은 다음과 같은 작가의 진지한 코멘트 타임에서.』

독자 여러분, 구입해주셔서 감사합니다. 작가인 카이도 사콘입니다.

이 작품에서 목욕하는 장면이 그려지게 된 계기는 2015년 12월. 소설가가 되자에서 5권의 원형을 연재하고 있을 무렵까지 거슬러 올라가게 됩니다.

당시에 저는 담당 편집자인 K 씨에게서 서적화 연락을 받고 처음 만나게 되었습니다.

그러다 잡담으로 컬러 페이지에 대한 이야기도 하게 되었고, '컬러 양면 페이지에는 목욕 장면을 넣는 경우도 많죠'라는 이야기도 들었습니다.

그 말을 듣고 저는 생각했습니다.

'그렇구나, ——언젠가 목욕하는 장면을 쓰자'고요.

그 결과, 이 8권에 목욕하는 장면을 수록하게 되었습니다. 중간에 작품이 끝나게 되었다면 일러스트가 되지도 못할 장면이었지만, 감사하게도 계속 내게 되어 생각했던 대로 컬러로 수록할 수 있었습니다.

타이키 씨의 그림이 너무 멋져서 '모에'나 '섹시함'이라기보다는 '아름다운 그림'이 되어버렸습니다만, 이것도 나름대로 괜찮은 것 같습니다.

이렇게 삽화와 표지, 그리고 본편에서도 HP(히로인 포인트)가 엄청난 아즈라이트. 작가도 눈치채지 못한 사이에 히로인 공세를 연달아 가하고 있는 이 강적에 맞서 네메시스는 메인 히로인 자리를 지켜낼 수 있을지.

전장에서도, 히로인 레이스에서도 거친 싸움이 계속 벌어지는 제9권, 기대해주시면 좋겠습니다.

카이도 사콘

여우 "……진지한 코멘트 타임?"

우 『…………진지하지도 않았다만.』

여우 "레귤러 두 사람이 없으니께 작가도 기분이 좀 달라진 건감?"

우『……뭐, 됐다. 공지를 하자고.』

여우 "그려."

우『인피니트 덴드로그램 제9권은.』
여우『2019년 2월에 발매될 예정이여~.』
(일본 현지)

여우 "그라니께 다음 권도 잘 부탁혀~."

우『다음번에는 곰과 고양이 콤비도 돌아온다.』

우『그런데 우리 둘만 있어도 후기가 돌아가긴 하는군.』

여우 "그라제. 그러니께 분량을 확보할라믄 곰하고 고양이 콤비
해고 계획을 시작하고…….."

우『그건 하지 마라.』

안녕하세요. 천선필입니다.

이번 인피니트 덴드로그램 8권, 재미있게 읽으셨는지 모르겠습니다.

이번 8권에서는 풍성제와 모노크롬, 류이네 가족 이야기가 마무리된 뒤에 다시 새로운 이야기가 시작되었습니다. 그리고 정말 오랜만에 레이와 네메시스가 단둘이서 퀘스트를 시작하기도 했죠. 그래서 뭔가 새로운 이야기가 시작된다는 느낌이 더욱 강하게 들었던 것 같습니다. 그동안 레이가 겪은 모험이 정말 대단한 것들이었던지라 처음 시작했을 때와는 달리 이것저것 따라붙은 게 많긴 하지만요. 실버, 그리고 갈드랜더나 고즈메이즈, 모노크롬 같은 특전무구도 그렇고요.

그런데 그렇게 모처럼 단둘이서 알콩달콩하게 진행되던 여행이 아즈라이트의 등장으로 금방, 정말 눈 깜짝할 새에 끝나버리는 걸 보니 네메시스도 참 가엾네요. 지난 7권에서 정말 멋지게 완성된 표지에 등장해서 메인 히로인의 위엄을 뽐내는 것 같더니, 이번 8권에서는 작가분께서 말씀하신 것처럼 아즈라이트가 표지, 컬러 페이지, 삽화, 그리고 본편 비중까지 싹쓸이를 해버렸으니……, 불안해질 만도 할 것 같습니다. 저도 비 쓰리 선배에 이어서 새로 등장한 히로인인 아즈라이트가 마음에 듭니다.

아즈라이트의 등장과 더불어 이번 8권에서는 그동안 조금씩 떡밥만 나오곤 했던 선선대 문명과 그에 맞서 싸웠던 선대 문명이 본격적으로 등장했습니다. 특히 이번 8권의 도입부는 정말 마음에 드는 부분이었습니다. 로스트 테크놀로지, 거대 전함, 고대 문명, 뭔가 사람을 불타오르게 만드는 요소가 가득 차 있는 것 같다는 느낌이죠.

지금까지는 알터 왕국과 드라이프 황국의 대립이 이야기의 큰 줄기를 이루고 있었다면, 앞으로는 선선대 문명 관련 내용도 어느 정도 비중을 차지하게 될 것 같습니다. 주인공도 그쪽 직업으로 전직하게 되었고, 아무래도 선선대 문명 자체가 세계관과 밀접한 관련이 있다 보니 주요 인물들도 끼어들 수밖에 없는 상황 같고요. 물론 이야기가 어떤 방향으로 흘러갈지는 두고 볼 필요가 있을 것 같긴 합니다만.

그런 생각을 하면서 이번 인피니트 덴드로그램 8권을 번역했던 것 같습니다. 전 개인적으로 이런 세계관 이야기나 설정 이야기를 좋아하는 편이기 때문에 흥미로운 전개였던 것 같네요.

감사의 말씀 드리고 후기를 마치려 합니다.
항상 고생이 많으신 담당 편집자분과 소미미디어 관계자 여러분. 감사합니다. 부족한 부분이 많아서 매번 폐를 끼쳐드리는 것 같아 죄송스럽습니다. 앞으로도 잘 부탁드립니다.

그리고 감사의 말씀은 그 누구보다도 독자 여러분께 드리고 싶습니다. 제가 이렇게 번역을 마치고 후련한 마음으로 후기를 쓸 수 있는 것도 독자 여러분 덕분이라 생각합니다. 가끔 트위터나 다른 매체 등을 통해 응원해주실 때마다 정말 힘이 납니다. 진심으로 감사드립니다.

이번 8권에서 사전 준비가 다 되었으니 다음 권에서는 또 항상 그랬듯이 뜨거운 이야기가 전개되리라 생각합니다. 9권 쌍희난무, 기대하셔도 좋을 것 같습니다.

항상 행복하시고 건강하시길 바랍니다.
감사합니다.

천선필

Infinite Dendrogram 8
© Sakon Kaidou
Originally published in Japan in 2018 by HOBBY JAPAN Co., Ltd.

인피니트 덴드로그램 8 남겨진 희망

2019년 2월 15일 1판 1쇄 발행
2020년 2월 28일 1판 2쇄 발행

저   자 카이도 사콘
일 러 스 트 타이키
옮 긴 이 천선필
발 행 인 유재옥
본 부 장 조병권
담당편집자 김민지
편집 1팀 정영길 김민지 조찬희
편집 2팀 김다솜 이본느
편집 3팀 박상섭 김효연
미   술 강혜린 박은정
라이츠담당 김슬비
디 지 털 박지혜 이성호
인쇄제작처 코리아피앤피
발 행 처 ㈜소미미디어
등   록 제2015-000008호
주   소 서울시 마포구 토정로222, 403호 (신수동, 한국출판콘텐츠센터)
판   매 ㈜소미미디어
마 케 팅 한민지 한주원
물   류 허석용 최태욱
전   화 편집부 (070)4164-3962, 3963 기획실 (02)567-3388
               판매 및 마케팅 (070)4165-6888, Fax (02)322-7665

ISBN 979-11-6389-157-4 04830
ISBN 979-11-5710-725-4 (세트)